U0511001

中国社会科学院创新工程学术出版资助项目

文学蓝皮书
BLUE BOOK OF
CHINA'S LITERATURE

中国文情报告
（2016~2017）

ANNUAL REPORT ON CHINA'S LITERATURE
(2016-2017)

主 编／白 烨

社会科学文献出版社
SOCIAL SCIENCES ACADEMIC PRESS (CHINA)

图书在版编目（CIP）数据

中国文情报告 . 2016 - 2017 / 白烨主编 . -- 北京：
社会科学文献出版社，2017.5
　（文学蓝皮书）
　ISBN 978 - 7 - 5201 - 0754 - 9

　Ⅰ.①中… Ⅱ.①白… Ⅲ.①中国文学 - 当代文学 -
研究报告 - 2016 - 2017 Ⅳ.①I206.7

中国版本图书馆 CIP 数据核字（2017）第 080568 号

文学蓝皮书

中国文情报告（2016~2017）

主　编 / 白　烨

出 版 人 / 谢寿光
项目统筹 / 宋月华　张倩郢
责任编辑 / 张倩郢

出　　版 / 社会科学文献出版社·人文分社（010）59367215
　　　　　 地址：北京市北三环中路甲 29 号院华龙大厦　邮编：100029
　　　　　 网址：www. ssap. com. cn
发　　行 / 市场营销中心（010）59367081　59367018
印　　装 / 北京季蜂印刷有限公司

规　　格 / 开　本：787mm × 1092mm　1/16
　　　　　 印　张：19　字　数：253 千字
版　　次 / 2017 年 5 月第 1 版　2017 年 5 月第 1 次印刷
书　　号 / ISBN 978 - 7 - 5201 - 0754 - 9
定　　价 / 69.00 元

皮书序列号 / PSN B - 2011 - 221 - 1/1

本书如有印装质量问题，请与读者服务中心（010 - 59367028）联系

《文学蓝皮书》编委会

内容提要

　　《中国文情报告》为目前国内唯一一本有关年度文学现状的宏观考察报告，课题组成员由中国社会科学院文学研究所和中国作家协会各有专长的文学专家联合组成。出自他们之手的这份年度报告，具有丰盈的信息量和显著的前瞻性。在文化环境日益繁复，文学自身不断变异的情况之下，本书实为文坛内外人士查考年度文情所必备，概要了解文学与文坛所必读。

　　《中国文情报告》（2016～2017），设长篇小说、中篇小说、短篇小说、纪实文学、散文、诗歌、戏剧、网络文学、文学理论批评9个专题，分门别类地对年度的文学创作、文学现象、文学论争与文学事件等，进行了全面的梳理与概要的描述。翔实的文坛资讯，精到的学术提炼，尤其是对一些焦点性现象与倾向性问题的捕捉与评说，突出地显示了年度文学的客观走向、基本风貌，及其发展演进中的主要特点与存在的主要问题。

Abstract

2016 Report of Chinese Literature is the only one annual macroscopic observation on Chinese literary developments, written by experts and scholars from Chinese Academy of Social Sciences and Chinese Writers Association. This Report is well-known for its richness of information and significant prospection on the backdrop of the more and more complicated literary environment and prosperous developments, which would be a must-have reference book for researchers and amateurs.

2016 Report of Chinese Literature has designed nine sections: novel, novella, short stories, nonfiction, prose, poem, drama, internet literature, literary theories and criticism, as well as voices of annual literature, and carried out a sophisticated analysis and general description on the literary works, phenomena, discussions and events. Featuring on abundant information, expert analysis, insightful comments focal points and trends, this report attempts to grasp and demonstrate the objective tendencies, basic frameworks, and major characteristics and problems in the trajectory of literary development.

目 录

皮书数据库阅读**使用指南**

CONTENTS

B.1
总报告

摘　要：　2016 年的文坛，总体来看，是在平稳中内含异动，异动中依流平进。这种或显或隐的变异，既表现于诸种文学大事与要事之中，又呈现于各类题材的文学创作之中。习近平在中国文联十大、中国作协九大开幕式上的讲话，引起新的学习热潮；在各类文学创作中，现实性题材以作品量多质高，更为引人注目。纵观当下文坛演变，娱乐化文化思潮强势运行成为主要症结。因此，直面当下现状，振兴文学批评，就成为当务之急。

关键词：　习近平讲话　泛娱乐化　文学批评

自进入新世纪以来，文学在网络化、市场化等元素的强力介入和合力推动下，在新的演进之中不断发生着种种新的变化，文化与社会生活、文学与信息科技，文学与文化产业，既勾连密切，又相互影响，使得当代文学在与各种社会动向、文化思潮的碰撞和互动中，日益呈现出持续分化、不断泛化的基本趋向。

2016 年的文坛，总体来看，是在平稳中内含异动，异动中依流平进。这种或显或隐的变异，既表现于诸种文学大事与要事之中，又呈现于各类题材的文学创作之中，本报告力图通过对事件与事象、创作与批评的焦点现象的梳理与简析，就 2016 年文学与文坛的整体性

走向、倾向性问题，从个人角度给予简括的考察与概要的评述，并就如何切实改变理论批评的不适应现状的问题，提出几点建议与建言。

一 年度大事与大势述要

2016年，文学界在文学创作持续活跃、理论批评日趋振兴的常态发展中，又迎来一些重要的日子，遇到了一些重要的事件。以此为背景，各类文学创作也在多样发展的总体状态中，显现出现实性题材的创作格外强劲的可喜趋势。

2016年的大事与要事，先后有7月的中国共产党建立95周年，10月的中国工农红军长征胜利80周年。面对这样两个重大历史事件，文学界以创作专题作品和重走长征路等多种方式，来寄寓自己的情怀，表达崇高的敬意，回顾辉煌的历史，使得2016年的文学活动，凸显了红色文化的大主题，唱响了英雄主义的主旋律。对于文学界而言，更为直接的大事，是10月底至11月初，中国文联十大、中国作协九大在京隆重召开。"两会"不仅总结了五年的工作，完成了预定的换届，而且，全体代表聆听了习近平总书记在大会开幕式的重要讲话。习近平在讲话中强调，文运同国运相牵，文脉同国脉相连。广大文艺工作者要坚持以人民为中心的创作导向，高擎民族精神火炬，吹响时代前进号角，把艺术理想融入党和人民事业之中，推出更多反映时代呼声、展现人民奋斗、振奋民族精神、陶冶高尚情操的优秀作品，努力筑就中华民族伟大复兴时代的文艺高峰。为此，习近平给广大文艺工作者提出四点希望：第一，希望大家坚定文化自信，用文艺振奋民族精神；第二，希望大家坚持服务人民，用积极的文艺歌颂人民；第三，希望大家勇于创新创造，用精湛的艺术推动文化创新发展；第四，希望大家坚守艺术理想，用高尚的文艺引领社会风尚。

习近平总书记的《在中国文联十大、中国作协九大开幕式上的讲话》，是继 2014 年 10 月主持召开文艺工作座谈会并发表重要讲话之后的又一次重要讲话。在两年多一点的时间内，党中央就文艺工作连续作出重要部署，党的总书记就文艺工作接连发表重要讲话，这在我国当代以来的文艺发展史上还前所未有。显而易见，这充分体现了党中央对于文艺工作的高度重视，也体现了习近平总书记对于文艺工作的特别关怀。刘云山同志在中国文联第十届全委会和中国作协第九届全委会上的讲话中，谈到习近平总书记《在中国文联十大、中国作协九大开幕式上的讲话》时，简明扼要地说道："讲话饱含着对文艺事业发展的深邃思考，饱含着对广大文艺工作者的殷切期望，以一系列富有创见的新思想新观点新论断，丰富发展了马克思主义文艺观和党的文艺理论，是继文艺工作座谈会讲话之后的又一篇纲领性文献。"这样的说法，钩玄提要，提纲挈领，堪为对习近平总书记文艺讲话的内容、价值与意义，所作的精到概括与准确评价。

习近平总书记《在中国文联十大、中国作协九大开幕式上的讲话》发表之后，随即在中国文联十大、中国作协九大会议上引起热烈反响，广大文艺家深受鼓舞，倍感振奋。来自不同界别的文学艺术领域的与会代表，用学习讨论、撰写文章、接受访谈等形式，畅谈自己对于讲话的感受与体会，普遍认为继 2014 年 10 月主持召开文艺工作座谈会并发表重要讲话后，习近平总书记又一次就文艺工作发表重要讲话，这充分体现了以习近平同志为核心的党中央对文艺工作的高度重视、对文艺规律的深刻把握、对广大文艺工作者的亲切关怀和殷切希望。《人民日报》、《光明日报》、《求是》杂志、《文艺报》、《文学报》、《中国艺术报》、"中国作家网"、"中国文联网"等重要报刊和网站，自 2016 年 12 月 1 日起，连续发表评论员文章、综合报道和署名文章，一些著名文艺家、文艺理论批评家和专家学者通过这些平台，发表并交流了自己学习讲话的体会与收获。

2016 年的文学创作，在多样化的总体态势中平衡运行，持续活跃，文学的传统形态写作与新兴的网络文学，都在原有的基础上不断进取，数量稳定增长，质量也有明显提高，而且两个板块的互动日趋活跃，初步形成了相互借力、协同发展的可喜局面。

在文学质量上有着标志性意义的长篇小说，各式各样的题材中，直面当下社会现实的倾向更为突出；各显其长的写法中，切近日常生活的叙事更为彰显。

在积淀深厚的乡土题材和相对薄弱的都市题材之中，2016 年都有锐意出新的作品，值得人们关注。如乡土题材方面，贾平凹的《极花》，以进城务工的女孩胡蝶遭遇拐卖，而她在被公安部门营救出来后却又回到被拐卖的圪梁村的故事，既写了拐卖对于胡蝶人生的无情改写，也写了两性失衡对于乡民人生的无奈扭曲，探悉了造成这一问题的深层的社会性原因。格非的《望春风》，以一个少年的视角状写村庄由简朴、内敛到在时代发展中逐渐变化的全过程。村子里的人们彼此有着千丝万缕的联系，又因为这些人际关系而在某种方面达到了微妙的平衡和内部和谐。作品行云流水的叙事，波澜不惊的故事，都在自然而然地展示着中国江南农村特有的民俗风情与内在秩序。付秀莹的长篇小说处女作《陌上》，没有连贯性的故事，也没有贯穿性的人物，但散点透视的叙事，多人多事的内蕴，却使作品在家长里短与恩爱情仇中，交织着对于乡村传统伦理的依恋与叛离、乡村内在秩序的破除与建立，以及乡村女性的生存智慧与心灵隐秘等诸种意蕴。

在都市题材写作上，作家们无论是描写人们有得又有失的都市生活，还是铺陈有喜又有忧的都市故事，都带有着鲜明的时代特征。如王华的《花城》，由农村青年女性莒花、金钱草带着改变命运的美好意愿进城，而城市不但冷若冰霜，而且固若金汤，使得她们因为身份问题只能蜗居于城市的边缘。让人为之感动和纫佩的，是她们既没有轻易认命，也没有随意放弃，她们虽然在日常生活上步履维艰，但却把做人的原则坚守始终，这使她们的艰窘的打工生计，既增添了几分额外的艰难，又内含了应有的尊严。温亚军的《她们》，三位女性主人公共同租住一间公寓楼，"北漂"的生活时时处处充满着沉重感，如同雾霾一般铺天盖地挤压着三个女性的青春活力，但她们却在以小博大、以柔克刚的人生努力中，尽力适应着都市的生活，并努力导引着自己的生命去除浮虚与迷离，向着本真与平淡回归。

报告文学一向扮演着贴近生活、反映时代的排头兵角色。2016年，铁流、纪红建的《见证——中国新村红色群落传奇》，何建明的《爆炸现场》，许晨的《第四极中国"蛟龙号"挑战深海》，彭晓玲的《空巢：乡村留守老人生活现状实录》，白描的《秘境——中国玉器市场见闻录》等，分别以现场直击、跟踪采访、田野调查等方式，对重大事件和重要现象进行了近距离的观察与实证性的描述，给人们提供了这个时代"进行时"的最新资讯。本年度，中国作协创研部、中国报告文学学会还共同主办了"2016：中国报告"专项工程，旨在以中短篇报告文学形式，展示中国人民在实现中华民族伟大复兴中国梦过程中取得的重大成就和涌现的感人事迹。列入该工程的作品中，有黄传会的《再访皮村》、李青松的《鸟道》、马娜的《小布的风声》、哲夫的《水土中国》等，这些作品或描写科技创新、生态建设，或反映新生代农民工风貌，或表现革命老区焕然一新的巨大变革，发表后都引起较大反响。

近些年来，以网络小说为主的网络文学走向类型化之后，按照不同的取向与趣味，分化成了众多的小众群体，总体上又呈现出趋于娱乐化、游戏性的特征。因此，又派生出影视改编、网游与动漫改编等新的文艺形式，这使得网络文学的疆域不断扩大，使网络文学联姻其他形式，正在整合为网络文艺与网络文娱。2016年的网络文学，在这样一个总体走向中，又以高质量的排行榜联袂而来，IP

热持续延烧，促动着网络文学朝着"经典化"和"娱乐化"两个方向发展。

海量的网络小说需要通过阅读淘汰、行业竞争、作品评选，使得好的和比较好的作品显示出来，流传起来，使类型小说写作的丰硕成果得以积累，类型小说的写作者有所示范，这样的过程实际上也是网络小说走向"经典化"的过程。与之前的多是文学网站自己所作的点击排行不同，2016年，由政府主管部门、行业权威部门主办的全国性网络小说排行开始发挥其效用与影响，这些排行榜中以国家广电新闻总局主办的"优秀网络文学原创作品推介活动"，中国作家协会网络文学委员会主办的"网络小说年度排行榜"，最具权威性与影响力。"优秀网络文学原创作品推介活动"在2015年经过网站自荐、读者点击、专家评选等环节，遴选出《烽烟尽处》《芈月传》等21部作品。2016年遴选出20部左右的优秀作品向社会推荐。中国作协网络文学委员会主办的中国网络小说排行榜，采用网站推荐与专家推荐相结合的方式，每半年揭晓一次，每次10部作品，全年20部作品。因为程序规范、评审严格，两个排行榜在业内具有较大的权威性，被看作网络文学创作的风向标。

娱乐化与游戏性，是网络文学的主要特性所在。但近些年来，随着网络客户与移动用户的大量增长，人们从不同角度都看好网络的潜在市场，2016年多家大型网络文学运营商积极进行并购，竞相创建以网络文学为核心IP来源的产业生态，越来越多的网络文学作品被改编成影视、游戏等作品，影视业也不断加大购买网络文学版权的力度，这使得网络文学以IP为中心，正在形成以网络小说为基点的网络文艺与网络文娱。在北京举行的一个交易会电视剧作品展示中，由网络小说改编的电视剧占展示作品总数的近半。各种趋势都在表明，网络文学市场快速发展，正加速与影视、动漫、游戏等领域深度融合，以网络文学为核心IP来源的产业生态逐渐形成。

二　当下文坛症结的考察与分析

新时期以来，文学在 80 年代、90 年代和新世纪的不同时期，都在随着时代生活的变迁历经着新的演进，发生着新的变化。从进入新世纪的十七年来看，演进格外迅猛，变化尤其巨大。可以说，其变异的情形用翻天覆地来形容，也并不为过。这在某种意义上，使得传统形态的文学与文坛，日见时移俗易，已然今非昔比。

文学与文坛的这种异动与变化，人们或多或少都能感觉到，但似乎还缺少宏观性的观察与整体性的把握。尤其是对于演进的动向、问题的症结等，还缺乏深入探悉与准确捕捉。因此，看清现状，摸准脉搏，弄清问题，就是当下文学观察与状态研究中的重要课题与首要任务。

当代文学近四十年的发展与演变，人们更多地看到的是传统文学领域里的种种异动与变化，比如文学写法的走向多样化，文学观念的日益多元化，新的文学代际的前赴后继，等等。这些变化是显见的，也是确实的，但只看到这些变化是远远不够的。在这些变化的背后，还有以网络文学为标志的新媒体文学的兴盛，以"80 后""90 后"为代表的新的文艺群体的崛起，以年青一代为主体的新的文学受众的激增，以及他们在形成新的文学形态、构造新的文艺类型，释发新的文学观念的同时，对整体文学构成的强劲而持续的冲击，对社会文化生活造成广泛而巨大的影响。

因此，观察和研讨文学和文坛的变化，要超出局部看整体，越过文学看文化，要从文学活动与文化生活的联系上，从文化生活与社会生活的互动上，来看取演进，察观动向，把握倾向，理出问题。从这种更广的视野和更大的角度来看，当下文学与文坛在基本走势与重要思潮上，主要表现为四个大的动向，而且业已成为基本定势。

（一）视界全球化

这里的全球化，也可理解为世界性，这是中国当代文学在近四十年来的最为显著的变化之一。中国当代文学在改革开放中的最大收益，是随同我们的社会生活一起走出了闭关锁国的状态，通过各种方式的"拿来"，了解了世界各国文学领域的优秀的作家作品和重要的理论成果，在不断与世界文学的对话与接轨之中，开阔自己的视野，汲取更多的营养，这样的一个"向外看"的进程，既体现于作家艺术家和理论批评家的专业群体，也体现于文学爱好者与一般读者的民众群体。可以说，经过全球化，中国当代文学已经整体性地融入了世界文学，成为其中最具文化特色、卓具艺术个性的构成部分。

近些年来，莫言、刘慈欣、曹文轩等作家在国外和国际连续斩获著名文学奖项，以及贾平凹、苏童、余华等作家在国外文学同行中受到广泛关注，其根本原因在于这些作家在立足本土文化、吸收外来营养上，形成了自己独特的艺术个性，葆有较高的文学品质，与当代国外的一流作家毫不逊色地站在了同一水平线上。

网络文学因为传播方式的特别，其写作者与阅读者的分布常常跨越国界。据有关方面不完全统计，中国网络文学的作者与读者，大约有30%的构成数量是在海外，他们或者是出国在外的留学生，或者是侨居他国的华人侨民。同样，我们的一些优秀网络文学作家作品，经由别的语种翻译和传播之后，也赢得了不少外国读者的欢迎。据知，刘慈欣的《三体》等科幻小说作品，就拥有相当数量的国外粉丝群体。

我们的文学读者同样在"向外看"上不断拓展视线，世界各国的文学经典在中国图书市场上一直常销不衰，有水平、有新意的外国作家作品从未远离中国文学读者的视野，有关图书统计机构公布的2016年全国文学类畅销书排行榜表明，无论是实体书店，还是网商、电商，外国文学作品在销售排行上都占据了一大半市场份额，且在前十名里也占居着多数，这显然也是中国读者阅读选择的结果，是我们的文学阅读既"向内"又"向外"的一个标志。

（二）受众年轻化

这里的受众，包括文学从业者和文学消费者，是广义上的文学介入者与文学接受者。

受众的年轻化，本是一种自然的规律。但进入新世纪之后，随着"80后"借助市场的力量和网络的平台登上文坛后，数量众多的年轻文学爱好者便纷至沓来，由写作者和阅读者携手构成的青年文学群体，势力不断壮大，影响日益增强，现在已是推动和导引当下文化生活的一股不可小觑的重要力量。

从文学的创作和生产的运作上看，属于"80后""90后"群体中的新人，自新世纪以来，迅速成长，大量涌现，使得新的代际由传统文学的后备军，日渐成为现在文坛的生力军。"80后"的文学群体，一部分人在写法与观念上靠近着传统文学，更多的人则愿意在类型写作和流行文化上一显身手。这在网络文学的创作与运营中，表现得更为显著。一些类型小说的"大神"作家，多产生于"80后"之中，他们事实上已经成为网络小说在各个类型写作上的引领者。

更值得注意的是，文学从业者和文学消费者群体的年轻化，乃至青少化。文学网站的主管与编辑，主要是"80后""90后"，而网络文学的读者和影视作品的观众，也主要是以"80后""90后"为主的青年群体。因为这些年轻化的青年群体是文学与文化消费的主力，他们的选择与取向，在很大程度上左右了文艺消费的主潮与走向。电子图书与移动阅读的迅猛发展，纸质图书中的青春文学一直热销不衰，网络文学中的玄幻文学在类型小说中独占鳌头，影视艺术中的妖魔神怪作品大行其道，背后都在于有着这样一个相对忠实又极有购买力的年轻化基本受众群体。

一些阅读抽样调查表明，在以掏钱购书的途径来获取图书和阅读图书的群体中，中学生读者占据了其中很大的份额，他们的阅读追求，超出了辅助学习的范畴，影响到了文学的传播，而且他们所对应的作者与作品，正是"80后"以降的年轻作者和青春写手的写作。因此，只在写作的一个层面上来看"80后""90后"的崛起是不够的，他们实际上是通过阅读与写作的密切互动、"台上"与"台下"的相互支撑，以一个年轻化的文学群体整体性地向我们走来。

年青一代的文学阅读与文化消费，其实是在用他们不约而同的选择，表达一种属于他们的意向与倾向，而这又会带动消费市场，并反过来影响创作与生产。因此，文学阅读与文化消费群体的年轻化，及其隐含的趋向和带来的问题，既关乎市场走向，又涉及读者引领乃至文化建设，这方面的现象与问题最值得予以关注，而事实上又缺乏应有的关注。

（三）趣味游戏化

文艺有娱乐功能和游戏因素，这是不言而喻的。但现在由青少年一代消费主导的流行文艺，以及科技所带来的便利，无疑把这样的功能和因素无限地放大了，乃至形成了一股娱乐至上、游戏唯大的时尚性的潮流，这显然是一种偏向。

有人把当下文艺领域的娱乐化倾向看作我们过去对文艺的娱乐性功用忽视与抑压的一种反拨，这可能有一定的原因，但并非主要的原因。文艺不能被禁锢，文艺也不能被游戏，这样的两个极端都不可取。实际上，娱乐化思潮的兴起与漫泛是世界性的现象。美国著名文化学者尼尔·波兹曼在1985年出版的《娱乐至死》一书，就以美国社会为例，由公众话语的日趋娱乐化，揭示了媚俗趣味对于社会文化的绑架与戕害。可惜的是，美国社会文化的如许前辙，我们在进入新世纪之后完全复蹈了。文娱传媒热衷于各种"八卦"，电视节目沉溺于一味找乐，似乎娱乐成了当今社会悠悠万事唯此为大的事情。

在娱乐化思潮日益主宰文化生活的同时，以网络小说为主体的类型文学，也由自娱自乐起步，形成了更大的娱乐化思潮。有人戏称：不以游戏为目的的网络写作就是在耍流氓。这看似玩笑的话，实际上戳中了网络文学在写作姿态上的要害所在。网络文学在写手的成长和后来的作品构成中，越来越具有了接地性与丰富性，但"游戏"始终是其基本的精神要素，却是毋庸置疑的。

更令人为之困惑和忧虑的，是大量的青少年文学爱好者、文艺观赏者，在文艺欣赏上对于娱乐趣味的乐此不疲和顽固追求。已经有人指出过，这种"二次元审美"现象与文艺启蒙时期深受日本动漫作品影响有关。在动漫作品特有趣味的长期浸染下，青少年越来越喜欢漫画与动画所构造的超验世界，这使他们常常沉浸在带有游戏感和青春乌托邦色彩的作品里难以自拔，这看起来是热衷于文艺性游戏，实际上是对于现实的消极逃避。而正是这种超现实的文艺趣味，在青少年中成为时尚和潮流，又使得网络文学中的神幻类型以及影视作品中的神怪题材，纷至沓来，络绎不绝，并成为时兴的文艺现象和日益流行的文学潮流。

（四）交往利益化

文艺作品作为特殊产品，要运用市场的方式进行传播，在这一过程中，欢迎度与公众性，接受度与市场性，常常难解难分，这使得讲义与求利，社会效益与经济利益，艺术价值与社会价值，构成不可分离又难以处理的基本矛盾，乃至成为经常考量和考问文艺家和从业者的绝大难题。

文学写作的成果，需要经由传播与市场，最终走向读者，这种多环节的交流与交往，似乎与作家艺术家的关系并不直接，但事实上，一些作家艺术家们既不甘于寂寞，也受到了这样或那样的影响，在文

学活动自身有义又有利的掌控中，那种重利轻义，或见利忘义的现象，也都屡见不鲜。这种情形反射到文学创作中，就是一些作家艺术家更看重经济收入和商业利益，在与出版者打交道时，版税能高则高，稿费能多则多，常常是狮子大开口，还依然心安理得。许多花钱费力拿到了名家书稿的出版社，因为作家要价往往远远高于作品的实际销售收入，常常是付出大于收入，赔本赚了吆喝。不敢找名家，又不能不找名家，是现在许多出版社常常遭遇的一种尴尬。

这些年，国内外的一些文学奖项，因为既有显赫的声名，又有高额的奖金，对一些人构成极大的诱惑，使得一些人不免心猿意马，神摇意夺。有的写作者，实际上暗地里就把自己创作的目标，定在了夺什么国内大奖、争什么国际大奖上。这种目的性过强的文学写作，因为受制于名利欲望的强力驱动，实际上已属于一种功利性的写作。

在以类型小说为主的网络文学的写作与传播中，读者至上，利益为重，就更是惯常的通理与通则。收费阅读，使类型小说渐成气候，也造就了各个类型领域里的"大神"，"大神"们谁比谁赚钱更多，谁能在年度富豪作家榜上名列前茅，已成为这一领域的时尚话题。其实就类型文学的写作与阅读，写手与读者的关系来看，实际上由共同的情趣，相似的欲望，构成了经济利益与精神利益相交织的文化共同体。相似或相同的利益诉求，成为联结写作与阅读的内在纽带。

近年来文学的演进与文坛的变化，还有一些总体性的特点，那就是文学在不断分化与泛化的同时，又因不断加入新的因素，介入新的力量，产生新的关系，与过去时期相比，状态更为丰繁，构成更为复杂，乃至更显混血与混杂。文学的问题不再单一了，文坛的事情不再单纯了。因此，对于当下的文学与文坛，需要深入探悉，仔细辨析，盲目地判断与简单下结论，往往会远离变动不居的文学现状与经纬万端的文坛真相。

视界全球化、受众年轻化、趣味游戏化和交往利益化的联袂而来与相互交织，就使当下的文坛呈现出与 80 年代、90 年代完全不同的情形。可以说，80 年代，文艺与政治的关系主导了文学与文艺的演进；90 年代，文艺与经济的关系主导了文学与文艺的发展。而到了新世纪，在以上两种关系依然存在的情况下，文艺与新科技、新媒体的关系又加入进来，文艺的新代际带着新的文化元素凸显出来，这使得文艺实际上为多重关系所牵制，为多种力量所推动和导引。但总体来看，由上述四大动向共同营造的泛娱乐化文艺文化思潮，目前正以不可遏制的走势四处漫泛和强力运行，成为左右社会文化生活的主要能量。从广大文化受众的角度和广义文化生活的视域来看，这对当下的社会文化是一种既具丰富性又带鲜活性的补充与拓展，但这种文化思潮在其基本取向上，不仅与传统文学相分离，而且与经典文学相游离，同时又以非主流化、非思想化、非价值化的基本倾向，对既有的文学传统和现有的文学秩序，乃至基本的文学观念，都造成了有力的遮蔽，形成了内在的抵牾，构成了一定的消解。它们所带来的，至少是利弊兼有的双重影响，甚至以一味"向下"的趋势与我们所提倡的向上的文化构成极大的抵牾。

还必须加以注意的是，文艺与文化领域的这些倾向与问题，与我们之前遇到的倾向与问题已全然不同，带有这个时代所特有的混杂与暧昧的诸多特征。这种社会思潮依托于文艺，借助于大众，适应了某种需要，满足着某些欲求，无论是分辨起来，还是应对起来，都格外不易，甚至极为困难，而这样的全新挑战与疑难问题，也全然超出了我们的已有经验。

可以预见，娱乐化的社会思潮带来的这种非政治性的文艺冲撞，非对抗性的观念博弈，因为依仗资本的力量与年轻的代际，还会依循自己的逻辑与轨迹去运行与发展，并对现有的文学文化秩序不断构成冲突，乃至形成一种悄然的背离与无形的阻遏，而这种全新形态的内在的博弈与无声的挑战，会构成一个时期文艺与文化的基本常态。

三　重振批评的几点建言

作为与文学创作相生相伴的审美活动，当代文学批评在整体的文学创作发展和文学事业繁荣中，起到了不可估量的重要作用，其自身也在这种摇旗呐喊的过程中获得了极大的发展。但毋庸讳言，在进入新世纪之后，因为从社会到经济再到文化的"市场化"、"全球化"和"信息化"等大背景与大环境的促动，文学创作日趋多样化，文学观念走向多元化，尤其是新的文艺现象的大量涌现，新的文艺形态的迅速形成，文学批评面对这种变动不居的文学现状，日益呈现出疲于应对、捉襟见肘的窘迫景象。正当文学批评界在检省问题，寻求良方，以求重振批评雄风之际，习近平总书记在文艺座谈会上的讲话公开发表，其中，关于文艺批评的功能与作用的精到论述、关于文艺批评的病象与症结的准确剖析，对人们进而明确文艺批评的发展路向，深刻认识文艺批评存在的问题，都给予了有力的导向指引，提供了强劲的精神动力。

习近平总书记关于文艺批评的论述中谈到文艺批评的功能时，高度重视文艺批评工作的重要性，又特别强调文艺批评功能的综合性。他指出："文艺批评是文学创作的一面镜子、一剂良药，是引导创作、多出精品、提高审美、引领风尚的重要力量。"谈到文艺批评的作用时，他明确指出："文艺批评要的就是批评"，"文艺批评要褒优贬劣，激浊扬清"，并寄望于文艺界"营造开展文艺批评的良好氛围"。可以说，文艺批评本来就与创作现状不相适应，而与党的领导对于文艺批评的要求和期望相比，更是有着极大的差距。文艺批评确实需要找到问题的症结所在，提出切实的改进措施，重振当下的文艺批评，使之焕发出应有的"战斗力，说服力"，以促进文艺事业的健康发展。

同当下的文学问题已不单纯是文学范畴的问题一样，文学批评问题，也带有一定的综合性，乃至相当的社会性。因此，文学批评问题的解决，需要放在整个文学、文艺和文化的领域来考量，并首先从宏观层面入手，努力解决那些具有全局性影响的重大事项，在此基础上促动文艺批评状况的逐步改观。

联系习近平总书记的讲话精神，结合当下文学场域与文学批评实际，笔者以为当下的文学批评，首先需要着力解决的，主要有以下三个方面的急务或要务。

（一）强化思想引力

文学批评要做到"褒优贬劣，激浊扬清"，需要在明晰的尺度与锐利的锋芒中内含理想的光芒与思想的力量，而要做到"引导创作、多出精品、提高审美，引领风尚"，则更需要在艺术感觉、审美判断和文化取向中贯注强劲的精神内力。而这些思想性的力量，需要"以马克思主义文艺批评为指导"，"运用历史的、人民的、艺术的、美学的观点"，也就是说，马克思主义文艺理论及其思想、观点与方法，是文艺批评能否成为"镜子"、"良药"和"利器"的关键之所在。而我们在这一重要方面，许多时候表现出来的，却是另外一种情形，那就是批评往往缺少理论的内在支撑，而理论与批评又常常呈现出相互分离的现象。

因此，文学批评如何领会和掌握马克思主义文艺理论的精髓，秉持和运用"历史的、人民的、艺术的、美学的观点"使文学批评有坚定的方向，有稳固的定力，是批评家首先要着力解决的。在这里，要以学习、消化和掌握马克思主义文艺理论为前提和主导，在此基础上，"继承创新中国古代文艺批评理论优秀遗产，批判借鉴现代西方文艺理论"，就成为当代批评家履职和执业的必修课。只有坚持不懈地蓄积各种理论知识，持续不断地更新理论库存，并使这些理论养料

与知识养分有机地化合为批评的眼光，审美的意趣，评判的尺度，批评才能因理论的滋养、知识的浸润，而有思想的高度和精神的厚度，从而使我们的批评走出那种感觉式的、印象性的、随笔化的俗常样态，从而以其饱满的思想内力与充盈的精神引力，而富有战斗力，具有感染力，广有影响力。

其次，如何使文艺理论研究与文学批评实践有效地链接起来，良性地互动起来，也是一个亟须解决的问题。我们的文艺理论与文艺批评，在各自的学术发展与学科建设中，都取得了很大的成绩，得到了显著的进取，但长期以来，都似乎是两条道上跑的车，各行其轨，互不搭界。文艺理论研究的问题，常常是既不及物，又不切实，多在各自学科分支的小圈子里打转转。这种理论研究，因为不切实际，又疏离批评，既限定了自身的突破与进取，其成果也对文学批评少有影响，更谈不上影响现实的文学生活。

就马克思主义的文艺理论的研究而言，在当下就面临着繁重的任务和艰巨的工作，其中一个紧迫的任务就是对于马克思主义经典作家文艺论著中的常用术语和基本概念的梳理、释义与解说，如关于艺术的典型化，关于现实主义，关于典型环境与典型人物，关于艺术生产的不平衡规律，关于莎士比亚化，关于席勒化，关于社会主义倾向，等等，特别是习近平总书记在文艺工作座谈会上的讲话里提到的文艺批评与审美判断中的"历史的、人民的、艺术的、美学的观点"，就迫切需要联系文学现实和创作实际，进行深入的解读与精到的阐发，让这一重要的理论与观点，成为理论界的共有认识，成为批评界的基本依循；而且，要结合中国当代社会生活实际和中国当代文学的实践，拓展历史的观点、人民的观点的思想内涵，更新艺术的观点、美学的观点的表述话语，以其充沛的时代性、鲜活的新颖性，有效又有力地面对新的现实，阐释新的现象，解决新的问题，把书斋里的理论研究活动，变成文学生活中的实践工作。

（二）整合相关资源

繁重的任务，艰巨的挑战，都要求文学批评要有一支实力雄厚、能力强劲的基本队伍。而我们的当代文坛，也确实拥有不小的批评力量，文坛内外也有着一定的影响。但从高标准、严要求的角度来看，我们的文学批评力量，不仅不够雄壮和强劲，而且因为处于分散状态和多为单兵作战，事实上也没有形成应有的合力。因此，如何协调各方力量，整合相关资源，就成为批评队伍建设中的紧要问题。

首先是文学批评阵营的内部，需要切实加强沟通，经常予以协调。现在主要从事文学批评的，来自社会的方方面面，有的在作协、文联，有的在各个高校，有的在社科院所，有的在报刊媒体，说好听一点，是有一支队伍；说不好听的，基本上是散兵游勇。因为没有一个彼此联系、统摄全局的机制与方式，见面就是作家作品研讨会，散了后就各自为战。就评论与批评所选择的对象来看，也是谁对谁有兴趣就研究谁，除此之外较少关注其他，或者就依循作品研讨会的情形顺势而来，评论的方式也由过去的以"笔耕"为主，变成了现在的以"舌耕"为主。剩下不多的时间，也是谁催促得勤，逼迫得紧，就先给谁著文作评，基本上是随机处置，被动应付，而且忙得不亦乐乎，如牛负重。

在文学与文艺批评方面，这些年也建立了一些学会与中心之类的组织与部门，但这些组织与部门分属不同的系统，实际上处于割据状态，相互之间并无业务的沟通与横向的联系。现在看来，在此基础上建立跨行业、跨系统的联系、联谊批评家的组织与机制，显然是必要的。这样的一个组织与机制，可担负这样一些基本的任务与事务：协调与文学批评相关的组织与部门，在更高的层次和宏观的范围沟通情况，研讨问题，交流信息，并就一些倾向性现象与问题，组织集体力量，运用论坛、评论等方式，进行集中关注与重点出击，还可就一些

宏观性的文学问题，提出一些带有指导性、参考性的系列课题，起到联系批评群体，集结批评力量的作用。

另外，是要把与文学批评有所关联的力量动员起来，激活起来，利用起来。如力量雄厚的文学研究领域，有关古代文学与传统美学的经典著述的价值重估与精义阐述，有关近现代以来的新文化运动与新文学传统的史论述要与意义阐发，有关中国从古代到当代的经典作家与作品的系统梳理和延伸研究，有关古代文论、诗论等古籍文论资源的深度开发与当代转化，等等，都与文学批评建设与发展有着密切的关联，调动起这些研究领域的能动性，激发出这些研究学科的当代活力，都应该是振兴和推进文学批评的题中应有之义。在专业的批评之外，还有一些行业性的批评力量，也是文学批评的重要资源，完全可以也有可能加以借重和借用。如由一些纸质媒体的文化记者的报道文章主要构成的"媒体批评"，由一些网络文学观察者和爱好者的跟帖文章与感性言论构成的"网络批评"，由一些影视领域的各类评论者构成的"影视评论"，由一些书评家和编辑家的书评、书谈构成的"图书评论"，等等。这些行业性的批评与评论，实际上也是总体文学批评的构成部分，而且由于报刊、网络、影视和图书更带大众化，更具普泛性，其批评与评论的受众更多，影响更广。如果把这些分散状态的，行业领域的，自成系统的批评与评论加以有效的协调，形成批评的合力，批评显得势单力薄的状况定会得到一定的改观。而这样的跨行越界的宏大事体，既是文学批评领域需要放开眼界和联手协作的一个重要工作，也是文艺、文化组织领导部门需要认真考虑和切实解决的重要课题。

（三）培育新生力量

文学的新生力量需要大力培育，新生力量尤其需要加大培育力度，加快培育的步伐。文学批评的与文学创作的新秀层出不穷、前呼后拥相比，文学批评领域涌现的新人，不说寥若晨星，也是屈指可数。在文学创作领域，以王蒙为代表的"30后"还在写作，由此算起，从"30后"到"90后"，至少有七代作者在同时写作，同坛竞技，而文学批评领域，"30后"已大多歇笔，活跃于当下的，主要是"40后""50后""60后""70后"，"80后"刚有个别人崭露头角，实际上是四代人在勉力支撑，虽然尚未出现代际断层的显见危机，但代际衔接不够紧密、年龄结构偏大、新锐严重缺乏，已是不争的事实。创作和批评同等重要，也同样人才难得，但因为批评需要特殊的追求，综合的造诣，别样的才情，系统的训练，更难以成才，更显得宝贵。而且凭借着一己的个人爱好，或依托高校的学业深造去自然成才，都显然是远远不够的。在这一方面，文艺界和有关领导部门应该有强烈的紧迫感，要有一些长远的规划，有效的措施，切实加强文学批评新生力量的发现、培育与扶持，使有志于批评也有一定潜力的青年才俊，源源不断地加入到批评队伍中来，使文学批评的队伍不断壮大，后继有人，同时促进吐故纳新，实现代际更替。

在新生力量的培育方面，注重新的代际的批评新人是一方面，另一方面还要注意培育、延揽那些了解新的文艺现象，熟悉新的文艺形态，并具有新的理论知识、新的批评视野和新的审美情趣的新型人才。现在从事文学批评的"50后""60后"等骨干力量，大多是传统型的文学批评人才，以他们的知识结构、理论素养与审美情趣，对应于现实主义为主的文艺创作，大致旗鼓相当，聊以塞责，而面对以网络文学为主的新的文艺创作，则不免隔靴搔痒。比如，网络文学从写作到运营，从传播到阅读，都充分地彰显着读者至上、娱乐第一、利益为重的基本原则，这些属于网络文学要素与基因的文学观念与美学成分，需要超越传统文学观念去认识、把握和辨析，才能抵近其内里，判断其优长。而要做到这些，显然需要新的理论素养、新的文学观念乃至新的文化视野。而且，新的文艺形态带来的，除去创作的诸多新变之外，还有文学生产、文学传播与文学阅读的联动性变异，这

也需要超出传统的静态研究，去进行动态的跟踪与调研，而这都有赖于具有新素养、新造诣的批评新人的强力介入与积极努力。

总之，文学批评同整体的文学和文坛一样，进入了一个活跃与繁杂并存、机遇与挑战共在的新的状态。怎样认识这些变化，把握当下现状，解决存在问题，已是一个综合性的时代课题，需要文学批评者、文学从业者和文艺组织领导者，连起心来，携起手来，共同面对现状，合力解决问题，从而使文学批评得到新的切实改观，同时促动文学创作和文艺工作开创新的局面。

（本章执笔　白　烨　中国社会科学院文学研究所研究员）

B.2
长篇小说：现实的"魅影"
与历史的"幽灵"

摘　要：　在2016年的长篇小说创作中，现实题材的书写依然是重中之重。作家们或是从现实的问题切入，在一种"仿真"的虚构之中，思考现实的深度与广度；或是从自我的经验出发，在个人与世界的关系中，展开对于身处世界的探索；再抑或是索性以科幻的方式，在荒诞中把握当下变动的"现实"，这些多样的表达都可谓匠心独具。除此之外，历史及其个人的成长，历史之外的传奇，以及海外华文作家多方面的艺术表达，也都给人留下了深刻印象。

关键词：　现实书写　历史反思　"传奇"叙事

在对长篇小说的创作状况进行年度盘点时，我们一般会用到"大小年"的概念。这就好比一年的收成，靠天吃饭的庄稼人总是没法准确预料。而长篇小说的创作更是有其自身内在的节奏，因此"空档"与"扎堆"的情况总是交替出现。2016年的中国文坛，则颇有些长篇小说"扎堆"的迹象，这也使2016年堪称当代长篇小说的"大年"。这首先体现在贾平凹、张炜、方方、格非、北村、吕新等一线名家纷纷出手，一时间可谓精彩纷呈；而另一方面，付秀莹、张忌、张悦然等年轻作家也隆重推出了自己迄今为止最为重要的作品，带给人们诸多的惊喜。因而从某种程度来说，可以将2016年视

为创作水准与小说风格等多方面成就都堪为出色的一年。

而就 2016 年的长篇小说的总体创作而言，无论如何，现实题材的书写，依然是重中之重。在这一方面，作家们或是从现实的问题切入，在一种"仿真"的非凡虚构之后，思考现实的深度与广度；或是从自我的经验出发，在个人与世界的关系中，展开对于身处世界的探索；再抑或是干脆以科幻的方式，在荒诞中把握当下变动的"现实"，这些多样的表达都可谓匠心独具。另外，由于"2016"这个相对特殊的年份，历史尤其是特殊时期的当代史书写显得有些集中。这也难怪，敏感的作家们当然不会放弃历史叙事这个巨大的抱负，甚至总能常写常新。除此之外，历史及其个人的成长，历史之外的传奇，以及海外华文作家多方面的艺术表达，都给人留下了深刻印象。

一　现实性、问题与经验的探索

在对 2016 年的长篇小说进行简要梳理时，首先值得关注的是一批具有宽广社会容纳度的作品，这都显示出当代作家向现实提问的能力。

北村的《安慰书》（《花城》2016 年第 5 期，花城出版社 2016 年10 月）讨论的是"官二代"陈瞳激情杀人是否应该得到宽恕这样敏感的社会问题。这固然是对现实议题的及时反映，但作为一位有宗教情怀的作家，将写作当作一种教义的探索或忏悔讲述的北村，必然将现实的题材引入思索的层面。因而，小说所着力经营的人性的底色与灵魂的考问，以及最终的生命意义的"安慰"问题，虽然在很大程度上提升了作品的灵魂深度，但作者的先入之见与情感的偏执，还是将小说引入阶级的歧途，即如人所指出的，"北村将陈瞳天使化和将底层人物丑陋化的描写，无疑是将基督慈爱的光辉只照临到少数人身上，这是该部作品的瑕疵。"

孙慧芬的《寻找张展》(《人民文学》2016 年第 7 期，春风文艺出版社 2016 年 11 月)是一部讲述"90 后"志愿者的"命题作文"，以此显示作者对于当今时代"新新人类"的重新认识。小说中，众人眼里面目难辨的张展，在父亲空难去世后，开始追问父亲究竟是谁，而父子之间原本的冲突也逐渐化解，这也是张展自我救赎的全新开始。在此，无论是旁人眼中的"坏孩子"还是张展眼中的自己，一个共同的特征就是对自由的渴望，以及内心始终坚守的澄澈与明亮。小说也由此切入作为特殊教育志愿者的张展内心并未泯灭的亮光，以及他简单的高尚背后生命所遭遇的引领，以及更为内在的命运深渊。因此，小说所带来的思考是复杂的，有代际的冲突与理解、成长的幽暗与挣扎、官场的强盛与世俗以及对家族根脉的漠视与不以人的意志所左右的传承，小说也在这繁复的呈现中塑造出当代文学中极为奇缺的"真正具有内在力量感"的青年形象。这也是孙慧芬小说传递正能量之所在。

焦冲的小说一向以北京城市空间为背景，以极具现实感的方式呈现城市生活的方方面面。小说《微生活》(原名《段子手》，载《当代·长篇小说选刊》2015 年第 5 期，湖南文艺出版社 2016 年 8 月出版时题为《微生活》)聚焦的网络"段子手"们的生活及其媒介真相，涉及行业内幕与新媒体时代的文化思考。而《旋转门》(《当代·长篇小说选刊》2016 年第 5 期)则重回作者《北漂十年》等作品的路数，以都市白领并不如愿的人生来串联五光十色的北京生活。小说通过一次匪夷所思的"撞车"，让城市的人群相遇，从而获得他们之间的有机关联，这是碎片式写作的常用招数，其中当然也不乏巧合剧的"狗血"情节。在此，视频直播的农民工、行骗为生的流浪女、卷款潜逃的小白领，以及压力深重的同性恋者，各色人等在此遇合，再加之社会热门桥段的演绎，平淡的故事被描绘得有声有色。而在这背后则是都市白领们的伤痛与无奈，从而也呈现出都市的丰繁与人性的斑斓。徐则臣的《王城如海》(《收获》2016 年第 4 期，人民

文学出版社 2017 年 1 月）同样是一部以北京为背景的具有深广社会内涵的小说。各色人等在这个并不复杂的故事中一一亮相，而这些看似迥异的人群，无一例外地承受着内心的焦虑、无奈、惆怅和压抑，以及奋斗之中的苦不堪言。这便是当今城市的个性视野现实。小说犹如一部计算精确的仪器，将诸如城乡差距、阶级分野等社会议题，与"雾霾"之中的压抑、人群间相互理解的难以实现，以及知识分子的愧疚、罪感与个人救赎等有效拼接，几组丰富的意象便构成了这个城市万花筒般的复杂表情。

在切入当下现实生活的作品中，《极花》《陌上》等小说涉及的乡村世界无疑值得认真关注。在长篇新作《极花》（《人民文学》2016 年第 1 期，人民文学出版社 2016 年 3 月）中，贾平凹出其不意地以"妇女拐卖"为叙事焦点，充分表达他由来已久的对于乡村命运的现实关切。小说试图在广受关注的"郜艳敏现象"之上深入思考，挖掘现实背后的问题。事实上，这是小说所试图切入的问题视阈，意在"揭出病苦，引起疗救的注意"。然而，小说鲜明的情感倾向与略显偏执的想象性方案，却在不经意间冒犯了大众的性别观念，从而引出一系列的伦理争议。但小说本身，却在城市与乡村，女性主题与农村命运之间，构成了一种深切的情感矛盾与伦理困境。一方面，作为文本的正义，贾平凹显然是极为痛恨乡村的原始、蛮荒，以及人心险恶的；但另一方面，作为乡愁的呈现，《极花》作者又对乡村的命运抱有深切的同情。甚至正是因为这种对于生殖繁衍意义上的乡土存亡的关注，小说中的拐卖行径变得可以理解，如贾平凹所辩护的，"如果不买媳妇，村子就会消亡"。如此一来，小说中的残酷与荒诞，便有了"同情之理解"的基础，这也是他自《秦腔》以来着力营造的乡村挽歌的题中之义。

付秀莹的《陌上》（《十月·长篇小说》2016 年第 2 期，北京十月文艺出版社 2016 年 10 月）足以令人惊艳。有人戏言其"以《红楼梦》的方式"写当代乡村，"《红楼梦》的方式"不假，那笔法，那腔调，那"细节的洪流"，以及在家长里短、鸡零狗碎的人情世故中见出人性的微妙凶险与复杂难言，都可看出年轻的作者在向经典致敬。然而小说里，芳村这个"乡村版大观园"，却全无当代乡村的和谐与生机。在此，传统乡村的淳朴美德早已消失殆尽，小说意境的辽远、苍茫，以及升腾的诗性背后，所有的故事都暗藏凶险与心机，一派优雅和谐的内里却是千疮百孔，一切都是以金钱和权力为核心的利益社会。那些混乱的性关系，以及围绕性关系展开的勾引、讨好与欺凌，也都是赤裸裸的利益诉求。小说中的大全，是一个西门庆式的人物，他最喜好的只有两点，"一个是钱，一个是娘们"，而陌上花开的女性群像则无不匍匐在金钱权势的脚下，她们的情感与歌哭因此而更加令人心酸。而更重要的是，整个乡村的道德、人际与精神世界被侵蚀的现实，也都集中到了这个乡村权势人物身上。小说正是运用这种破碎的整体性写出了乡村衰败的精神现实。

在小说的世界里，那些别样的故事，总是特别吸引人。比如，在张忌那里，当和尚做空班只为赚钱度日，而如夏商所写，将心爱的女人做成标本……这些虚构的故事，掺杂着作者真真假假的知识与经验，显得如此动人。而这一切故事背后所指向的，则是无处不在的现实。张忌的《出家》（《收获·长篇专号》2016年春夏卷，中信出版社2016年9月）以农民工进城的故事切入，却意外地打开了尘世与佛门的通道，作品也由此被誉为"一部承袭汪曾祺《受戒》传统的新小说"。这也难怪，"白天他是庙里的住持，到了晚上，他可能是你的父亲、丈夫、儿子"，这确实是故事主人公方泉的现实状况。然而，小说其实更容易让人想到余华的《活着》和《许三观卖血记》。在此，方泉的艰辛，他为生计所迫的困窘与落魄，他的无助以及卑微的极致，都让人无不动容。偶尔的机缘巧合，使得另一扇门向他打开，门里，有一个全新的世界，方泉摸索着踩了进去，开始了着另一

种生活——做空班、当乐众、当方丈。在这个"末法的时代"，吃斋念佛早已成为赚钱的行当。因而，出家对于方泉来说，不是信仰的改变，而是另一种世俗命运的开始：尘世才是修行的所在。小说最后，方泉站在城市的马路上，透过鼎沸与喧嚣，他看见了"人潮汹涌，旗帜招展，一个人坐在法台上，双手合十，仁慈地俯视着众生"。他就这样于红尘万丈、十方世界中，与自己劈面相逢。那一刻，他或许找到了最真实的自我。

夏商的《标本师》（《十月·长篇小说》2016年第2期，江苏凤凰文艺出版社2016年4月）通过叙事嵌套的方式引出一本遗失的日记，从而展现出日记背后惊悚凄绝的爱情故事。在此，小说的主人公标本师，其崭新职业的知识性，以及冷僻角色的猎奇性，都为故事增添了别样的魅力。如人所言的，这是一部"穿着爱情外衣的知识小说"，确实关乎知识，那些人所未知的制作动物标本的步骤要领，被小说作者娓娓道来，以至让人惊呼，这是一部"标本制作知识的百科全书"。然而更为重要的是，这还是一部讲述残酷、扭曲爱情的惊悚小说。小说之中，一男一女两个凶手，"以爱的方式相互确认"，这两个爱情的奸细，试图遗忘掉各自的昨天，但最终还是被残忍的回忆所击败。在男男女女们有关爱情的背叛与报复、怀疑与妥协、忏悔与绝望之后，人们不禁感慨，"无论我们如何怀疑，世间总有一些飞蛾扑火的爱情"。这段"将深爱的女人制成标本的残酷爱情"，终究见证了人性的幽暗与爱情的决绝。

这里值得一提的还有黄惊涛的《引体向上》（《作家》2016年第3期，花城出版社2016年8月）。它看上去更像一部科幻小说，讲述的是主人公"我"和妻子一起通过某条神秘的栏杆驾车冲入太空，逃离尘世并且在太空中的孤岛生活的奇妙历险故事。其中，小说大量的篇幅是在描写"我"和妻子之间的天马行空的对话，而这些嬉笑怒骂荒诞不经的叙述，其实意在揭示人类社会中金钱和欲望交织的蝇营狗苟的荒谬生活，即小说通过"我"的口吻讽刺了人类社会的荒诞境况和可笑之处，因此也被认为是一部"让人返回自由之身和自由之心的作品"。

二 记忆、回望与历史的"幽灵"

对历史的反思，似乎是 2016 年长篇小说的重要议题。事实上，每逢关键年份，对于历史重要节点的重述，总是具有让人欲罢不能的魔力，吸引着作家们纷纷出手。方方的《软埋》（《人民文学》2016年第 2 期，人民文学出版社 2016 年 8 月）通过历史的"失忆"与重新打捞，来还原一段令人不寒而栗的"真实"，以此建构一种"拒绝遗忘"的伦理姿态。在此，"土改"的历史以其巨大的痛感，带给人们炼狱般的"震惊"，以此让人在历史的反思中思考人性的尊严。然而，小说更加令人惊叹的却是其叙述的精巧。故事通过回忆慢慢展开，而在此之中，不可思议的巧合固然推动着故事向前，但那些"真相"的只言片语不断制造的悬疑，才是"传奇剧"的关键所在。除此之外，《软埋》的最大惊喜其实在于作者历史观的微妙变化。小说最后，"真相"的揭示在于"受害者"的"作恶"以及家族的"内斗"，而非习惯意义上个人与体制的绝对对抗，这便使得小说批判的锋芒由传统意义上的"绝对之恶"转向了指向普通人的"平庸之恶"，这种"求新"意识的背后传达出一代作家与历史"和解"的从容。

同样，吕新的《下弦月》（《花城》2016 年第 1 期，花城出版社2016 年 10 月）虽被视为一部"以先锋小说的形式写出的'右派文学'"，但相对于同类作品而言，小说的主要特色在于其叙述重心的转移，知识分子蒙冤、受难和控诉的声音大幅削弱，而过去不太关注的知识分子及其家人的精神和生活状态得到凸显。小说以大量细节勾

勒出他们的生活，也刻画了他们在困境中挣扎的失望、忍耐与期盼。因而在此，"先锋"不仅为小说带来了叙述的形式，也提供了另一种进入历史的方式。

接下来值得关注的便是"80后"作家张悦然的《茧》，这部作品清晰地显示了这位年轻作家"青春期写作"的"历史转向"。如人们所看到的，《茧》（《收获》2016年第2期，人民文学出版社2016年7月）的故事核心是发生在"文革"期间的一幕悲剧，主人公李佳栖的爷爷涉嫌将一枚钉子揳入另一位主人公程恭的爷爷脑中。由于历史的真相被祖辈牢牢隐瞒，使得一切都变得迷雾重重。但事实上，历史早已通过种种方式对父辈们施加着影响，而他们的恩怨情仇则深刻改变着"我们"的情感与命运。在此，国家的历史被压缩成家族的历史，又蜕变为个体的情感和记忆，这就是历史的悲剧带来的伤痛。然而，这个嫁接而来的故事，如此轻易地就进入"我"的记忆之中，甚至构成了历史厚度的核心来源，这多少还是让人觉得过于轻巧。在此，如果说祖父一辈的历史和生活主导者是"文革"，那么父亲一代的创伤则来自八九十年代之交的那件"大事"。而不出所料，父亲一生的仓皇、倔强与颓废，既有对于爷爷的徒劳反抗，更有一种难言的政治失败的痛苦。这种历史回溯的人物设计如此巧妙，一下就网罗了主流文学最为热衷的两个历史节点，剩下的事情就变得简单起来。这也是"80后"写作的历史宿命所在，他们没有自己的历史，而只能通过讲述父辈的历史，去触摸祖辈的历史，从而为自己的写作徒增一丝残存的荣光。然而即便如此，她也要试着迈出这一步，只为做出一些改变。因此，尽管小说所标榜的历史厚重令人怀疑，但在历史的缝隙之中，张悦然风格化的写作方式还是给人带来了长久的感动。我们欣喜地看到，在其历史的讲述之中，张悦然并没有丧失她原有的风格化的"腔调"，以及文字里最为动人的"生气"。那些玉女的忧伤，青春的独白，疼痛、颓废、病态与毁灭，乃至极端情绪的描摹都依然如故。这是她少女时代的笔锋，青春期写作的热情与细腻魔幻的辞藻，以及温暖的意象流露的真情与爱意都让人莫名感动。

吴亮的《朝霞》（《收获·长篇专号》2016 年春夏卷，人民文学出版社 2016 年 8 月）在内容上承续了《我的罗陀斯》中对 20 世纪 70 年代的上海的回忆，但又不局限于上海、不局限于 70 年代。小说中，那些眼花缭乱的杂糅，镶嵌的片断，如此零碎，构成一幅特定年代的面貌模糊的历史拼图。在此，阿诺和他的伙伴们的 70 年代，以"文化大革命"为核心所展开的人事命运，让那些故事的碎片纷纷扬扬，填充在小说的各个角度，等待着人们去仔细辨认、归类和细细品味。正如程德培所说，《朝霞》"记录了一群被称为寄生虫、社会闲杂人员、多余的人、卑微者、罪犯与贱民、资产阶级遗老遗少，他们像废品一样被遗弃，或者像'丧家之犬'无处藏身"。小说饶有意味地记录了他们的偷情、闲逛，无所事事的攀谈，脱离实际的辩论，以此呈现他们的情感、歌哭以及颓废而迷惘的精神世界。小说松散的叙事结构令人印象深刻，它是如此庞杂而又繁复。故事千头万绪，断断续续，往往行到关键之处却戛然而止。再辅以大量的议论、思辨、对话与引文，或深或浅的哲学摘引与读书笔记，让小说的面貌不落流俗，甚至摇曳生姿。但小说终究深藏着一种倔强的精神性，如人所说的，"它是一座城市的精神秘史，是一段长于此生的回忆。"

同样是有关上海的故事，王承志的《同和里》（《小说界》2016 年第 3 期，上海文艺出版社 2016 年 8 月）以怀旧的情绪与笔调，讲述的是 20 世纪 60 年代的上海弄堂故事。作为一部以上海闲话为主的小说，《同和里》描绘上海少年"大耳朵"的成长史，从而钩沉起 20 世纪 60 年代"上海日常生活的肌理"。在此，"文革"时代的石库门，无疑在张爱玲、王安忆、金宇澄之外，为作为城市空间的上海弄堂的文学呈现，增添了极为独特别致的一笔。"这样的作品早该有人，以文学的方式表达出来了。"如今，上海的弄堂越来越少，弄堂

生活的气息也在消散。因而，这部小说，也被认为是一种上海气质的"见证"。

回望历史中的乡村，注视它的变迁，让我们得以重新审视现代乡村伦理和历史变革，是《望春风》《大风》《夜长梦多》等小说竭力展开的工作。格非携《望春风》（《收获》2016 年第 1 期，译林出版社 2016 年 6 月）也"重回时间的河流"。小说以半个世纪中国乡村中的人物命运和历史变迁为焦点，对逝去的故乡和老去的故人做了告别。用他自己的话说，"是在家乡彻底消失之后，才开始追溯它的源头，并描述自己对它的记忆"。但他所面对的，却并非全然是历史的残酷，尽管其间也包含着突如其来的死亡，但在隐藏的历史控诉之间，也不乏温情与暖意。

李凤群的《大风》（《收获·长篇专号》2016 年春夏卷，北京十月文艺出版社 2016 年 7 月）以一个家族四代人的不同叙述视角，勾画出 60 年间的家国变迁。所谓"十年求生史，四代人漂流记"，这也是一个地主的"逃亡"，所引发的几代人关于生死、尊严、记忆与身份追寻的故事。其间铭刻的，是卑微的小人物，他们沦落、迁徙，历尽艰辛的身份转换，奋力图存的苦难过往。这也显而易见地表征着历史的"野兽"加诸每个个体的命运。"历史的大风似乎在他们身上看不出痕迹，但是，每一道纹理都写着：命运和中国。"历次的社会运动，一场场的时代之风，它深刻地改变着中国，也让置身其间的普通人身不由己。"大风过后，草木有声"，这恰是《大风》的声音。

除此之外，赵兰振在《夜长梦多》（《大家》2016 年第 1～2 期，作家出版社 2016 年 6 月）里的尝试无疑也值得关注。《夜长梦多》不啻是一部有关南塘的"地理志"。在此，南塘仿佛有一种自然的神性，透露出这个世界某种不为人知的本质。故事以嘘水村的自然人事为中心，讲述南塘野地的神秘与雄奇。小说之中，那些层层叠叠的神秘气息弥漫开来，毫无来由却令人猝不及防。而在这蛮荒的原野里，幽深繁密的景致之中，夹杂着过往岁月的荒谬与血腥。我们的主人公，那个乡村月夜里孤独游荡的少年，便带着他的忧郁与感伤，步入那个令人嗟叹的无尽黑夜……他的无端蒙冤和刻骨创痛不禁令人感慨。小说以深情的笔墨，书写乡村的历史与现实，铭刻那些需要被郑重缅怀的历史创伤，以及永难磨灭的，在屈辱中艰难成长的个人记忆。为了抵抗"虚无性"的焦虑，小说拼命捕捉乡村的神性，以此建构残存的价值与意义。因而我们也得以在小说中见证那些原始的蛮荒，灵性的大地上游荡的神神鬼鬼，以及"泛灵论"的世界里遍布的悲苦与奇迹。在此，确定的意义在于某种抽象的根的意识和暧昧的家园情结，以及有关母亲、有关大地的虚妄想象。而这些，对于如何在全球化的历史格局中重新锁定当代中国的主体性，于传统价值伦理中追索过往岁月的理想与荣光，都具有一种难得的现实意义。

三 "传奇"、地方性与自我的展开

那些严峻的历史，在其通俗化的言情讲述之中，便可清晰地看出"传奇"的影子来。张炜《独药师》（《人民文学》2016 年第 5 期，人民文学出版社 2016 年 5 月）的灵感来自他大学毕业后在档案馆的工作经历。有一天，他在老库房里发现一个晚清时流传下来的小手提箱，他用了二十多年的时间来关注箱中档案提到的在胶东半岛上流传了几千年的神秘养生术。于是，养生、革命与爱情这几个关键词，便将历史的"档案"叙述为别开生面的"传奇"故事。葛亮的《北鸢》（《人民文学》2015 年第 12 期，人民文学出版社 2016 年 10 月）被称为一幅民国时期的"清明上河图"，亦是一部以家族日常生活细节钩沉为主要笔法的民国野史。在此，这位身世烜赫的作者只需"遥望父祖辈的风华与沧桑"，再加之不失时机地向《红楼梦》的致敬，便可轻易经营出这部小说"既古典又现代的叙事风格"。

赵本夫的《天漏邑》（《作家》2016年第9～10期，人民文学出版社2017年1月）采用了双线叙述，一为天漏村人宋源、千张子抗日及宋源解放后追查叛徒的故事，一为大学教授祢五常带领学生到天漏村考古的情节。一方面是革命野史，或曰"抗日神剧"，另一方面则在聚焦三千多年的天漏村这个不折不扣的文化遗迹。因而，作者的笔触既深入到人性的幽微之处，思索小说中打引号的抗日英雄所蕴含的复杂人生况味；又运用田野调查笔法的方法，对天漏邑这一自然地理村落之异状加以——考辨，于纪实与虚构之间，呈现出人类文明的一种原生态存在。

在单纯的故事或"档案"之外，以个人的方式切入历史，则不止升腾起非凡的传奇，也理应高度包含着自我的成长。王刚的《喀什噶尔》（《当代》2016年第1期，作家出版社2016年6月）续写了《英格力士》的故事，小说借由十七岁的"我"参军来到南疆军区文工团，打开自己的青年记忆，以此倾诉关于新疆的一切。小说显然具有浓郁的自叙传性质。在此，那些过去年代的美好与扭曲历历在目，而这一切都是由一个处于青春期的少年之心袒露出来的，他毫不避讳那个年纪的秘密："我"的荷尔蒙欲望，对文工团女人的念想，对身处边疆被压抑的青春期的不安，以及对于那个严肃年代的敏感脆弱和无法排遣的孤独。

《非比寻常》（《当代》2016年第2期，人民文学出版社2017年1月）是李师江《中文系》之后又一部个人自叙传性质的长篇小说，讲述他毕业三年的生活。书中涉及福建省文联、西禅寺、洪山桥、左海公园、东街口、福州大学等诸多福州元素。当然小说最为核心的，还是那些青春的爱情故事，以及爱情的破灭带给人的伤感。而小说最为出彩的人物则是薛婷婷、左堤这两位女性。她们一个代表着不可知的未来，一个代表着消亡的过去。年轻的薛婷婷看似天真，却始终与"我"相隔甚远；而相隔两地的左堤虽与"我"心有灵犀，却始终有缘无份，小说最后，她情感的抑郁，以及自我毁弃的决绝更令人震惊而心碎。《非比寻常》的语言体现了李师江一贯的机智和凌厉，故事流畅而诙谐，更为重要的是小说运用的真实姓名，使其"看上去"更显真实而尖锐，体现了作者的诚恳与率性。

双雪涛的《聋哑时代》（北京十月文艺出版社 2016 年 8 月）以一所东北小城的中学为背景，讲述几个性格鲜明的少男少女的故事。小说以人物为核心，以互见的方式串联呈现，形成整体，讲述他们的叛逆、抵抗与顺从，青春的纯情与残酷，其间亦有自我的精神成长。小说也因此被称为"80 后"一代青春时代的缩影和真实写照。相较而言，他的《天吾手记》（《花城》2016 年第 3 期，花城出版社 2016年 5 月）这部向村上春树致敬的小说，则融汇了童话气质与奇幻元素，显得别具风味。小说如拼图般交叉闪回，用九个片段分别拼出了大陆和台湾地区的少男少女的几段各异的成长往事。在他们寻找人生意义的过程中，体会人生与命运，信仰与人性、善与恶、爱与奉献等种种哲思，显示了双雪涛关于小说创作方式的新鲜尝试。

"地方性"与自我的敞开，是朱山坡《风暴预警期》（《江南》2016 年第 3 期，上海文艺出版社 2016 年 7 月）的内在标识。那些粗犷潮湿的南方故事，荒诞不经的市井传奇，在他笔下徐徐展开，只为追怀童年记忆里的"南方"。在那无尽的岁月里，当摧枯拉朽的台风骤然降临时，一切挺立的东西都心怀恐惧，绝望的哀号响彻云霄……然而，南方终究消失了。或者说，它跟北方一样，跟所有的地方一样，变得"遥远而陌生"了。于是，深情追忆正在消失的"南方"，就成了《风暴预警期》里撼人心魄的仪式。在遥远的蛋镇，风暴以及风暴中的人与事，那些散乱迷离的人物群像，无不让人惊奇而感慨。小说呈现了 20 世纪 80 年代初期时代变迁的社会风俗场景。在此，一群生活在南方的小人物，他们孤独、苦闷、冷漠、狂热、挣扎、探寻，追求理想，寻求理解，渴望爱和被爱，以及无法遮蔽的伤

痛，都在时空交错中抵达纵深和宽阔，而叙述的活力也得以迸发。当然更为重要的是，小说借此最大限度地修复了个体的"南方"记忆，使其消失的步伐来得更加缓慢一些。

同样是立足于"南方"叙事，海南作家林森的近作《关关雎鸠》（《中国作家》2012年第3期，作家出版社2016年7月）也顽强地瞩目于一种难得的"地方性"。在林森笔下，海南小镇20多年来不断衰败的历史，伴随着个人的成长记忆被清晰地讲述。在此，神灵不在，黄赌毒的横行，构成了商品经济大潮中的基本现实。小说之中，社会史与风俗史的整体性，虽然只是呈现为一种简单的道德评判，而历史的具体性也只是通过标志性的现实景观的流转所简单锚定，但作者的全情投入，以及由此而来的成长的诗意，还是让小说如此动人。

四　乡愁、离散与资本的秘密

近几年来，著名华人作家陈河的创作专注于发掘历史，其作品以史料扎实，文学架构具有现代性著称，其小说新作《甲骨时光》（《江南》2016年第2期，北京十月文艺出版社2016年8月）就是以材料的历史发掘与文学的虚构想象有机融合的产物。小说以甲骨学家董作宾为原型，讲述了20世纪20年代，甲骨文专家杨鸣条受傅斯年所托，来到安阳调查、发掘殷墟甲骨的故事。在陈河的笔下，时光回溯到抗战的硝烟之中，一批爱国人士怀抱着历史使命，在危难之际聚集到一起，围绕殷墟甲骨文物，展开了一场百转千回的民族文化保卫战。在此，他以殷墟甲骨为契机，在中国古老文明的神秘地带跋涉，在纪实与虚构之间，重塑了国人的勇气、智慧与气节。这也成就了作者"写一本有神奇故事的好看的通俗小说"的夙愿。而事实上，小说不仅成功地"让艺术的想象力飞上了历史的天空"，写出了"一片眼熟中的一个陌生"，也顺利达成了在一个精彩的故事中所蕴含的文化乡愁。

乡愁，乃至离散的孤独情绪，是海外华人作家惯于表达的主题。薛忆沩的《希拉里、密和、我》（《作家》2016 年第 5 期，华东师范大学出版社 2016 年 8 月）正是一幕发生在"全球化的大时代"的"异乡"故事。在蒙特利尔那个奇特的冬天里，妻子的去世与女儿的出走，让"我"陷入了空前的精神危机。在绝望与虚无的境地里，"我"的内心一片灰暗，那些悲伤、孤独，以及"深不可测的冷"席卷而来。然而幸运的是，冰天雪地的皇家山上，两个神秘莫测的女人同时进入了"我"面临崩溃的生活：一个是"健康的病人"希拉里；一个是坐在轮椅上、在寒冬的海狸湖边埋头写作的密和。这两个奇特的生命用她们的矛盾激活了"我"几乎已经被日常生活窒息的好奇：对生活本身的好奇。这强烈的好奇不仅让"我"对"未来"产生了憧憬和焦虑，也让我对"现在"产生了从没有过的充实和饱满的感觉。而更神奇的是，它甚至让"我"对"过去"也产生了全新的认识。小说讲述的是那个孤独的异乡人，在生命被抛掷进无尽的虚空之后所遭遇的生命奇迹。在此，"三颗微不足道的沙粒"被这个时代的潮汐带到了皇家山上。在这迷人的瞬间，"时间像玫瑰一样绽放"。三个人物背后充满悬念的故事讲述了生命的真相，也展示了现代人在全球化时代的生存困境。

当然，海外的故事也并非都事关离散。唐颖的《上东城晚宴》（《收获》2016 年第 5 期）讲述的便是从上海到纽约，跨越双城的爱情故事。女主人公里约到纽约度假访友，在一次晚宴中结识了成功的华人艺术家，她得知这个男人是通过他富有的白人妻子的帮助，才得以在纽约的艺术圈发挥他的才华，获得了巨大的成功，便在心里称他为"于连"。对里约来说，"于连"象征了纽约上东城的奢华生活，以及神话般的成功，他强烈的个人魅力，使得里约在明知会遭遇什么结局的情况下，仍然陷入了爱的迷狂。在此，我们固然随里约一道感

受财富，惊人的财富——所带来的性高潮的幻觉，如小说所言，"假如他是个 loser（失意者），同样的身体同样的器官同样的激情，还会有性高潮的幻觉吗？"然而，物化世界的诱惑与压迫，还是以极富戏剧性的方式展开。这是一个自私专横，野心勃勃，附带占有欲控制欲的人，一个可以任意摆布女人的男人。而他们之间长久的暗战，欲擒故纵的调情游戏，在带来"刀锋上行走"的"奇遇的高峰"之余，更多还是让故事中人黯然神伤，于是，向往与沉迷，犹疑与警醒，飞蛾扑火的激情与欲罢不能的折磨，构成了这注定毫无结果的恋情的全部事实。不过小说最后，可怜的里约终于获得了解脱，她嫁给了艺术事业上无法成功的高远，看透浮华的夫妻俩以甜品店谋生，虽忙碌却充实，让人心灵宁静，也让读者对这个不乏童话色彩的结局倍感温馨。

严歌苓与张翎都是传奇的高手，前者的《上海舞男》（《花城》2015 年第 6 期，上海文艺出版社 2016 年 4 月）与后者的《流年物语》（北京十月文艺出版社 2016 年 3 月）都给人深刻印象。看得出来，她们都特别擅长讲故事，对于故事有天生的敏感，也执着追求故事的吸引力，展现的亦是故事的迂回复杂与细腻感人。尤其是《流年物语》的作者张翎，她擅长以恰当的方式来经营故事。她对于自己笔下的人物认真而慎重，甚至把他们当作精神分析的样本来对待。对小说人物内心的拿捏，创伤感的描摹，丰富的情感戏，都是极为细腻动人的。这一点在《流年物语》中表现得尤为明显。但坦率来说，小说重要的不是它的内容。我们见过太多这样的故事，镶嵌在"文革"与改革时代的个人或家族故事。这种历史中的传奇，包含着历史的悲苦、情感创伤、奇情与三角恋、底层的奋斗与隐忍，以及发达之后的种种，甚至结尾处多少有些"狗血"的男主绝症而亡。这些情节剧的俗套并不令人惊奇，然而，作者也在竭力显示小说反情节的元素。即对于小说来说，重要的不是写了什么，而是如何写的。小说最具特色的地方在于叙事视角的不断转换。每一章节都是不同的叙事视角，有时候是河流，有时候是瓶子、麻雀、钱包，有时候是手表、苍鹰、猫魂，甚至戒指，让人想起一些经典小说，比如帕慕克的小说《我的名字叫红》，这种不断变换的第一人称的叙事方式，也确实带来了不少新意。

在 2016 年的长篇小说中，《人境》、《南方的秘密》以及《猛虎图》等几部讲述"资本的秘密"的作品也值得认真关注。带着一种缅怀的情绪追忆青春岁月，于漫长的历史跨度中全景扫描乡村与城市，在文学潮流的季节轮换中"以旧为新"，思考中国乡村向何处去，并以此清理并反省我们的知识以及所谓的知识界，为在历史大势之中重建一个世界的愿景作准备，这是刘继明的长篇小说《人境》（作家出版社 2016 年 6 月）的题中之义。在此，小说对于历史与现实的思考，可以让我们清晰地看到《创业史》等社会主义文学传统的当代再现。这种文学传统的赓续有力地体现在对于重建乌托邦的执着想象，以及由此而来的，对于我们时代的流行知识的全面反省、批判乃至决裂。小说的理念性特别清晰，从中我们可以看到伴随当代史而来的各种人物前后相继的理想主义情怀与乌托邦想象。具体依据时间为序，小说展现了三种乌托邦的想象方式，这也可以见出当代中国人不断求索的心路历程。小说通过马垃以及他的两个精神导师哥哥马坷与老师逯永嘉的实践与求索，体现出当代精神史中对于理想主义的不懈追求。正是借助这样的方式，小说基于现实，执着地重新想象一种乌托邦，一种桃花源式的理想，或者更确切地说，想象一个更好的世界，从中亦可看出刘继明的勇气、抱负与诚意。

刘诗伟的新作《南方的秘密》（《十月·长篇小说》2016 年第 3 期，作家出版社 2016 年 12 月）通过周大顺这位上下求索的乡村残疾青年，以及他传奇般的人生经历，如历史的切片般打开了改革开放时代的"南方的秘密"。如小说所讲述的，周大顺在特殊的年月上下求索，却并不如愿，残疾的身体令他处处受挫。为求生计，他只得超越

常规，等待命运的垂青。一次偶然的机会，让他从地下"缝纫"起步，意外发现了生财之道。在那个光明正大地满足人们"穿衣物的需要"，都有可能被视为"资本主义的尾巴"的年代里，他居然大逆不道地研制胸罩。政治经济的禁忌，连同身体伦理的禁忌，构成了肆无忌惮的冒犯，然而这又让他获得了空前的成功，从此便一发不可收拾。同样是表现改革开放以来的社会现实，刘诗伟的《南方的秘密》会让人不自觉地想起刘继明的《人境》。在《人境》中，改革时代的英雄是逯永嘉这样蕴含启蒙主义与个性解放的"风云人物"。由于写作重心的原因，《人境》中逯永嘉的发迹过程只是被轻巧地一笔带过，而在《南方的秘密》中，这种改革时代的发展脉络则被更为清晰细致地予以描述。在此，如果说逯永嘉的成功，意味着一个风云人物理应实现的时代风云；那么周大顺的发迹则是以一个残疾人成功的荒谬来隐喻时代的病症。然而，两人的相同之处在于他们惊世骇俗的性欲，以及官商勾结的发展模式，这都象征着"资本"的"活力"与"原罪"。他们势如破竹的"野蛮生长"，不可避免的自我堕落，以及在人生巅峰之处的轰然倒塌，无疑都是资本反噬其身的绝妙隐喻。

在《南方的秘密》中，周大顺于人生巅峰处的失败似乎不可避免，这是时代转轨的必然，这也意味着新的垄断资本时代对于周大顺的抛弃。然而故事并没有就此结束。这位"改革时代的传奇"仍然雄心不改地以胸罩的老本行为依托，酝酿着最后的"π事业"与"木马行动"。当然，此时的他似乎已在人生的起伏中顿悟了它的真谛，他开始着眼于生物质能源项目和可再生资源的利用与开发。这似乎是一个像π一样无穷无尽可以永续经营的事业，这也象征着一种新的人类生存方式对于旧有经营的"超克"。这便是作者所赋予的周大顺的新的时代反思，这个"伟大的残疾人"于人生命运起伏中对于正义的执守，在于有效荡涤资本内在的"罪感"，以及资本的逐利性所携带的肮脏，于时代转型之中获得一种永恒的正义。这也是《南方的秘密》所竭力带给我们的启示。除此，哲贵的长篇新作《猛虎图》（《江南》2016 年第 4 期）用娴熟的笔法、平易的文字编织了一个与现实互为镜像的世界，刻印了这个时代的一幅生动图景。小说中的陈震东怀揣着借来的三千元钱从国营工厂辞去公职，利用自己采购员的关系投入商场，从此翻开人生新的篇章。此后，他的服装厂越做越大，生意也日渐风光，但最后也是以破产而告终。这与《人境》《南方的秘密》这两部作品正好形成有效的互文参照。

如此看来，2016 这个长篇小说"大年"的作品之丰富，总体样态之丰繁，艺术探索的多样性，都确实令人称道。然而由此带来的问题在于，似乎难以从总体上对这一年的概况进行准确而全面的把握，而只能以点带面的进行初步的概括。

（本章执笔　徐　刚　中国社会科学院文学研究所助理研究员）

B.3
中篇小说：主观·信仰·先锋性

摘　要：　我一直认为，近十来年的当代小说创作，虽然长篇小说占尽了风头，但真正代表小说水平的还是中短篇小说。表面看来，2016 年的中短篇小说似乎依然波澜不惊，但细究起来，却不难发现中短篇小说继续在精神性和文学性的深入开掘上作出努力。这可以从三个方面具体来看，那就是：主观的弥散，信仰的焦虑，先锋的余韵。

关键词：　主观性　信仰焦虑　先锋性

我一直认为，近十来年的当代小说创作，真正代表小说艺术水平的还是中短篇小说。但是 2016 年的小说风光却让长篇小说占尽了，这一年被称作长篇小说的"大年"，引起较大反响的作品就有二十余部，而中短篇小说基本处于波澜不惊的状态。但这并不妨碍中短篇小说继续在精神性和文学性的深入开掘上作出努力。坦率地说，面对海量的中篇小说创作，以一个人的能力难以对一年的创作作出全面性的概括和总结。我在这篇年度述评里，只是想从我的阅读出发，谈谈我感觉到的三点值得关注的趋势和现象。

一　主观的弥散

主观性是现代小说发展的一个重要趋势。现代思想不断开发了人的主体意识，作家因此比以往更看重自我在小说中的位置，也就不再满足于客观反映现实世界，而是认为小说应该表现作家内心重新建构起来的文学世界。这个文学世界显然是以作家的主观性为黏合剂建构起来的。当然，现代小说中的主观性，基本上溢出了传统文学理论中关于是席勒还是歌德的争论范畴，不能在主观性与观念之间画等号。所谓主观性，是强调作家经验的独特性，强调作家对世界认知的独特方式和视角。目前，中国故事、中国经验等概念特别流行，这些概念指出了一个客观事实，即中国在改革开放的进程中提供了前所未有的经历，这是当代小说最具诱惑力的写作资源，如何讲好中国故事，如何阐释中国经验，的确是小说家面临的挑战。阅读当下的中篇小说，就会发现有越来越多似曾相识的故事，而讲述故事的方式又是如此的单一化和同质化。同质化的问题早已引起人们的担忧。同质化从根本上说还是作家的主观性不够强大。

　　出于这样的考虑，我特别欣赏陈河的《义乌之囚》。义乌过去只是一个不太有名的浙江小镇，但正是中国三十余年改革开放给它创造了成功的机会，义乌小商品市场越办越红火，把义乌办成了一个影响波及全国乃至全世界的著名乡镇。义乌的经验无疑是典型的中国经验，陈河的《义乌之囚》则是一篇阐释义乌经验的小说。既然是阐释义乌经验，义乌的小商品市场显然就会成为主要的对象。小说中的人物和情节都是围绕着义乌小商品市场而展开的。义乌充分体现了全球化的特征，一个中国的小县城竟然成为了"世界中心"，它的触角伸到了世界的任何角落。作为一位长年在海外生活的华裔作家，陈河具备一种国际视野的优势，自然对于这一点感触很深，小说中的一条重要线索就是国际贸易，主人公杰生是一位加拿大的华人，他在加拿大的生意都与义乌的商品有关。但如果小说仅仅讲述了杰生做生意的故事的话，也许难以与其他反映这类题材的小说拉开距离。最难得的是，陈河从义乌这一"世界中心"的贸易活动中，发现了资本主义

经济与革命之间的关系。小说由此塑造了查理这一令人震惊的人物。查理本名叫杜子岩,也是在加拿大做生意的中国人。义乌是他的大本营,虽然他做生意也有遭遇挫折的时候,但他最终做得很大,"一切事情顺利得无法想象",他也被人们称为"BIG GUY"(大人物)。不可思议的是,成功后的查理却要做格瓦拉式的英雄,他在非洲建立起根据地,渴望来一场惊天动地的"世界革命"。查理显然是陈河主观想象的人物,但他的主观想象有着历史的和现实的根基。这个现在叫查理的杜子岩当年是中国的红卫兵,还跑到了缅甸的金三角。陈河通过查理这一人物把今天的"全球化"与历史上曾经令一代年轻人狂热的"世界革命"勾连了起来。查理说的一段话很耐人寻味,他说:"我内心里面有一块黑暗区,那种黑暗的程度是你无法理解的。"看来,陈河是要通过查理来安妥自己的一个历史心结:他对红卫兵的那段历史记忆犹深,也许他认为历史也存在着黑暗区,如果得不到清理,终究会带来可怕的后果。黑暗区是一个深刻的启示,正像小说所叙述的那样,黑暗区不仅仅存在于历史与人心,也存在于文明系统之中。当一种文明照不透的黑暗与人内心的黑暗重叠在一起时,就会出现查理这样的疯子。那么,全球化带来的不仅是经济的发达,而且会成为"革命"的沃土。尽管这篇小说在情节设置上还不是非常圆润,主观性的表达也失之简单,但作者对于中国现实的思考确实与别人不一样。

不应该抹杀作家们在主观性上所作的努力,哪怕这种努力的结果还不太完美。有的作家持之以恒地坚持自己的一种看世界的方式,一再地表达他对世界的某种认知,这样的结果有时候会造成一种重复感,但我以为这种重复感并不见得就是坏事,因为我们需要仔细辨析,看看他的重复背后是否还存在着一双执着地向纵深迈进的脚步。由此要说说孙频的小说。孙频是一位非常有主见的年轻作家,她的小说大多写小人物。写小人物也是目前的一种时尚,但孙频并没有从众的心理，相反，她对这种趋势持一种警惕的态度，这就表现在她对小人物的严厉立场。当然，她也能发现小人物身上的善良、坚贞、执着等品性，但她并不想借此获得一种道德优势，不得不承认，在书写小人物的时尚中，廉价地表达道德正确的心机也是很容易从一些小说中捕捉到的。但对于孙频而言，她并不在乎人的身份，而在乎是善还是恶。善与恶有时候并存于一个人的身体内，孙频于是同这个人物一起处于一种焦灼和分裂的状态，她不知道该怎么抚平焦灼和分裂，于是她有一种精神的痛苦，精神的痛苦构成了她的主观性。如她的《万兽之夜》，写的都是普通人，因为欠债、躲债和讨债而带来的人际间的紧张和变异，于是人变成了兽，孙频既不袒护讨债人，也不为欠债人辩解，尽管我们能从中感受到社会的复杂和生活的诡异，但作者的撕裂状态也难以遮掩。在另一篇小说《我看过草叶葳蕤》中，孙频就将心理调整得比较平静。李天星是一个不甘于平庸的人物，他终于通过考试离开了自己成长的小城，但他最终也没有摆脱平庸。孙频在这篇小说里是以情欲的故事来表现年青一代的理想问题。虽然李天星一直不缺喜欢他的女人与他做爱，但他回忆起来她们时"只有草叶腐坏的气味"，唯一忘不了的还是杨国红，这个大他十几岁的女人让他情窦初开，尽管生活与岁月让她变得越来越猥琐。杨国红就是一个理想与现实的集合体，李天星因为有理想的牵挂，才不至于绝望，但他又难以直面现实的残酷。小说最后写到，杨国红曾经工作过的交县百货大楼正在被拆毁，或许孙频在期待，我们这个社会将为年青一代建设一个新的理想大楼。

石一枫近些年特别火，他走的是写实路子，但其主观性也非常强，这表现在他的社会意识上，他的小说丝毫不高蹈，也不空灵，充满着烟火气，更具有犀利的批判锋芒，因此在他的小说里，尽管不像论文那样经常跳出平等、公正、自由等字眼，但这些字眼其实已经成为他小说情节的筋骨。这种主观性反映在小说叙述中，就是他偏爱于

设置一对构成相互对立的形象。《营救麦克黄》同样也设置了两个对立人物，一个是白领黄蔚妮，一个是普通打工者颜小莉。两个属于不同阶层的人物竟然成了闺蜜，小说是从颜小莉与黄蔚妮的友谊开始写起的，第一句话就说："与黄蔚妮的友谊，被颜小莉视为她来到北京之后最大的收获。"但这份体现着阶级大融合的友谊却被一条狗破坏掉了，可见维系她们之间友谊的纽带是很脆弱的。属于两个不同阶层的人终究会因为对世界的看法不一致而分手。当今社会贫富差距越来越大，从而形成了不同的阶层，不同阶层存在的利益和文化的矛盾，是导致社会问题的重要原因。石一枫在他的多个中篇小说中都一再表达了他对这一社会现象的忧思。我们由此会想起曾经成为我们社会最主导的理论——阶级斗争理论，难道我们的社会要促使人们重新捡起这一理论作为争取幸福生活的武器？现实始终在回避这一问题，以各种方式来抹平社会的差异，掩盖阶层的矛盾。但作家就应该代表社会的良知，必须将社会问题揭露出来，以引起人们的警醒。石一枫做到了这一点。面对这一问题，石一枫也有自己的迷茫，这种迷茫就在于，面对社会越来越剧烈的阶层差异，我们能否找到和解的最佳方案，我们能否形成一个约束不同阶层的共同道德标准。作家孜孜以求地探寻一个问题，一步步把这个问题引向深入。期待石一枫有更深刻的发现。

还有不少小说能够看到作家主观性的独特表达。葛水平的《小包袱》写的仍是家庭伦理，她通过母亲的一只小包袱，细腻刻画出伦理亲情在生存困顿的磨砺下破绽百出，但她同时也写出了家庭伦理的韧性，即使日子使我们的情感钝化了，它就像母亲的一只小包袱会收藏在亲人们的内心里的。西元是一名年轻的军旅作家，近些年来的小说呈现出其鲜明的个性，他试图恢复和强化军事文学的血性，如他的《疯园》《枯叶如海》。胡学文的《一九四〇年的屠夫》从市井生活的角度进入对抗日战争以及战争的后续影响的书写。不少作家在历史题材上努力寻求突破，突破首先从反思开始，胡学文的这篇小说具有代表性。

二　信仰的焦虑

在孙频的《万兽之夜》里有一个细节，小秦母亲在阁楼的床上已经死去，临终前伴随她的是一本宣传基督教福音的小册子。母亲虽然在小说中着墨最少，但也是唯一的一位能从焦虑和恐惧中走出来的人物，基督教的小册子让她能够平静地与世界告别。这个细节也是当下现实的真实写照，越来越多的人信教，或者是基督教或者是佛教，人们企望宗教安抚灵魂，从而摆脱现实的烦扰。陈仓的《地下三尺》其灵感仿佛就来自这里。小说的一个核心情节便是，到上海来打拼的陕西人陈元，决定要在上海城市中的一块空地上建一座供市民朝拜的寺庙。这真是一个很不切实际又很符合实际的奇想，说它不切实际，是因为在上海这样一个大都市，城市建设是被严格规划了的，哪能凭个人之力随便建寺庙呢？说它又很符合实际，是因为在城市里越来越多的人信奉佛教，他们缺少的正是能够拜佛烧香的地方。可以说，陈仓抓住这个核心情节，也就是抓住了人们的精神症结，即社会普遍存在的信仰的焦虑。可惜他没有围绕这个核心情节做文章，而是写陈元为了获得建寺庙的许可证，如何采取各种手段的。比如他先盯上一位政府官员老吴，帮老吴解决了个人隐私的难题，然后就直接向他提出了帮忙的要求。沿着这样的思路，小说写得非常有戏剧性，也揭露了社会阴暗的一面。但我想如果能够围绕信仰焦虑来构思，也许效果会更好一些。小说中有这么一段话："在这个世上，其实建什么也不如建寺庙。从表面上看，人们似乎最需要的，是寄托身体的房子，对于一个漂泊者，过去他常常感慨的是，眼前有千千万万的窗户，唯独没有一个是自己的容身之所。人们似乎都在想房子，能够拥有几套房

子，是衡量人生几斤几两的基本元素，但是再深究起来，人们最最需要的，终究也不是房子，不是金钱，而是一个心灵的皈依。"我倒是希望陈仓的小说能将这种社会心态充分地表现出来。

杨遥的《流年》涉及理想和信仰。作者从社会普遍存在的追星现象中探讨了一个理想空虚的问题。凌云飞和聂小倩因为共同喜欢王菲的歌而相爱，他们向往王菲歌声里传递的美好生活，约定攒够钱，就去王菲曾经去过的加利福尼亚感受阳光。但当他们攒够了钱，却不得不将钱用于解决现实生活中遇到的问题，问题一点点被解决，他们也顺利走进了婚姻殿堂，开始了幸福生活。杨遥巧妙地借用了流行歌手和流行歌曲的公共性，王菲是当今最当红的歌手之一，凌云飞和聂小倩的幸福感就与王菲有关，当他们一起唱起王菲的歌曲时，便共同沉浸在歌曲所渲染的美好氛围中。两个人对待王菲的态度又不一样，聂小倩清醒地意识到王菲不过是一种幻像，解决不了现实的问题，因此婚后的她不再唱歌，而对织毛衣充满了兴趣。但凌云飞却从王菲那里获得巨大的诱惑，他一门心思要把聂小倩打造成新的王菲。于是他们之间的情感出现了裂缝，生活上形同陌路。凌云飞采取了破罐子破摔的方式，而聂小倩则依傍上了佛经，最终是佛经让两人和解，又重新过起了惬意的小日子。而此时的聂小倩也不再念经了，他们共同享受女儿带来的乐趣。杨遥看似只写一些生活的表象，但所有的表相都是内在机理发生变异的征兆。他将流行歌星、佛经、抚养后代这些互不关联的内容串起两个年轻人的生活波折，就折射出当代社会的理想和信仰的贫瘠化和虚幻化，因此就有凌云飞最后的恐慌感：虽然一家人很开心，但凌云飞不敢去问聂小倩为什么不念经了，他"怕一不小心，发现现在的生活才真是梦，或者说聂小倩在做梦，那样会戳醒她"。

我最欣赏迟子建的《空色林澡屋》，她以酣畅的文字将人的精神信仰圣洁化和诗意化。小说的故事之核是一位老太婆在山林深处开设的澡屋，这位老太婆一生都很不幸，但她乐观面对生活，热情帮助他人，因为她的肥皂做得好，被人叫作皂娘。皂娘有两个嗜好，洗澡和喝酒，年老之后，她宁愿留在深山里的林场，并砍了一棵大树，掏成船形，摆在屋里当澡盆，为那些来山林的人洗澡。旅途中和劳作中的人很愿意来这里洗澡，洗去了身上的尘埃，也洗去了疲乏和烦恼。洗澡，在小说中明显象征着一种洁净和美德。单纯写这个故事，也会很优美，但思想意蕴难免单薄。迟子建并不止步于一个优美的故事，她将这个故事处理成神秘和空灵的状态，又将其套在一个非常写实的故事里。这个故事是说一支小分队进入森林进行实地勘察，找了山民关长河作向导，关长河一路上给小分队的成员讲述了森林深处空色林澡屋的故事。小分队于是在森林里寻找空色林澡屋，寻找过程中又生出不少故事，所有的故事都指向一点：每一个人都会有自己的委屈和磨难，需要下到澡盆里得到洗礼。尽管最后仍没有找到空色林澡屋，但空色林澡屋改变了叙述者的精神状态："我试图让生活回到正轨，或者说是回到平庸中，可是当空色林澡屋的故事像一道奇异的闪电，照亮了人性最黯淡的角落后，我的整个生活就被它撕裂了。我在空洞的光阴中，能感受到它强烈的光明，不禁又寻着这光明而去。"迟子建将皂娘烘托成一个女神式的人物，传递出一种宽泛的宗教情怀。她将皂娘的澡屋取名为"空色林"，显然就是对佛教《心经》的呼应："空即是色，色即是空"，至于现实中有没有空色林澡屋并不重要，重要的是你的心里有没有它的位置。

三　先锋的余韵

读 2016 年的中篇小说，还有一点感触特别深，这就是关于先锋性。我对先锋性一直保持审慎的态度，因为先锋性自 80 年代的先锋文学潮之后，逐渐变成了一个流行词，或者说成为了一顶廉价的高帽

子，但凡要表扬一位作家或一篇作品有新意，马上就会送上"先锋性"的高帽子，而先锋性的内涵和意义则越来越空洞化，它往往演变为一个可怜的含义：与 80 年代新潮小说有相似之处。但后来发现，我也不必简单地贬低与 80 年代新潮小说相似这一现象，更不必简单地否定先锋性这一概念的使用。因为 80 年代新潮小说带来文学观的革命性突破，它自然形成了一种新的传统，影响到以后的小说创作。如今不少作家特别是年青一代的作家基本上是在这一传统的基础上进行创作的，从传统的延续性来说，不妨将这类作家的写作称为先锋写作。从他们的身上，我们看到了先锋的余韵仍是那么的充满魅力。李宏伟就属于这一类作家，他对情节的碎片化处置、强调完全的虚构性，以及在小说哲学意识上的执拗追求，不仅延展了 80 年代新潮小说的创新，而且至今仍体现出某种先锋性。他在这一年发表的《而阅读者不知所终》典型地体现了他的先锋特征。肖江虹则是从另一路径上演绎先锋的余韵，他的《傩面》以先锋文学的世界观处理最传统化的民俗。而晓航的《霾永远在我们心中》表面上看是一篇非常写实的小说，但骨子里却透着现代性的先锋意识。故事在两个虚拟的城市间游走，不仅影射当下中国严重的环境污染，而且撕开了人们陷入精神危机的假相。罗望子应该是 80 年代先锋小说潮流的参与者，难得的是，他三十余年来一直坚持先锋写作的路子。当然，他在先锋写作中不是极端派，属于温和的先锋写作，大概这也是他能一直坚持这种写作姿态的原因之一。罗望子的特点是游离于主观与客观之间，游离于表现和再现之间。他的小说材料都有现实感，但现实材料被他作了碎片化的处理，他以强烈的主观性将其黏结成一幅非现实的图景。如《邂逅之美》表现的就是一种对于"邂逅"的观感和体验。当然，罗望子有自己的问题，他的先锋性的世界观是犹疑不定的，由此也带来一个如何将自己的主观性更好地转化为一种相贴切的文学形象符码。

最后要专门介绍一下陈集益的《驯牛记》。陈集益这一代作家的文学萌发期几乎都会受到先锋文学的影响，时代为他们提供了一种新的文学土壤，在主流现实文学的土壤中拌和进了现代主义文学的土质，他们的文学种子从这种土壤中破土而出，长出来的就是带有异质的新苗。但是有一些年轻的作家止步于仿制先锋文学，并以为这就是先锋的文学。陈集益的审美趣味显然也是偏向于现代派的写作的，但他能够对仿制保持足够的警惕。或许陈集益之所以喜爱现代派小说，不过是因为他主张小说要有个别性而已。他希望从小说中看到不一样的东西——既包括读别人的小说，也包括自己写的小说。因此他并不在现代派技法上下工夫，甚至他的有些小说根本看不到现代派的技法，倒是像最老套的小说写法。比如这篇《驯牛记》，陈集益是以先锋的思想来处理乡村经验，因此写了一篇不同于乡村叙述的乡村小说，我愿称其为农事小说。农事小说这个词是我现编的，所谓农事，不就是农业生产活动吗？但它偏能写成小说。这不奇怪，中国是个农业大国，农事早就是文学的重要资源了，《诗经》三百首大多都是写农事的，农事诗在古代一直很发达。读《训牛记》时，我惊异于陈集益对于农事的娴熟，现在让我感到担心的倒是，还有多少作家能够像陈集益这样有着如此鲜活的农事经验，而且还能如此天才地将农事经验转化为小说资源。小说的主角是一头牛。这头牛从它出生起就不一般。牛的额头上有一块白斑，这让爱动脑筋的人类费猜疑：这块白斑暗示了什么呢？是吉还是凶？小说写了这头牛与合养这头牛的四家人相处的故事，牛对人来说是农事的活物工具，最终是要被驯服来干农活的，这头牛顽强地抵制驯服，它在被驯服的过程中给人们带来了不少麻烦，四家人不得不服输，其结果就是将这头牛牵到牛市上去卖了。作者将这头被称作"包公"的牛写得活灵活现，完全够得上是一个成功的文学形象。这是一头充满着现代意识的牛，它不愿意像前辈那样做一头勤勤恳恳为农事而服务终生的牛，它要追求自己的自由

和解放。陈集益的先锋性并不在于结构、叙述、手法等这些表层的东西，他不在面相上做成现代派的样子。他的先锋性在于他从现代派那里学习到了一种反主流、反时尚、反定规的思维方式。也就是说，陈集益写农事小说，却采取的是反农事的叙述方式。虽然《驯牛记》不能说是一篇象征小说，因为小说的叙事性非常突出，我们也被作者超强的叙事功力所征服。但陈集益并不是一个满足于客观叙述的作家，他会在叙事中隐曲委婉地表达他的一些不合时宜的思想。比如他在写"包公"这头桀骜不驯的牛时，或许将他对于中国当代知识分子的规训史的认知和感慨寄托在叙述之中。陈集益的小说给我们提供了无限想象的可能性。

（贺绍俊　沈阳师范大学中国文化与文学研究所教授）

B.4

短篇小说：回到历史深处与凝望现实困境

摘　要：　2016 年的短篇小说，既没有明显的断裂，也没有耀眼的新变，但在依流平进的发展中仍然让我感到某种愉悦。这一方面是因为，在众多的砂砾中间，仍有不少闪光的所在；另一方面则是因为，比之于历史、哲学、社会学等人文社会科学，小说，也包括短篇小说的最大优势在于，它能够呈现具体事情的逻辑，在场景的还原、重构与虚构中呈现丰富的智慧，带来诗性的愉悦。

关键词：　历史意识　生活现场　先锋实验

2016 年的短篇小说，较之往年，并没有出现明显的断裂，或是异常耀眼的新变。不过这种平稳，并不意味着这一年度的短篇小说毫无可观之处。这里之所以做出这样的判断，起码与两个原因紧密相连。第一，不少作家在 2016 年之前，已经写出颇具分量甚至是令人惊艳的作品。到了这一年度，虽然他们同样写有水准不低的新作，但是相比于他们之前的那些杰作，相比于那些作家中的作家——文学大师们的杰作，还显得突破性不够。这恐怕也是无法强求的事情——杰作从来就是稀缺的，创新也从来都是困难的。大多数的作家，都要写作大量看起来颇为雷同的作品，才能迎来那灵光闪现的瞬间，写出属于个人的、不可复制的杰作。而在这灵光闪现的刹那之后，又将进入

漫长的与平庸搏斗的时期，重新置身于对杰作的期待之中。第二，作为一个离文学现场不算太远的读者，我已经读过不少作家的杰作或优秀之作，大抵知道他们的能力所在，知道他们各自的志趣、品性和美学特色，也已经知道他们所能抵达的高度。这种前理解的形成，既加大了作品振掉个人阅读预期的难度，也带来了某种与期待相生相伴的苛求。

虽然没有出乎意料的特别惊喜，但是阅读 2016 年的短篇小说，仍然让我感到快乐。这一方面是因为，在众多的砂砾中间，仍有不少闪光的所在；另一方面则是因为，比之于历史、哲学、社会学等人文社会科学，小说，也包括短篇小说的最大优势在于，它能够呈现具体事情的逻辑，在场景的还原、重构与虚构中呈现丰富的智慧，带来诗性的愉悦。对于小说的这种独门能力，我仍旧深怀信任和热爱。

一　回望历史

2016 年的短篇小说中，有不少具有鲜明的历史意识。有的试图对历史进行回望和反思，有的则试图以历史作为视野，打量历史当中的人，理解他们为什么在特定阶段会做出这样或那样的选择，是如何一步一步走到今天的。

孙春平的《身后事》（《长江文艺》2016 年第 12 期），主线是老革命秦丰年去世后所发生的一切，在叙述的过程中穿插讲述他生前所经历的重大事件。小说描绘的秦丰年是一个革命者的形象，但不同于以往脸谱化的革命者的形象。他的人生遭遇颇为曲折，对革命亦有自己的理解。抗美援朝时期曾下过的一道独特的命令，使得他在战争后屡次受到审查，长期遭受不公正的待遇。但秦丰年最终得到平反，"磊落曾为老人带来不幸，但公平正义也终因他的磊落而回归。"小说中对秦丰年在革命年代的遭遇的讲述，还原了历史本身的复杂性。

秦丰年在后革命年代所经历的一切，也颇符合当今的现实。尤其是秦丰年如何处理与几个儿女关系的部分，涉及当代生活的不同面貌。不管是对待历史还是对待当下的现实，孙春平的笔墨都是审慎的，也是从容的。他恰如其分地以文字重构个人与历史、与现实的关联。这种扎实的、融贯着个人思考的写作，无疑是十分珍贵的。

朱山坡的《革命者》（《芙蓉》2016 年第 5 期），同样把视线转向风云变幻的革命年代，塑造了几个另类的革命者形象。他们来自一个家庭："我"的伯父表面上放浪形骸，浑浑噩噩，在大问题上却清醒而坚定，善于在画作中巧妙地隐藏生死攸关的秘密，因而在革命行动中起到不可替代的作用；"我"的父亲表面看来懦弱无能，实则有着坚定的信念和果断的行事能力；"我"的祖父则更为深藏不露，他的革命者身份，长期不为人所知，最终也出人意料。如今的小说创作，越来越重视理念的传达，观念化的程度越来越高，在小说中难以看到生动的人物形象和符合人物性格逻辑的语言和神态。《革命者》在这方面做得较为成功，值得注意。其实塑造生动的、有生命力的人物形象，讲好一个故事，对于小说家来讲，是非常重要的天赋，也是不可多得的能力。一部小说最后真正要被人记住，或具备恒久的魅力，最重要的，也还是看能不能塑造一些甚至只是一个能够在文学史上留得下来的人物。如果以现代主义或后现代主义文学的写作传统作为参照，这无疑是一种非常落后的做法，但重新重视那些曾因某种激进的策略而抛弃的写法，恰好是现代主义或后现代主义小说更好地完善自身的方式。

储福金近年来一直在经营"棋语"系列，也在持续地发表这方面的小说。《棋语·搏杀》（《收获》2016 年第 6 期）的题目就是这篇小说的主题词。除了"棋语"和"搏杀"，还有一个词对于理解这篇作品同样不可或缺，那就是"不平等"。小说中的彭星出生于普通工人家庭，在吃喝玩乐方面，无法与人相比；在学校读书时，则成绩很好，经常与一个被称为"奶油小生"的人互为第一、第二名。后来到了上山下乡的时期，由于招兵的部队连长与"奶油小生"的父亲是老战友，"奶油小生"有了晋升的路途，参军后可复员回到城市。无特殊关系的彭星则只好到农村去，但在干农活上无法与农村青年相比，下乡一年多，"依然一挑上担，脚下就像在走钢丝。"出于对这种不平等的处境的反抗，他决定跳开来搏一搏，去找围棋高手查淡一较高下，却发现与查淡下棋仍需接受不平等条约，仍旧无法摆脱受制于人的境地。彭星在下棋上最终搏杀成功，赢得一局，然而，如何在和能否在现实中反抗更大的不平等，他是茫然的，既无把握也无信心。正如小说里所写到的，在下完棋后，"他就开了门走进黑暗的巷子里去了。他不停地走，并不知道自己要往哪里去。一直走到城郊，面对着无垠的旷野……他为什么站在这里？他搏了什么？胜负是什么？如此，获得了什么？不如此，又失去了什么？然而他又觉得，他人生中只有这一次搏杀是实在的，其他所有的事情都在感觉中虚掉了"。小说很好地表现了彭星身陷束缚却又无从反抗的感受。小说中的围棋高手查淡其实也身处不平等之中。结婚后，他听命于老婆，凡事受她摆布，后来他老婆带着孩子离家出走了。他的生活是破碎的，心灵也未必完整。有此不平等遭遇的查淡之所以着意设定不平等的棋局，试图让自己始终占据主导权，多少与个人境遇有关。耐人寻味的是，查淡最后仍旧失算，被彭星赢得一盘，查淡精心营构的世界也由此崩塌。另外，把茨威格的《象棋的故事》与阿城的《棋王》、双雪涛的《大师》与储福金的"棋语"系列放在一起进行对读，应是一件有趣的事情。

双雪涛的《跷跷板》（《收获》2016 年第 3 期），则涉及上个世纪 90 年代国企改革的问题。这一短篇，几无赘语，每一段话，每一句话，都有子弹般的硬度和力度。字数虽不多，却有复杂的人性景深和广阔的社会景深，意蕴丰富。小说中的刘庆革，原是一个工厂的厂长，在企业改革时曾犯下不可告人的罪，虽然多年来一直没被人发现，内心却一直承受着罪责的折磨。在即将离开人世的时刻，刘庆革仍希望找到合适的方式，来减轻自己良心上的不安。这是小说中隐约可见的线索。双雪涛并没有采取平铺直叙的方式来讲述以上的种种，而是从一个名叫李默的青年人的视角来逐渐揭开这一切——他是刘庆革女儿刘一朵的男朋友。刘庆革的故事，刘一朵与李默之间的爱情故事，在小说中两相交织，齐头并进，由此而形成小说的独特结构。《跷跷板》虽然涉及国企改革的问题，但跟20世纪所盛行的"改革文学"大相径庭。除了年青一代生活的引入，小说在写法上还借鉴了悬疑小说的叙述方式，主题严肃但扣人心弦，可看出年青一代作家既坚持严肃探索又强调可读性的努力。

二 凝视现实

除了试图回到历史的深处，2016年有不少短篇小说也立足于当下的生活现场，着力关注当下的现实。现实生活中的困境，各个阶层、各种形式的困境，成为本年度短篇小说创作的重要主题。

这里不妨从须一瓜的《灰鲸》（《花城》2016年第2期）谈起。小说的主角是一对普通的夫妇。所谓普通，包括很多方面，比如他们的外貌，他们的生活态度，他们的经济状况，等等。小说也主要从普通的事情写起，先是写小说的男主角去参加高中同学聚会，昔日意气风发、激情四溢、荷尔蒙也饱满的同学如今都开始进入中年，面临精神的或物质上的危机。有个别因犯重罪已被枪决，有的正在服刑，有的已病逝或在遭受着中风偏瘫等疾病的折磨。其中有发了财的，在"金钱荷尔蒙"的刺激下，仍旧意气风发；绝大多数的人，则"都在岁月中变丑、变老、变乏味。彼此都是镜子，照出了大好年华都过了保质期。结实有力的身体、披荆斩棘的理解力、敏锐的感觉、过剩的

精力、美好的好奇心。说不清哪一天起，就一样一样统统蛀蚀光了，像一篮子迟早要坏掉的蛋"。小说的男主角，一个鲸鱼专家，一面感受着时光的飞逝、无情与凌厉，一面努力摆脱对当下生活的倦怠。灰鲸在小说中象征着另一种生活——庞大的、雄浑的、理想的、稀缺的人生。与灰鲸有关的一切，对于鲸鱼专家而言，就像雾霾中隐约可见的一丝光芒，是他能够继续坚持走下去的动力。他的妻子同样过着灰色沉闷的生活，甚至比他更加无望。他们夫妻两人又是隔膜的，互相不能理解。

《灰鲸》主要写的是普通阶层的灰色人生，张悦然的《天气预报今晚有雪》（《收获》2016 年第 1 期）则把目光放在一个中产阶级女性周沫身上。周沫是一个离异女性，她没有工作，每个月从前夫庄赫那里得到的那笔钱则让她仍旧有条件过上不错的生活。因此，她的困境主要是情感上的，这对于她来说，已经不堪面对，已然让她非常痛苦。尤其是她与昔日的情敌顾晨，如今都因为被庄赫抛弃而形成一种独特的关系——既相互折磨，又相互依存。而随着庄赫的意外身亡，周沫很可能会失去那些她曾认为理所当然的、不值一文的东西，也失去她原来认为可以由自己所掌握的自由，陷入更加痛苦的境地。

蔡东的《朋霍费尔从五楼纵身一跃》（《十月》2016 年第 4 期）也是从当下生活中普遍存在的困境出发展开叙述的。周素格的丈夫乔兰森原是一所大学的哲学教授，后来突然因病失去生活的能力。原本智力过人、悠游于哲学世界的乔兰森在精神和日常生活方面都全面退化，俨然回到了孩童阶段，在方方面面都得依赖周素格才能维系下去。相应的，周素格也似乎从妻子的角色转变为母亲的角色。小说从一开始就提示周素格在筹划实行一个"海德格尔行动"，留下悬念。这个行动其实并不复杂，不过是周素格希望能独自去看一场演唱会而已。之所以命名为"海德格尔行动"，跟这位德国哲学家的代表性著作《林中路》有直接关系。小说引用了《林中路》的题词："林乃树林的古名。林中有路。这些路多半突然断绝在杳无人迹处。"海德格尔在《林中路》中主要是借此暗示思想本身有各种各样的可能，有不同的进入思想之林的路径，并非只有形而上学这一路；在周素格这里，则是借此追问生活本身是否还有其他的可能。周素格所心心念念的行动，其实不过是从家庭责任的重负中稍稍脱身，有片刻属于自己私人的时间，借此喘喘气。然而，周素格终究是放心不下丈夫一人在家，最终选择了带他一起去看演唱会，并在喧嚣中亲吻她的丈夫。对于周素格而言，做出这样的选择，似乎仍旧是在责任的重负当中，似乎她的"海德格尔行动"失败了。事实并非如此。她最终的主动承担，既包含着对苦难的承认，也是一次人性的升华。通过书写周素格的个人遭遇，作者既直面了灰色的人生，又始终对苦难的人世保持温情和暖意。这篇小说在叙事上亦有可观之处。它之所以被命名为《朋霍费尔从五楼纵身一跃》，是因为里面写到，一只名叫朋霍费尔的猫曾从五楼跳下，自杀身亡。朋霍费尔决绝的行为，跟周素格执行"海德格尔行动"的犹疑和辗转，一快一慢，形成鲜明的对比。

旧海棠的《下弦月》（《创作与评论》2016 年第 8 期）是一篇耐读的小说。它主要讲的是一个从小父母不在身边、由奶奶和爷爷抚养逐渐长大的少女笑笑，在十五岁这一年面临着如下的人生抉择：是跟随大伯到省城生活，跟随父亲到深圳去念高中，还是继续留在乡下和奶奶相依为命？随着这一条主线逐渐浮现的，还有笑笑上两代人所遭遇的社会历史和人伦的纠葛。小说中写到，笑笑奶奶和奶奶的妹妹曾生活在大城市，后来一起下乡。妹妹怀孕后扔下孩子给奶奶抚养，然后独自一人回城。奶奶为了妹妹的孩子，也就是笑笑的大伯，做了很多牺牲。包括失去回城的机会，也包括一直生活在穷困当中。到了笑笑父亲这一辈，又酿成大伯、父亲与母亲三人之间的不伦之恋——其实大伯才是笑笑的亲生父亲，而笑笑误认为是他亲生父亲的那位，其实只是笑笑的养父。笑笑母亲之所以在笑笑很小的时候就离开，也跟

这段"恶业"有关系。笑笑其实是不幸的，但是因为有她奶奶的呵护，也因为对上一辈的"恶业"尚未完全知悉，已经十五岁的笑笑依旧不失天真烂漫。如果知道真相后，笑笑将会如何选择，又将面临什么样的命运？这是小说中并未展开的部分。这篇小说，用了很多笔墨来写笑笑，俨然她是作品的主角，其实作者更想多写的，应是垂垂老矣的奶奶这个人物。这也是小说为什么被命名为《下弦月》的原因。笑笑奶奶是一个有光彩的人物，虽然命运充满困厄，但是她选择了背负起属于她的以及并不属于她的责任。对于笔下的人物，旧海棠怀有发自内心的体恤。

鲁敏的《拥抱》（《收获》2016 年第 1 期）同样关注当下的现实问题。中年危机可以说是近年来写作的一个重要主题或重要面向，也出现了诸如弋舟的《刘晓东》《李选的踟蹰》等代表性的作品——当然这些作品的内涵未必局限于此。鲁敏的这一短篇和须一瓜的《灰鲸》，同样可以纳入这一范围。《拥抱》的题材不算新，写的人也多，但鲁敏找到了独特的表现角度。《拥抱》中的"她"和蒋原本是校友，蒋原读书时期曾是少女们心仪的对象。"她"跟蒋原并非恋人关系。这么多年后，蒋原之所以约"她"，并不是为了重拾旧情，也不是因为对"她"有好感，而是因为蒋原发现，他那患有自闭症的孩子"喜欢"她。"她"本以为蒋原约会"她"是因为对自己有好感，不想这次约会的目的只是希望"她"能够跟他儿子有个约会。"她"在青春期不曾有过轰轰烈烈的恋爱经历，这时候虽然事业有成，但因为丈夫出轨，家庭早已破碎。或许是因为个人生活得并不幸福，或者是因为蒋原身上会不时折射出"她"在少女时期的记忆和梦想，又或者是出于对"她"丈夫、对蒋原和对自己的恶作剧般的心理，"她"同意了参加这次"约会"。有意味的是，小说中的每一次拥抱都会落空。这个时时落空的动作，让人感觉无望，但结尾处男孩突然变得势不可当，最终结果如何，拥抱后又如何，却不得而知。因为小说所采取的是开放性的结局。《拥抱》的叙事逻辑的建立，是有难度的。如果只是对其情节进行概述，会令人感到离奇，甚至觉得所写的一切不可能发生，这小说并没有多少书写的意义。但这正是鲁敏的能力所在——通过细密的叙事建立一种有说服力的逻辑，尤其是小说对"她"的心理的把握和展现，可以说是令人惊叹。这篇小说令人觉得触目惊心的地方还在于，它很好地写出了人在困境面前是如何一点一点地陷落的。

《拥抱》主要写"她"如何被日常生活所磨损，写一个人"如何白白地年轻了，然后又白白地老了"，并没有让"她"落入深渊。在2016 年度的短篇小说中，我们还可以看到，人是会一点一点地陷落的，并且最终直到落在深渊才会警觉。我指的是徐则臣的《狗叫了一天》（《收获》2016 年第 1 期）。徐则臣有不少作品写的都是那些生活在底层的人，卖假证的，贴小广告的，卖水果的，等等。这也是《狗叫了一天》中几个人物的职业。对于工作，对于生活，他们并不满意，各有各的倦怠，也各有各的愤怒。于是他们带着轻微的恶意，调侃一个智障的孩子，也带着轻微的恶意捉弄一条饥不择食、更谈不上有骨气的狗。他们在狗的尾巴上涂上骨头汤，让这条贫贱的狗不断挑战自身的局限，最终走向死亡。连带的，这个恶作剧也酿造了一场车祸，那个智障的孩子因此离开尘世——尘世之于他，原本不是困苦的所在，他热衷于给天空打补丁这样好玩的游戏。那些本来很轻微的恶意，正是在他们没有警觉的时刻，越滚越大。恶本身具有的体量，本来也不应该造成这么恐怖的后果，但它最终的威力是出人意料的。由此，对恶的警觉，理应成为一种人性的必需。

近几年，青年作家已成为短篇小说写作的重要力量，我们几乎会在每一份、每一期的文学期刊上与他们的作品相遇，甚至有很多刊物都专门设立了有年龄限制、以代际来划分的栏目。在这些作品当中，马小淘的《小礼物》（《收获》2016 年第 6 期）兼具文学意义和社会

学意义。它有一种独属于马小淘和当前时代的声音、色彩与气息。马小淘和旧海棠一样，都以塑造人物见长，且有自己的独特写法。马小淘2015年发表的《章某某》和2016年发表的《小礼物》分别塑造了属于这个时代的有代表性的人物。如果光是看小说的题目，很难会想到"小礼物"竟然是一个女孩的绰号。小说中的冯一锐第一眼见到陈爽就喜欢上了她，觉得她"像一株静默的马蹄莲，纤细、清洁、劝人向善，美得高洁而纯真，不见一点虚荣与轻浮"。而在接下来的交往中，冯一锐却隐隐觉得，个人与之交往的那种严肃和庄重，跟陈爽的实际风格有些不搭。但与其说陈爽轻浮，不如说她身上所携带的，只是属于当前时代的率性和直接。这是目前青年一代的主导型的性格。在《小礼物》中，马小淘似乎是饶有趣味地观察生活中的各种人，饶有趣味地观察各种事情，饶有趣味地观察生活中的一切，然后把各种声音荟萃在一起，形成一种众声喧哗的效果。对于这一切，她有所思考，但又并不偏执地认为就该如何如何。她通过"小礼物"这个词，以及这个人物形象，浓缩而形象地总结了"小时代"独特的交往方式和价值取向：略表心意，成则成，不成也无所谓。无可无不可。

李晁的《看飞机的女人》（《花城》2016年第1期）可视为一篇后青春期小说，这是他所擅长的题材。年青一代作家中，擅长写作此类题材的，还有文珍、毕亮、于一爽、吕魁，等等。《看飞机的女人》中的皇甫、木朗等青年，生活在一个边地城市，日渐职业化和社会化的他们逐渐被"锁定"在一个地方，无所事事，心生厌倦。看飞机起飞，降落，也成为一种生活习惯，甚至是一种生活仪式，一种表达理想的方式。而这种习惯和仪式，随着他们社会化程度的加深也开始难以为继。小说的叙述语调略带调侃和反讽，让人想起余华的《十八岁出门远行》，还有朱文那些风格卓绝的作品。小说中还借皇甫的视角讲述了一个叫卓尔的女孩的经历，她从小就遭遇不幸，一直渴望以一种轻盈的方式告别如影随形的沉重，但这种状况一直持续着，无从摆脱。对于后青春期的忧郁和倦怠，叛逆与抵抗，小说作了精彩的书写。这些基本情绪，也是弥散在小说中的迷人气息。

三　先锋实验

本年度有不少小说作品，也带有先锋实验的写作意图。

东君本年度有风格相异的作品面世：《懦夫》（《人民文学》2016年第1期）的遣词造句和精神气息，跟中国古典小说有紧密的关联；《徒然先生穿过北冰洋》（《作家》2016年第7期）小说的写法则非常现代，有些章节完全以对话的形式写成，大量地运用了意识流的手法。《徒然先生穿过北冰洋》从第一人称展开叙事。小说中的"我"，网名叫徒然先生，他的微信朋友圈用的封面图片跟北冰洋有关。希望有一天能够穿越北冰洋，是徒然先生的梦想，但在实际生活中，他是一个受够了生活压迫的中年男人，他的妻子拉拉多次出轨后被他杀害，他则养了一条名叫拉拉的狗继续着属于他的幽暗人生。对妻子的爱和恨，罪与悔，如今都延续到所养的狗拉拉身上，过去的时间和现在的时间也在徒然先生与狗的相处中重叠。《徒然先生穿过北冰洋》写出了一个小人物的屈辱与无奈，以及被逼入绝境的愤怒和绝望。

李浩本年度起码有两篇同题的短篇小说面世，名字都叫《会飞的父亲》，分别发表于《青年文学》2016年第1期和《花城》2016年第1期。跟他以往的大多数作品一样，李浩的这两篇新作同样重视先锋探索，尤其是发表于《花城》的这一篇。它的叙述者"我"是一个孩子，小说主要是写"我"在八岁时关于父亲的现实和想象。在"我"不到一周岁的时候，父亲就离开了。在"我奶奶"和"我母亲"的讲述中，父亲当时是飞走的——小说的叙述之旅由此开启。在往后的论述中，则是现实和想象交织。一方面是"我"在生活中

所遇到的现实，比如父亲的真实身世，他现在的身份，还有"我"和周围世界的疏离，同龄人对"我"的排斥。另一方面，则是"我"对父亲的持续想象，比如他到底是怎么飞走的，飞走后又过着怎样的生活。这些场景，展现了李浩作为一个小说家的独异想象力。小说中对"儿童世界的政治"的书写，也令人感到难忘。尤其是"我"，因父亲的问题而遭到同龄玩伴的排斥和疏离。被拒绝在世界之外，成为世界的一个陌生人，这对一个孩子来说，无疑是非常巨大的伤害。为了重新回到他们的阵营，"我"甚至自愿在游戏中扮演叛徒的角色。雷默的《告密》（《收获》2016年第3期）在写法上并不具备明显的先锋性，但是也涉及这一问题。《告密》从儿童视角看成人的世界，观照特定阶段的政治观念对人伦的影响。比如小说中写到"我"跟父亲聊天时的隔阂。"我"觉得跟父辈聊天是困难的，因为在聊到一个人的时候，大人们总会去追问这个人的父辈是谁，他们家原来的情形怎么样。那是一个重血统、重阶级出身的年代。"我"和国光是小说中不可忽视的两个人物，可以说国光曾经是一个坏孩子，比如他曾经当着"我"的面，跟别的同学放肆地大笑，以此来嘲弄"我"的孤立无援。这种"儿童世界的政治"，可能是每个人在成长的过程中都会遇到的，史铁生在他的散文和小说中也反复写到类似的经历。对于孩子而言，这是恐怖的记忆。《告密》既写了"我"和国光的结怨，也写了他们的和解；既试图写特定时期或人性中或隐或显的恶，也不忽视细小的善，还有星火般的希望。这比一味地写人性的恶或写恐怖记忆要强得多。

黄惊涛的《天体广场》（《人民文学》2016年第5期）包括三个短篇。《让我方便一会儿》主要讲述因贫穷买不起房子的李也西一家去看房子的情景。他们将此视为一次难得的旅行，在看房的过程中则想象自己拥有一套房子后的生活。对于李也西夫妇来说，这是一个出神的时刻——暂时告别了苦闷而平庸的生活，在想象中"实现"了梦寐以求的、慰藉性的新生活。然而，李也西的父亲，一个身体有些小毛病的老人，忍不住使用了样板房的洗手间，这使得原本一直态度很好的售楼小姐突然变了脸，她的大声呵斥让他们从白日梦中醒来，再次回到日常的现实。《大海在哪个方向》同样关乎想象。小说的主角是一个在高空作业的玻璃清洁工。在工作的时刻，他的处境是危险的，然而这并不妨碍他拥有属于自己的世界，拥有属于自己的想象。跟李也西一样，他被凡俗的人生缠绕，又在想象中进入另一个世界。《来自杬果树的敌意》则是讲述老干部吴约南搬迁房子后如何和窗外的一棵杬果树建立关系。对杬果树渐进的熟悉，渐进的喜欢，让这棵杬果树在吴约南的世界中越来越茁壮，杬果树的树荫甚至开始覆盖"他一生中已经在走下坡路的性爱时光"。出乎意料的是，这棵树在吴约南毫无准备的时刻就从他的世界中消失了。这三个短篇，既互相独立，又互有关联，有如晶体的不同侧面。它们所写的，都是一些平常的人物，都是一些平凡的瞬间，却往往有一种独特的光芒。《天体广场》在叙事上试图以轻驭重，具有卡尔维诺所提倡和追求的轻逸之美。

哲贵的《活在尘世太寂寞》（《收获》2016 年第 6 期）带有传奇色彩或神秘色彩，小说的主角是一个叫诸葛志的神医。诸葛家族世代皆为神医，并且医术只传男不传女。作为诸葛家族的成员，诸葛志从小就背负着这神圣使命。文中所写，也多有神奇之处。这个家族的医生，很多时候类似于神，技艺高超，却无比"冷漠"。比如诸葛志，"无论病人和家属多着急，无论他们的声音有多高，他的面色不会有任何变化，他的动作不会比平时快一分，说话的语速也不会快一秒。这些不会变化的原因，是他的心跳没有出现波动"。诸葛家族的成员身上似乎具备一种独特的理性，一种只属于神的绝对理性。不过这种绝对理性并不能贯彻到底，一旦离开诊所，诸葛志也有情感的浮动，甚至会因为所背负的家族重任而深感压力。小说中还写到，诸葛志父

亲临终前跟他所说的那句似乎能完成家族之间神性传递的话是："于病人而言，我们诸葛家族的人就是神，你就是神，生死皆在掌控之中"。这种巨大的能力还有绝对理性，似乎就是他们"活在尘世太寂寞"的原因。他们身在尘世但又不属于尘世，故而寂寞。如果能够再往前一步，对世人有着更大的爱愿并付诸行动，这种高处不胜寒的寂寞可能会涤荡一空。

这些作品的先锋意图，或是体现于形式，或是体现于观念——试图反抗惯常的观念，或是体现于题材的开拓。或许是受短篇小说本身的篇幅限制，这种种意图的实现，还不算特别理想。如果以年度为界，2016 年的中长篇小说在这方面所作的尝试，比短篇小说更值得瞩目。比如李宏伟的长篇小说《国王与抒情诗》（《收获·长篇专号》2016 年秋冬卷）和中篇小说《而阅读者不知所终》（《人民文学》2016 年第 9 期）、《暗经验》（《创作与评论》2016 年第 6 期），还有黄惊涛的长篇小说《引体向上》（《作家》2016 年第 3 期）、黄孝阳的长篇小说《众生·设计师》（作家出版社，2016），都是值得讨论的先锋文本。

四　结语，或一个问题

以上主要是从主题和形式的角度入手，对 2016 年的短篇小说进行了回望。接下来，我想以更为内在的精神层面为路径，继续谈谈这一年度短篇小说所存在的问题，其实也是这些年来短篇小说创作中一直就存在的问题。

中国当代文学一直面临着变革的期许，作家们也以这种期许为期许。这使得小说创作领域发生了很多可喜的变化，可是也出现了不少问题，甚至是迷误。从上个世纪 90 年代以来，作家的主体意识和文学意识日益增强，大多尝试对小说的内部空间进行开拓。具体方式则有很多种，比方说，题材领域的不断拓宽，对事情复杂性的认识在加深，写作手法也日益多样化。在技艺和思想层面具有双重自觉的作家越来越多，可是与此同时，作家的思想资源也日益同质化，人文精神的退却，更成为一种常见的现象。如今，有不少作家只把自己定位为复杂世相的观察者和描绘者，此外再无其他使命。昆德拉在《小说的艺术》中提出的"小说是道德审判被悬置的领域"这一观念，成为他们的写作信条。借着这一信条，很多作家在"写什么"上得到了极大的解放。一些极其重要的伦理、道德、社会问题的领域，成为不少作家的兴趣所在。但这当中的不少小说作品，在价值层面是存在迷误的。不少作家致力于呈现各种现象，尤其是恶的现象，可是在这些作品中，很难看到有希望的所在。很多作品甚至是在论证，人在现实面前只能苟且，只能屈服于种种形式的恶。对恶的书写，并不是越极端就越有深度，这是对小说创作的极大的误解。一个作家的写作，当然可以站在非人文的、非道德的立场，而不必始终承担道德教化的任务，但是不滑向反人文、反道德的境地，这一底线伦理始终是有必要坚守的。因为非人文、非道德的立场，只是意味着悬置道德判断和价值判断，无对错之分；而反人文、反道德，则是鲜明的道德立场和价值立场，是必然要论对错的。在写作中事事、时时持道德教化的姿态，固然无趣，但是在一些非常重要的，甚至是根本性的问题上，还是应该保持警觉，并且有某种肯定的价值作为依托。如果没有这样的警觉和价值依托，就很容易陷入尼采所说的境地："与恶龙缠斗过久，自身亦成为恶龙；凝视深渊过久，深渊将回以凝视。"

就此而言，我觉得一个作家的理想的状态是：能够面向事情本身，有能力写出事情复杂、暧昧的全体，而不是以偏概全，只看到事情的一个点或面。在面对这个参差多样的世界时，作家还应该有自己的情怀、伦理立场与实际承担。这并不是要求作家给出适合于所有人的答案，告诉人们应该如何做，而是将问题揭示出来，借此激起人们

的伦理感受。真正好的作家，应该是既能写出恶的可怕，又能让人对恶有所警惕。只有当一个作家既不刻意简化"现实的混沌"，又始终有自己的伦理立场和人文情怀，才真正是建立了健全的主体性。

由此，我想起了福克纳。1949年，福克纳在接受诺贝尔奖的演讲中曾经谈道，"爱情、荣誉、同情、自豪、怜悯之心和牺牲精神"对作家来说是非常重要的，"少了这些永恒的真实情感，任何故事必然是昙花一现，难以久存"，作家"写起来仿佛处在末日之中，等候着末日的来临"。但福克纳说，他拒绝接受人类末日的说法，不相信这种景象会到来。相反，他对人以及人类的未来抱以希望，"因为人有灵魂，有能够怜悯、牺牲和耐劳的精神。诗人和作家的职责就在于写出这些东西。他的特殊的光荣就是振奋人心，提醒人们记住勇气、荣誉、希望、自豪、同情、怜悯之心和牺牲精神，这些是人类昔日的荣耀……诗人的声音不仅仅是人的记录，它可以是一个支柱，一根栋梁，使人永垂不朽，流芳百世。"这正是福克纳的叙事遗产的精华所在。

由此，我还想起鲁迅和他的写作。鲁迅在最初开始写作小说时，正处在内外交困的时期，心情是非常灰暗的，甚至是绝望的。这甚至使得他不愿意写作，只是靠抄古碑来消磨生命。这种感受，在他为小说集《呐喊》所写的序言中有完整的记录。可以说，在那时候，失望，甚至是绝望，才是鲁迅的确信，但他又说，"虽然我自有我的确信，然而说到希望，却是不能抹杀的，因为希望是在于将来，决不能以我之必无的证明，来折服了他之所谓可有……。"正是出于这样的认知，他才终于开始做起小说来，并且在写作《药》《明天》《祝福》《孔乙己》等作品时，一方面是不断地往恶的深处挺进，另一方面是不断地寻找光，也不忽视那些慰藉性的温暖，比如说，在《药》里给夏瑜的坟头添加一个花环。这是小说中特别重要的一笔。《药》中所描绘的景象，其实是非常黯淡和非常惨烈的：华夏本是一家，但如今夏家孩子的鲜血，却被用来制作人血馒头，成为医治华家孩子的肺痨的药；夏瑜是启蒙者、革命者，被反革命所杀，却得不到他试图启蒙的对象的理解，他们反而认为夏瑜是"发了疯了"，是活该。就连夏瑜的母亲去给他上坟，见到有人在看着自己，"便有些踌躇，惨白的脸上，现出些羞愧的颜色；但终于硬着头皮，走到左边的一座坟前，放下了篮子"。鲁迅说，往夏瑜坟上添一个花环是"曲笔"，但这一"曲笔"，在小说中是相当重要的，将小说提升了不止一个高度。如果没有这一笔，小说中所描绘的世界就是没有任何希望没有任何出路的世界，有这一笔，则意味着再浓烈再沉重的黑暗也可能有尽头，尽头也可能会有光。小说中写到，夏家的亲戚早已经不跟夏家来往了，这个花环很可能是夏瑜的友人或同志送的。读者借此看到，革命者虽然牺牲了生命，但可能他的同志仍旧在努力，未来到底会怎样，仍旧是有不同的可能。夏瑜的母亲在看到这个花环后，认为这是夏瑜特意显灵告诉她，夏瑜是被冤枉的。但当夏瑜的母亲想要进一步确证时，鲁迅在小说中却没有给出这样的保证。也就是说，鲁迅并没有刻意地否认或回避事实的惨烈，并没有否认恶的横行是存在的，更不会轻易做幸福的承诺。但我们可以看到，鲁迅在写作时，在面对恶时，他是有自己的声音和立场的，哪怕他所写的只是小说。包括小说中写到许多人都觉得人血馒头"香"时，鲁迅在小说中也说那是一种"奇怪的香味"。鲁迅也写了阴冷残酷的景象，但他的创作始终有着充沛的人文精神，整体上体现出汪晖所说的"反抗绝望"的言路，他所建构的，是一个"阴暗而又明亮"的文学世界。

鲁迅在谈论自己的写作时，曾提到要"揭出病苦，引起疗救的注意"。如果一个作家所描绘的，是完全黑暗的景象，固然也揭出了病苦，却未必能引起疗救的注意。因为既然是完全的黑暗，那么就连疗救的愿望，也会被打消的。作家在写作的过程中，时间久了，也会被恶所卷走，最终认同恶的逻辑才是唯一的逻辑。这也是为什么有的

作家会觉得写作是非常痛苦的事情，读者读这样的作品，也不能从中得到有益的滋养，甚至会觉得对个人心智是有害的，顶多只能从中获得一些时代的信息而已。如此而已。

"揭出病苦"的勇气是可嘉的，这样的写作，无论在什么时代都需要，都值得肯定。在此基础上，用什么样的方式"引起疗救的注意"，同样值得思考。只有同时兼顾这两个方面，小说才有可能形成更丰富的智慧，走向更为阔大的境界。而作品所闪耀的光芒，也将更加多彩，更加绚烂——那里不仅仅有艺术之光，更有思想之光，有心灵之光。

（本章执笔　李德南　广州文学艺术创作研究院副研究员）

B.5

纪实文学：聚焦当下现实 报告中国故事

摘　要： 2016 年的纪实文学创作，仍然保持着朴茂的状态与蓬勃的生机。一批年富力强的作家陆续推出自己的新作，一些实力派的文学新秀又以新的力作显示出旺盛的活力。总体来看，2016 年的纪实文学创作，最突出的一个特点就是具备鲜明的担当精神，我们一如既往地看到了纪实文学作家活跃的身影，读到了他们为这个伟大时代和民族所留存下的一帧帧真实而生动的记录与映像。纪实文学的独特作用正一次又一次地被擦亮和刷新。

关键词： 中国故事　时代课题　历史记忆

2016 年是我国全面实现小康的关键一年，也是建党九十五周年和长征胜利八十周年。11 月 30 日，中国文联十大、中国作协九大在北京召开。习近平总书记在开幕式上的讲话中强调，文艺工作者要做到胸中有大义、心里有人民、肩头有责任、笔下有乾坤。这就要求广大作家、艺术家要有强烈的时代担当、历史担当、文化担当和社会担当。2016 年的纪实文学创作，最突出的一个特点就是具备鲜明的担当精神。

纪实文学的优长在于能快捷、有力、主动介入现实。纪实文学作家的优长在于其自觉的使命、责任与担当。我国正在发生历史巨变，

作为时代书记员和人民良心的纪实文学作家，是最可大有作为的。事实上，在渐行渐远的 2016 年，我们一如既往地看到了纪实文学作家活跃的身影，读到了他们为这个伟大时代和民族所留存下的一帧帧真实而生动的记录与映像。纪实文学的作用正一次又一次地被擦亮和刷新。

一　报告中国新故事

"2016：中国报告"中短篇报告文学专项创作工程是中国作协自 2016 年 3 月开始实施的一项现实题材创作扶持工程。"中国报告"自启动以来，得到全国广大作家的积极响应和热情参与。《人民日报》《人民文学》《中国作家》《民族文学》《文艺报》等报刊先后刊发"中国报告"超过 60 篇。这些作品大多重点选取具有时代典型特征、人民群众特别关心的题材进行创作表现，刊发后在社会上引起了较大反响。

"中国报告"特别聚焦改革开放伟大实践，记录时代变迁和重大现实变革，书写中国梦新篇章。马娜的《小布的风声》，记述宁都县小布村在党中央扶持赣南苏区发展决策东风吹拂下发生的惊人变化，老百姓从破旧的房屋搬出，住上了宽敞明亮、设施完善的新居，村里大力发展绿色生态农业、红色旅游，村民们办起微店，当起电商，老区脱贫致富正在逐步变成现实。过去小布的风是尖锐、暴烈的，如今，小布的风则是温柔、暖人的。今昔变化揭示的是人间的沧海桑田。余秋尚的《独龙江帮扶记》真实地反映了精准扶贫和脱贫攻坚战对偏远落后的独龙江地区的巨大影响。哲夫的《水土中国》从习近平总书记当年插队的延川县梁家河长期以来注重水土保持养护的生动事例出发，全面反映我国在水土保持、营造良好生态方面所走过的曲折道路以及取得的显著进展，讴歌水土保持工作者的责任担当和奉献牺牲精神。有些中国报告从小处入手，着重描写现实生活中出现的新事物，表现在时代变革大潮激荡之下个人生活和命运的变迁。丁燕的《男工来到电子厂》《工厂男孩》关注在东莞樟木头电子厂里工作的男工群体，反映他们艰辛的生存状况以及被改写了的青春。黄传会的《再访皮村》延续其《中国新生代农民工调查》的创作主题，深入到北京打工者的一处聚居地朝阳区皮村，采写新一代农民工富于朝气与活力的生存状态。丁一鹤的《东方白帽子军团》则将笔触集中于网络黑客中的道德黑客，即所谓的"白帽子"，通过讲述360网络安全首席工程师、反木马专家MJ0011（本名郑文彬）等人的生动故事，揭示网络安全事关信息安全及国家安全，是一项亟待引起全社会普遍关注的严峻课题。陆春祥的《关于"家＋"》描写社会敬老养老的一种可喜的新探索。有些中国报告聚焦于实现中华民族千年梦想过程中各行各业涌现出的可歌可泣的时代英模及先进典型。徐艺嘉的《为祖国出征》描述的是十几年来中国航天员选拔、训练和备战出征的情形。在这个英雄群体中，既有像杨利伟、刘洋、景海鹏这样正式代表祖国出征升上太空的航天员，也有一批直至退出航天队伍也未能真正出征的默默无闻的航天员。赵剑平的《与大地垂直的抒写》反映了遵义市新城建设的艰难过程以及取得的显著成就。山哈的《寻找师傅》通过对余姚一家制药厂制药师傅的寻访，提出师傅和师徒传承是延续诸多中国传统非物质文化遗产的重要途径。李青松的《鸟道》通过描述云南巍山一条每年候鸟迁徙必经的道路上所发生的判若天壤的变化，反映人们爱鸟护鸟和生态保护、生态安全意识的不断提高。他的《首草有约》以石斛为作品主角，表现人们对这种具有极高药用价值的草从采集到种植，从破坏生态自然到建设性开发利用的过程。

报告文学号称文学轻骑兵、侦察兵。尤其是短篇报告文学，在迅速反映现实新人新变面前拥有"短平快"、易于传播传诵等得天独厚

的优势。报告文学在80年代曾有过一个重要的辉煌期，那时的报告文学多数是中短篇，篇幅不超过三五万字，但往往都能引起全社会强烈共鸣。"中国报告"在倡导作家尽量写短、短写，关注现实的同时，也是在倡扬80年代报告文学的优秀传统：用这种富于中国特色的文体，为这个伟大的时代，为正在行进中的伟大梦想的实现过程擂鼓助威，及时发出文学强劲的声音。"中国报告"关注现实，报告中国，这批篇幅简短（其中近半数篇幅仅有万字左右）必将对中短篇报告文学的发展起到有力的推动作用。

二　与梦想和时代同行

中国梦是我们这个时代的主题。纪实文学关注现实中国，首要的便是对中国梦的倾情书写。蒋巍的长篇纪实文学新作《这里没有地平线》以对亿万老乡牵肠挂肚的关爱，记述和描绘了海雀村这个"苦甲天下"的村庄与贫困决战，脱贫致富的艰辛历程，刻画在这个伟大进程中的领头人、原支部书记文朝荣的动人形象。在作品中，蒋巍多次写到流泪的场景。第一次是彝族姑娘罗荞花一曲山歌引发的泪水。海雀村是中国著名的贫困角落，一个被地球遗忘的角落，干旱，贫瘠，山多石多土地贵，石头山，羊肠道，浅表土，漏水地，小块田……山里人就像石头里蹦出来的，骨头硬，不会哭。改革前这里老百姓的生存状况到了食不果腹、衣不蔽体的地步。人们住的是杈杈房（用木棍为柱，毛竹或木板为墙，上盖草顶的简易棚房）、茅草房。在苗族跳花节上，罗荞花的一曲山歌把所有人都给唱哭了。歌里唱道："锅里断了粮，灯芯没了油，/下雪草当被，雨过没路走。/山里的日子眼里的泪，/哪年哪月流到头？哥你有心喊一声，/妹这就跟你走！/跟你走，死在外乡——不回头……"这些歌词唱出了大伙儿的心声，引起强烈共鸣，让在场者无不动容、潜然泪下。而歌词里所描述的情景，正是当时海雀村村民生活的真实写照。第二次恸哭是在村委会分配上级救济衣被时。家里孩子多、生活困难的大男人陈明德，因为抓阄没抓到棉被，当即抱头哭号不止，为了劝慰他，抓到棉被的王学芳将棉絮让给他，自己留下了被套。第三次泪崩是在街头，陈明德瞅着孪生儿子心满意足地吃着面条和白面馍馍，感到自己太没本事太对不起家人和孩子，泪流不已。第四次是陈明德因为家庭生活困难挪用了 580 元公款，主动向文朝荣坦白，悔恨不已而落泪。第五次是文朝荣拿出自己闺女出嫁的"手礼"帮陈明德偿还挪用的公款，而让陈明德感激涕零。还有如于同江盼望生个儿子过上好日子，在老婆连续生了三个女儿之后，酗酒后对其肆意打骂，逼死了老婆，在文朝荣的教育下流下了后悔的眼泪。罗荞花嫁给李保华后因对方渴望生男孩而遭遇离婚，回乡后无地耕种的她意外地得到文朝荣的无私支援，将自己儿子的三亩地让给她种，让荞花感动落泪。还有如朱玉良多年来对荞花不离不弃的爱情，最终打动了荞花，两人终成眷属。当初在离开海雀村外嫁辞别玉良，以及遭弃回村再次见到他时，荞花都不禁落泪……所有这些流泪场景，都是作者着意捕捉的生活中的动人瞬间。世界上没有比眼泪更干净的水。眼泪代表着心灵的一次洗礼、净化与升华。能够让生活中的主角落泪的事情和情感，一定是世界上最美好、最动人的。这些流泪场景深深打动了作者，是贫困地区人们的不幸与灾难，他们坚忍不拔的生存、与贫困和命运苦苦的抗争，打动了作家。作家也力图将这些生活中原汁原味的内容生动地讲述出来，将海雀村贫困落后的面貌真实无遗地揭示给读者，以引起读者的情感共振。恶劣的自然条件，偏僻闭塞，交通不便，多子女、疾病交加等沉重的负担，使海雀村的乡亲们长期生活在贫困线以下，需要依靠外来的救济度日。而在这个村子里，却有一面高高飘扬的旗帜一样的党支部及其支部书记文朝荣。无论在改革前还是在改革后，他都以身作则，敢于担当，吃苦在前享乐在后，把好处让给大家，把困难自

己扛起。他四次推辞掉救济粮，每天总是最早起床，吹响铜哨招呼大伙儿上工，当荞花因唱山歌遭到上级"批判"时他挺身而出主动担起责任，为了群众利益他敢于冒犯上级被称为火神爷……他是一名当之无愧的优秀的共产党员。改革后，他提出海雀村发家致富三字经。为了鼓励大家少生孩子，他带头结扎，还让本可以再生一个孩子的儿媳结扎。为了号召村民上山种树，他把妻子准备给女儿坐月子的一百多个鸡蛋都煮了给大家吃，又带着乡亲们深夜进城先斩后奏"偷走"上万棵松苗。他不放心村里的植树造林，甘愿辞掉了副乡长的公职。在退休之后，依旧保持本色，背篓、镰刀、笔记本三件宝不离身，时刻关心村子的发展……他的心里装着整个村子，唯独没有自己。这是一位朴实的村支书，他的事迹很平凡，但他却是千千万万基层党支书的典型代表，是忠诚干净担当的共产党员干部的突出代表。我们国家、我们党需要千千万万文朝荣式的干部，需要每一名党员都以他为标杆、为镜鉴，衡量和照见自己的灵魂及所作所为。作者采取前后对比的手法，表现脱贫攻坚战实施后海雀村天翻地覆的变化。在新华社记者刘子富笔下，1985年时中国贫困角落海雀村苗族老大娘安美珍家终年不见食油，一年缺三个月的盐，一家四口人只有三个碗，已经断粮多日。而到了2015年，安美珍和儿子一家三口住上了一百二十平方米的大房子，家里有沙发、电视机、洗衣机，有牛有马和四只猪，一年收获了两千斤苞谷、一千斤荞子、一万斤洋芋，饭甑里煮的是白花花的米饭。——海雀村人均年收入近六千元，人均粮食三百多公斤！作者如实记述了上自中央下至省市县等各级政府部门和社会各界向海雀村伸出援手帮扶的经过。这是我国精准脱贫攻坚战中一个走向成功的案例。从这个个案中，我们仿佛看到了2020年七千万贫困人口如期脱贫、中国大地全面建成小康社会的美好前景。这是一场中国与贫困最后的决战，是21世纪初期最动人、最精彩绝伦的一幕。蒋巍两度深入海雀村，解剖这只微小的"麻雀"，力图描绘出中国梦伟大征程的崎岖坎坷与壮丽多彩。

　　与《这里没有地平线》相似，2016 年涌现出一批描写和反映对口帮扶支援脱贫的纪实文学。王华的《海雀，海雀》同样将文朝荣和海雀村的故事作为描述对象，运用女性细腻的笔墨，与蒋巍的作品各有侧重、各具特色。林遥的《世界屋脊上的门巴》讲述了北京援藏医疗队给当地老百姓带来健康与福音，推动西藏卫生事业取得长足进步。李鸣生的《后地震时代》如实记述了汶川大地震后恢复重建数年来发生的翻天覆地的变化。高艳国、赵方新的《中国农民书》讲述了山东一名普通农民如何在社会大变革的时代借助自己的智慧与勤劳实现财富积累和共富梦想的生动故事。从个人发家致富到推动实现村民们的共同富裕，这正是当今时代的重大课题，因此，这是一部对农民好、对中国有益的作品。

　　创新和发展是实现中国梦的基本途径。杨黎光的《大国商帮——粤商发展史辨》（简称《大国商帮》）从粤商群体入手，继续探究思考中国现代化的道路这一重大主题。《大国商帮》是一部具有"冒犯"精神的书。首先，它事实上对传统的报告文学概念形成了一种背反或侵犯。传统上认为报告文学就是写人、记事、叙史、立传。但杨黎光这部作品若定义为一部历史著作亦可成立，因为《大国商帮》写的是粤商发展历史。如若认为是一部思辨性著作也有道理，因为作者确有诸多独到的思想发现和阐述。这是一部思辨体或学术体报告文学。作者像做学术研究一样，参考引用了大量文献。其次，作品中有许多独到的思想观点的阐述，比如作者提出：辛亥革命归根到底也是一场商人的革命；粤商引领中国工商业不断追赶世界的脚步，成就了中国两大经济中心（上海和广州）的崛起；由粤商充当操盘手的洋务运动，让中国有了自己的铁路、矿厂和轮船公司；由粤商经营的环球百货公司彻底改变了传统商品销售模式与消费概念，上海四大百货公司使得现代化成为看得见、摸得着的生活方式；开放、创

新、进取是粤商的传统，也是粤商的特质……这些观点也是对传统的商业研究、历史研究的一种"冒犯"。《大国商帮》抓住了商人与国运、广东与中国、历史与现实、海洋与陆地、沿海与内地的关联，抓住了粤商与晋商、徽商的对应关系这几个坐标支点，来考察粤商历史，考察粤商发展脉络，实际上他所考察的是一个道路的问题，探析中国在实现伟大复兴征途上过去是怎么走过来的，中国如何从古代走向近代。作家的思考可谓忧深而思广。《大国商帮》最早写到先秦和秦汉时期的南越国，一直到唐代专门给外国人设立"番坊"这样一个聚居区。到了明朝时出现了牙行和海商，到清朝则出现了十三行、行商、买办，一直到民国时代出现了侨商，到今天改革开放时代粤商继续领风气之先，这个脉络非常独特。这种书写也和常规报告文学强调写新近发生的有新闻价值的事情不同，杨黎光所写的内容历史越来越遥远。这样一种写作也是对报告文学创作的一次刷新。

许晨的《第四极——中国"蛟龙号"挑战深海》记述载人深潜事业的风雨传奇，是一部及时反映我国科技创新领域取得重大进展的纪实作品。作品描写"蛟龙号"从动议到立项，从研制到探海，从失败到成功的曲折历程。从人与海洋的关系切入，将对"蛟龙号"挑战深海的描写放在海权战略和国家发展战略的背景以及中外探海历史的坐标上来书写，描述了中国从古至今对于海洋的探索、开发和利用，以"蛟龙号"研制和载人深潜实施的过程作为线索展开叙事，并对新海权时代如何维护国家海洋安全、保护我国海洋权益等进行了思考。唐明华的《沧海九章》（《耕海——一个农耕民族的沧浪之歌》）是其近两年深入采访、精心构思创作的一部海洋题材新作，也是一曲献给闯海人的歌。作者记述了山东沿海人民从事海洋开发利用过程的历史篇章，用心刻画了一代代闯海筑梦者群像。这群耕海人早已不再止步于在海上耕耘，还要在海滨和陆地上耕耘，在财富与发展的梦想大道上耕耘。保护生态，永续发展，成为了耕海人新的生活理念。王雄的《中国速度——中国高铁发展纪实》以亲临现场的采访，记录中国高铁发展历程和取得的辉煌成就。鹤蜚的《大机车》聚焦大连机车车辆厂的历史，表现机车工业与推动一个古老民族复兴崛起之间的关系。

中国梦具体体现在每一个个体的人生出彩、梦想成真。《习近平总书记的文学情缘》真实记述了总书记所受到过的文学和作家的精神滋养，这些滋养奠定了他的精神底色和高远的抱负追求。陈廷一的《中国之蒿——屠呦呦获诺奖之谜》通过面对面的采访，力图还原医药学家屠呦呦的人生及科研历程。王少勇、陈国栋、马亮的《地平线上的身影》描绘了地质测绘队员群像，在各种艰险的环境中凸显他们的家国情怀。叶梅的《美卿：一个中国女子的创业奇迹》讲述了翟美卿所代表的改革开放时代一家企业的成长奇迹，塑造了一位传奇人物。这部作品所要表现的主题是：这个时代成就了个人，成就了翟美卿的创业奇迹。美卿以其个人的传奇提示我们：成功包含了事业的、家庭的，物质的、财富的，声名的、声望的，社会地位的成功，更包括社会的认同度、欣赏度，包括个人身上的精神或品德。企业的支点在于一种文化，在于一种商业伦理、商业道德。而作为一个人来说，翟美卿人生的支点是爱、诚、信。阎宇的《阎肃人生》从儿子的独特视角，塑造了阎肃这位可亲可敬又可爱的艺术家形象。邢小利的《陈忠实的"枕头工程"》和张艳茜的《近看陈忠实》、周明的《难忘忠实》等一批怀念文章，还原了一代文学大师陈忠实的本色人生。杨文学的《信仰无价——一个共产党人的生死财富》用丰富的情节塑造了一位当代优秀共产党员的感人形象。丁晓平的《一朵爬山的云——张胜友纪事》是一篇关于纪实文学名家张胜友人生及创作历程的传略，对写作者有启发意义。赵富海的《读写生命大地——记20世纪知名科学家李伯谦》以夹叙夹议的评传形式反映考古学家李伯谦执着于学术研究的精彩人生。李燕燕的《天使 PK 魔

鬼——一个癌症女孩的生命绝唱》以见证者的身份，记述了一名身患绝症的女孩在生命最后时光里微笑面对艰难的生活，故事感人肺腑，带给人对于生命与存在的意义、终极关怀的价值等的深刻追问。

三 铭记历史不忘初心

那些活的历史亟须打捞与抢救。有社会责任感和担当精神的纪实文学作家在抢救历史方面理应有所作为。铁流、纪红建的长篇纪实文学《见证——中国乡村红色群落传奇》就是这样一部及时抢救中国农村红色革命历史、记录新中国成立前老党员生平事迹的可贵作品。新中国成立前入党的老党员年纪都在 80 多岁至 100 多岁之间，人数正在一年年减少。农村老党员被誉为"红色群落"。在新中国成立前的抗日战争和解放战争年代，他们像火炬像火种，照亮了一方土地，点燃了一个地方的革命烈火，为革命和战争的胜利做出了重要贡献。新中国成立后，这些曾经的战斗英雄或老兵复员回到了农村，恢复成普通农民，但却始终秉守着作为一名共产党员的本色，在各自的岗位上辛勤劳作、付出，为国家的发展默默无闻地作出自己的一份奉献。他们的生平经历，他们的人生传奇值得被记录与书写。《见证——中国乡村红色群落传奇》所抽取的只是山东临沂地区莒县部分新中国成立前入党的农村老党员的样本，属于取样调查。但是这些党员都堪称普通党员之楷模，他们以自己的实际行动印证了一名合格的共产党员应该是怎样的、应该怎么做。历史是一面镜子，一道清醒剂和营养剂。铭记历史是为了从中汲取精神营养与思想启示，为今天和未来提供有益的镜鉴。新中国成立前老党员的故事对于今天党的建设具有重要的启示意义。有的老党员宁愿离婚也不离党，有的把自己的三个儿子都交给了党，有的一家有六口人加入共产党。对于自己的选择，他们始终坚定不移，从未动摇过。为了信仰，甚至甘愿付出自己的生命。他们的身上充分彰显了共产党员的本色与本分，树起了共产党员的标本、标杆和标准。莒县老党员莫正民，当上了共产党的正厅级干部，办公室却设在一个牛棚内，因此人称"牛棚局长"。他常年在东北农场工作，却十分清贫，日子过得很凄惶，晚年想要回到老家去，却不幸在启程之际猝死。富家子弟王玉璞，一心接济穷人，被视为败家子，为了革命他把自己的全部家底都抵押了，死后竟连副棺材和一件有棉花的衣服都没有。许世彬的故事尤其感人。他在十六年打鬼子、打国民党、打美国侵略者的战争生涯中多次舍身炸碉堡，多次立功受奖，身上挂满了军功章，被炸成了脑震荡和耳聋还坚持回到前线。组织上要委任他职务，他却坚决推辞，说自己除了打仗啥都不会。复员后本可以进纺织厂当工人，他却甘愿回家种地，绝对不向国家伸手，连国家给他二等残疾军人每年 160 元的补助款也从来不去领，说是"俺不能占国家的便宜"。他当上村支书，在困难年代，父母饿死了他都不搞特殊化。为了保护修渠物资，又落下了一瘸一拐的毛病。"文革"后，为了给自己平反，他和儿子摸索到了北京，又一路打听来到石家庄找到了二十七军，第一次坐上吉普车，找回了属于自己的荣誉证明。而当那些被他视如生命的军功章被小偷偷走后，他的心仿佛被掏空了，最终在郁闷不甘和怅惘中离开人世。许世彬的身上充分体现了党员的优秀品质。正如作者所指出的，党组织的强大与否取决于其凝聚力和向心力，取决于每一名党员的信念坚定与否。《见证——中国乡村红色群落传奇》一书所要表现的是一种信仰之美、崇高之美，是我们这个时代所不可或缺的一种精神质素。

　　2016 年是长征胜利八十周年，涌现出了一批从新颖的角度重述长征的新作。丁晓平的《世界是这样知道长征的：长征叙述史》细致梳理了关于长征的最早的一批记录、报道和文学书写，在查询大量文献和深入考证的基础上，作出自己的分析判断，既具有文学史志价值，又具有学术研究价值。纪红建的《马桑树儿搭灯台：湘西北红

色传奇》是一部描写湖南桑植革命往事有感染力的长篇纪实文学。桑植作为1935年11月红二方面军万里长征的出发地，无疑是中国革命历史版图上一个重要的地点。它不仅是贺龙的家乡，而且是湘鄂边、湘鄂川黔革命根据地的核心地带。在这片红色热土上，老百姓对红军有着非常深厚的感情，为红军和革命事业作出过巨大牺牲。桑植有5万多人参加红军，两万多人献出了生命。这块红色热土在中国革命历史上的地位不言而喻。这本新作给人印象最深的首先是贯穿全书、挥之不去、余音缭绕、悲壮低沉回旋的桑植民歌。这些民歌包括《马桑树儿搭灯台》《马桑花儿朵朵开》《红军打从门前过》《不打胜仗不回家》等，不仅带有当年的革命色彩，更带有鲜明的地域特色。众多民歌都给读者留下了深刻印象。作品写出了桑植人民的革命精神和桑植为革命作出的巨大奉献与牺牲，表现了红军与百姓之间的鱼水情深和老百姓对红军、对共产党的赤诚的精神。

贾兴安的《周总理与邢台大地震》填补了关于邢台地震的文学纪实之空白。作品通过记述周总理两进邢台地震灾区所度过的几个昼夜，深刻表现了总理和人民的关系，为党的干部树立了榜样。周总理以68岁高龄，拖着生病之躯，第一时间奔赴灾区，同人民站在一起，共度时艰，废寝忘食，高效率地开展工作，给人留下了难忘印象。贾兴安通过这部作品探讨了邢台人民的抗震精神是对邢台人文精神传统的传承延续，既有自力更生、奋发图强、发展生产、重建家园的抗震救灾精神，也有邢台百姓知恩感恩报恩的精神。张庆洲的《幸存者说：唐山警示录续篇》是对唐山大地震真实情景的还原与重现。张隼的长篇纪实《陕甘宁根据地实录》借助对纷纭史料的梳理与深入挖掘，系统而全面地书写了陕甘宁根据地非凡的发展历程，刻画了刘志丹、谢子长、习仲勋等众多革命家的鲜明形象。这是一部不能忘却的红色历史，也是一段镌刻在共和国成长史上的国家记忆。

历史题材创作方面，梅洁、善清的《屈原，魂兮归来》和徐剑的《于阗王子》是两部题材独特的长篇纪实。前者反映了屈原研究的最新进展，后者从兖州兴隆塔佛祖金顶真身舍利之谜入手，层层剥茧，揭开大宋时代西天取经的使者——于阗王子的神秘面纱。刘强的系列回忆文章《1973 年的大学梦》《人间真情》，解永敏的《一场战争的多种细节》，真实记录了作者人生成长的一个个片段或参与对越自卫还击战的真实情景，是国民记忆中启人思考的篇什。李先辉的《童怀周——一个名字背后的共和国故事》讲述 1976 年作者所亲历的天安门诗歌热潮，还原《天安门诗抄》编选过程。郝在今的《延安秘密战——中西北局隐蔽斗争纪实》讲述延安时期的情报保卫工作，揭开了许多鲜为人知的史实。陈霁的非虚构作品《白马部落》描写四川平武地区一个正在隐入历史深处的藏族群体，塑造了以番官杨汝为代表的一些白马部落人物形象，反映文明进步对传统的民族文化有可能带来近似颠覆性的影响。李敬泽在《当代》杂志"讲谈"专栏发表了《卫国之肝》《游街》《大白小白》《天下之客》《晋国之卜》《风吹不起》等系列作品，对春秋战国时期的人物和故事进行独到的创新性书写与思考，堪称非虚构创作的一种拓展与尝试。

历史人物传记方面，刘可风的《柳青传》以女儿对父亲的深情，生动讲述了深入生活、与时代和人民一路同行的作家榜样柳青光彩照人的一生。邓贤的《五百年来一大千》刻画了 20 世纪绘画大师张大千的动人形象，凸显其人品与画品齐飞共美的品格。传记作家郭久鳞出版了《谔谔国士傅斯年》。"中国历史文化名人传"丛书第六辑出版，推出了张衡、岑参、韩愈、温庭筠、柳永、沈括、王夫之、林则徐、康有为、冰心等 10 位历史文化名人传记。

四 聚焦社会热点，观照世道人心

习近平总书记在党的新闻舆论工作者座谈会上明确指出，"要根

据事实来描述事实，既准确报道个别事实，又从宏观上把握和反映事件或事物的全貌"，做批评性报道要"事实准确、分析客观"。这些重要论断同样适用于新闻与文学联姻的产儿报告文学。何建明的长篇报告文学《爆炸现场》很好地贯彻了习近平总书记讲话的精神，坚持真实性是报告文学（纪实文学）的生命，深入8·12天津滨海新区大爆炸现场采访调查，深刻反思事件原因，正确处理"全部真实"与"局部真实"的关系，深刻表现消防、警察官兵群体在极度危险中绽放出炫目的人性之花，感人至深，催人泪下，谱写了一曲感天地泣鬼神的消防战士之歌。正如何建明自己所指出的，写现场最有说服力。生命第一，生命至上。他在写作纪实文学时，首先高度重视对客观现场的采访、调查，注重对那些幸存下来的和逝去的生命的追溯以及对生命背后故事的探究与探索。这是一部歌颂体报告文学，但却不是一篇简单的表扬稿，因为它描写的主题是共和国历史上消防队员伤亡最为惨重的一次救火行动，有115名公安消防人员在爆炸中牺牲或失踪。因此，这是一桩悲剧，作家在创作时时刻警惕着不能"把丧事写成喜事"，把悲剧写成喜剧。为了写好客观现场，何建明要求自己必须亲临爆炸现场。尽管爆炸现场经过清理，已基本看不出原貌。但在那个爆炸炸出的大坑前，在清理过的废墟上，作家思绪飞扬，浮想联翩，他用自己的主观去充分地感受，接受心灵的洗涤与震荡，接受感动与悲恸的感染，凭借想象，抵达鲜活生动的主观现场。这是一个作家主体主动介入所要报告事件和人物的过程。它激活了作家的创作灵感、动力及源泉。在痛彻的回忆与想象中，他在努力搜索和寻找那一部部的消防车、那一支支的消防队和一个个的消防队员。他们如同电影画面和镜头一样，在作家的脑海中一一浮现出来。那些谁也无法再次亲历、抵达或复原的惊心动魄的场景，被作家重新唤醒和唤回。这便是作家的创造，通过主观介入与主体想象，重新回到历史现场、事件现场。当然，作家的目的不仅仅在于表现出客观现场和自己感受到的主观现场，而是力求客观准确地反映事件的本质，亦即何建明自己所言之"本质现场"。他不是简单直接地去描述那些公安消防英雄们是怎么牺牲的、牺牲得有多惨，牺牲后如何安葬，等等，而是要写出消防队员们在生死瞬间所呈现出来的那些最宝贵的东西，表现人们为了拯救那些受伤的消防战士永不言弃的努力和永不停歇的大爱，又是如何为那些逝去的英魂奏响忧伤动人的安魂曲。这些逝去的消防员，在直面极度危险时全都是面朝火海，都本能地作出了手臂上扬的动作。而这样的动作也铸就了一尊尊雕塑般永恒的瞬间。那是英勇的牺牲者的姿态。有的消防员牺牲后，几乎变成了一把灰，有的连骸骨都找不着了，为了慰藉他们的家属，战友们强忍巨大悲痛用心去捏出个人形来，为战友整容化妆，只为了安慰那些备受大恸煎熬的亲属。这是一曲曲悲切感人的英烈的安魂曲，让我们时时处处都能体味到人性的光芒。《爆炸现场》既描写了事件现场，更是呈现了生命现场，表现了生死场上公安消防战士们的情感现场。天津港大爆炸，威力相当于 450 吨 TNT，那是多么可怕的一场灾难，那是多么恐怖的一幕啊！作家首先从描述爆炸的威力起笔，如实再现现场的极度危险。字里行间充溢着作家的情感和思考，这是一部作家情感与思想都时刻"在场"的鲜明的"有我"写作，是一种主体主动介入的而非主观臆想的写作。作者不仅止于表现惨烈现场，不是单纯描述灾难，而是采用观照现实、观照生活的手法，对灾难进行了全面考量，不是津津乐道于照相摄影式的反映和以惨烈血腥的展示为噱头吸引读者，而是力图超越灾难，超越生死，思考何为生何为死、如何生如何死，表现和彰显那些牺牲者和英雄身上最珍贵的至高至上的品质与精神。那就是人活着，总有比生死更重要和沉甸甸的责任与担当，有肩负的神圣使命。那是人间的大义。这些战士之所以成为英雄，正是因为他们是为了使命与责任而前仆后继，赴汤蹈火，刀山火海万死不辞！他们在熊熊火海中绽放的是人的光芒，人性的光辉！人是有情物。作家全书聚

焦于一个"情"字，凸显人间美好而心酸的爱情、亲情、温情和战友情，表现人的大爱至情。既有极度威胁下消防官兵对百姓的无私救助和与战友的相濡以沫携手同行，将濒临死亡绝境的战友扶携逃离火场；也有大难之后，亲属对受伤消防战士声声不竭的呼唤，最终唤醒昏迷了四十天的儿子张超方，更有医生们精心的全力救助、护士们热心的抚慰，使重度烧伤、几成"焦炭"的佤族小伙岩强苏醒重生；有美丽的妻子林芬对丈夫那一息尚存的生命坚定守望，从而创造了一个又一个医学的奇迹、人间的奇迹。在表现这些或平凡或不平凡人们身上伟大的人性光辉之同时，作者更是毫不留情地谴责、鞭挞和诅咒那些残害生命的孽障、那些生命悲剧的制造者，追问悲剧的由来，追诘孽障们的罪恶与罪责。天津港大爆炸是一场大悲剧。在何建明的笔下，既写出了悲剧的惨重、惨烈，也写出了悲剧中英雄们生命的壮美、伟大。他是在书写废墟之上的人性之光、生命之花，思考的是生命与死亡、人生与幸福、生活与珍惜、欲望与罪恶等重大命题，因此，这部作品的价值显然超越了一般的灾难报告。

写什么对于纪实文学而言至关重要。纪实文学作家一定要目光向下，脚踏实地去行走。彭晓玲的长篇纪实《空巢——乡村留守老人生活现状启示录》（简称《空巢》）就是这样一部"用脚走出来"的作品，是作者历时两年，深入全国8个省13个县（市），探访70余个"空巢"之后，依据采集得来的第一手鲜活资料创作出来的。在《空巢》中，我们看到了乡村正在破败、凋敝，乡村的自然生态环境正在遭到毁坏。与此同时，乡村的生存环境、人文环境亦在日渐凋零。作者对于那些青壮年纷纷离去剩下的那一座座空落落的乡村住所投以深切的同情、悲悯与关怀。她痛切地去寻访那一颗颗或闭塞或自我封锁、自我放逐的苍老而孤独的心灵，去抚摸他们身上的重负、创伤与疼痛，并且把他们遍体的伤痕一一指明给读者看。让我们仿佛看到了我们的父辈祖辈正在经受的精神煎熬与折磨。这是大变革的时代、剧烈转型的社会带给一代人的精神苦役与创伤，是世纪之痛与社会之殇，是一代人用自己的生命付出为大时代所作出的奉献与牺牲。老人们已经很老了，他们还会更加衰老。但是，他们还要继续顽强地坚持着，忍耐着。历史前行的巨轮需要他们咬牙坚忍作出更多的牺牲。他们的生存处境正是作者关心与倾注浓墨重彩之所在。跟随作者的脚步与笔触，我们看到了一个个老人在望眼欲穿子女们候鸟式的归来，在硬忍着抵抗疾病的侵袭，贫苦潦倒地生活，老了的肩膀还要扛起一个个家，不仅无法指望子女的反哺赡养，反而还要继续为子女去做牛做马，让子女来"啃老"。在他们眼里，衰老就是可怕的病。他们自称是"没有明天的人"，宁愿早死。远在异乡的子女无可指望，空巢老人只有一个人过日子，只要自己能做就自己做。他们总是有病也不去治，尽量不给子女添麻烦。或者，有的留守老人就终日的待在房间里，独伴孤灯不安眠，"垂死挣扎"苟延残存；有的老人只想维持最低限度的生存，一天只吃一顿饭；或者天天围着孙辈转，八十多岁了还得住出租房；有的老人到酒里去找安慰，或者干脆信仰耶稣基督以找寻灵魂的憩所……他们是一群社会的零余者、边缘人、被遗忘者。在他们的脸上，永远看不到笑容，没有欢笑与快乐。每位空巢老人各有各的不幸，各有各的忧伤与痛苦。彭晓玲在采访与写作过程中始终沉浸在一种感伤、感动与感慨的复杂心情里。她在内心深处万分怜惜和热爱着这群孤苦的老人，把他们当作自己的亲人、家人，并用女性作家细腻而感性的语言将自己的心情如实地记录下来，希望将这种感触传导给读者，希望有更多的人来关注这数以千万计的留守老人，关注空巢老人的生存和病苦，关心他们的忧伤与疼痛，其目的与用意只有一个，在全社会大力弘扬中华民族悠久深厚的孝老爱亲传统，不要再让我们的空巢老人流泪，不要让他们忧伤以终老。

　　白描是一位令人尊敬的作家。他的创作一直致力于探寻人性的奥秘、揭示世道人心，具有理性思考的光芒。他的《秘境——中国玉

器市场见闻录》（简称《秘境》）采用第一人称叙事，带入感特别鲜明，可读性强。在作者看来，玉——玉器本身承载着多重的内涵和价值，既是一种财富也是一种品德，既是一种地位也是一种权力，既是一种物件、商品，也是一种象征、精神符号。同时，玉器也承载着政治的、经济的、人文的、艺术的、宗教的、教育的、历史的、考古的等多重的价值。《秘境》对玉文化的开掘从两个方向深入。一是纵的开掘，即描述玉文化历史，从玉的发现、开采，红山文化中最早的玉龙、良渚文化中的玉尊、商周以后被作为礼器的玉器，直到今天的玉器市场。二是横向开掘，即玉多方面的运用、功能及价值，包括玉石加工技术、玉雕艺术、玉器鉴定、拍卖、收藏、分享等。玉文化在最近十几年来的表现主要是市场热、收藏热。这部作品对当下的鉴宝热、收藏热进行了冷思考，"热中求冷"，反思了甚嚣尘上的收藏文化。畸形的"收藏热"反映出当下社会一种不正常不健康的浮躁心态。玉变成了一种"欲"的对象和财富、金钱的负载物，这不能不说是当今世道人心的一个软肋和缺陷。作者写到陕西一位贪官收受的贿赂品中有一批"价值连城"的假玉器，也写到当下的玉器财富神话，疯狂的赌石、作假、鉴宝、拍卖、乱采滥挖矿石等。玉和一切财富都变成了欲望对象，人欲变成了简单的钱欲，这可能是当今社会乱象的一个根源。白描试图从喧嚣的世道和浮躁的人心里找到一种静，"闹中取静"，"动中求静"，静思并追问我们究竟丢掉了什么，丧失了什么更为宝贵的东西。古人佩玉，乃慕玉洁；今人逐玉，却为财富。在古人看来，玉有玉德，玉是一种品行、情操的寄寓与象征。在白描看来，玉是一种洁白的、纯净的、能净化人心的物品。玉是奇特瑰异的石头。"凡自然造化形有所异者，必是情有所寄、理有所寓焉"。国中有玉方成"国"，家中有玉乃为"宝"。冰清玉洁，这样的品行操守才是国家之宝。玉寄托着人的情感，也寓示着生活的哲理。《秘境》就是要回溯传统，彰显玉德，提升人文素质，引导读者树立向真、向善、向美的价值观。《秘境》几乎可以看作短篇故事集或"俗世奇事"系列，通过讲述一个个作者亲历或耳闻目睹的玉器市场的精彩故事，汇成了一幅丰富多姿的浮世绘。

　　生态建设和环境保护是纪实文学创作长期关注的焦点。陈启文的《大河上下——黄河的命运》，依托自己锲而不舍的行走，深入探勘万里黄河水利、生态等方面的现状，用心触摸一条大河的脉搏气息，试图在历史与现实的交织之间捕捉与破解中华民族和人类生存的密码。这部长达40余万字的纪实文学，以鲜活的第一手资料以及翔实的文献等材料，对黄河的命运进行了冷峻的观察与深切的省思，在刻画水文工作者、水利人、环保人和生态建设者感人群像的同时，试图揭示历经沧桑却依旧顽强不屈的黄河的生存，在一条大河与一个民族、一群人类的命运共同体的建构中，探究人类生存发展的真谛：与水和谐共处，与自然和谐共处，才能做到永续发展。陈启文的中篇纪实《马家窑调查》以田野考古之精神，借鉴小说笔法，在细致踏勘马家窑文化前世今生、刻画与之相关人物栩栩如生形象过程中，对民族历史文化的发现、开掘、保护、传承提出了峻切而独到的思考。

　　教育、就业、医疗、住房、进城务工群体生存状况等始终是社会热点，纪实文学对这些题材的反映一向不遗余力。李琭璐的《如果青春可以重来——中国超常教育三十五年反思录》寻访那些曾经名扬天下的少年天才及神童，追踪其人生走向，对至今仍为社会所热捧的超常教育进行严峻反思，为中国教育发展提供了有益启示。杨豪的《木兰山下的教育实验》通过描写一群家长自发进行教育子女的实验，触及教育变革的课题。高艳国、赵方新的《中国老兵安魂曲》选取大陆和台湾三位老兵，讲述他们执着于送抗战烈士英魂还乡的感人故事，重光伟大的抗战精神，弘扬人间大义。艾平的《一个记者的九年长征》生动讲述新华社记者汤计九年来为被蒙冤错杀的呼格吉勒图奔走呼号纠正错案的故事，彰显正义必定战胜罪恶，在表现我

国司法进步的同时，深刻反思了法治建设依旧任重道远的主题。韩生学的《中国人口安全调查——"全面二孩"周年回眸》通过考察权衡全面二孩政策实施一年来给中国人口再生产带来的实际影响，触及中国可持续发展所必需的人口保障、人口安全问题。孤独自闭症、抑郁症、精神类疾病是当今相当严峻的社会问题，需要全社会共同直面和解决。邹文的《康康的世界》、张雁的《蜗牛不放弃：中国孤独症群落生活故事》便是对这些群体的直接关注与描写。王海霞的《疼痛的农村——"越南媳妇"出逃背后调查》通过调查那些疑似被拐卖或骗婚的越南媳妇不断出逃的真相，揭示当前农村存在着男女比例失衡、适婚男子找不到配偶等现实存在的社会问题，对农村婚姻状况进行了峻切思考。

2017年1月，中国报告文学学会组织11名专家，经过深入讨论，以无记名投票方式，推选出2016年度中国报告文学排行榜。何建明的《爆炸现场》，铁流、纪红建的《见证》，许晨的《第四极》，陈启文的《大河上下》，艾平的《一个记者的九年长征》，丁一鹤的《东方白帽子军团》，杨黎光的《大国商帮》，刘可风的《柳青传》，高艳国、赵方新的《中国农民书》和王海霞的《疼痛的农村》入选。

回望2016年的创作，我们欣慰地看到，纪实文学始终保持着蓬勃的生机与活力。一批年富力强的作家陆续推出自己的新作力作，如何建明继《爆炸现场》之后，发表了反映中国援非医疗队参与抗击埃博拉病毒疫情的《死亡征战》，杨黎光以《中山路——追寻近代中国的现代化脚印》《横琴——对一个新三十年改革样本五年的观察与思考》《大国商帮——粤商发展史辨》完成了自己对于中国现代化道路及未来发展走向思考的"三部曲"，王宏甲的《塘约道路》、蒋巍的《这里没有地平线》等关注贫穷地区的脱贫攻坚战……一批年轻的纪实文学作者特别是以"鲁二十四"（鲁迅文学院第二十四届中青年报告文学作家高级研讨班）50余位青年作家群体为代表，创作十分活跃，形成了百舸争流的生动局面。高艳国、马娜、丁晓平、余艳、李琭璐、黄立轩、张子影、刘标玖、陈茂慧、邢小俊等作者都有不错的作品推出，让我们看到了纪实文学无限的希望与可能。而像丁燕、艾平、王海霞等一批原先主要从事小说、诗歌、散文创作的作者，陆续加入创作纪实文学，无疑亦为纪实文学注入了新的生机和活力。

（本章执笔　李朝全　中国作协创研部研究员）

B.6
散文：屋宇灯火彻明

摘　要：　自2010年前后在"非虚构"写作的带动下，散文创作就渐趋热门，并在传统文学媒体之外的新媒体，开拓出新的空间，赢得了大量受众。就传统的纸质散文发表的作品来看，2016年的散文创作依然可圈可点。这在忆往与怀旧、物性与人情等方面好的作品纷至沓来，专栏写作持续走热，年轻新秀锐意亮相等方面，都有新异的成果与不俗的体现。

关键词：　历史现场　志物散文　专栏写作

经历世纪之交散文的热与冷，进入新世纪的第二个十年，2010年前后以"非虚构"带动起的散文创作热持续不衰，2016年的散文创作呈现出"屋宇灯火彻明"的繁荣局面。除了专门性散文刊物如《美文》《散文》《散文选刊》《散文百家》，以及综合文学期刊的散文栏目等，以新媒体为载体的散文创作也吸引了大量的"流量受众"正成为不争的事实，比如"咪蒙""ayawawa"等微信公众号，简书、豆瓣读书、ONE一个、腾讯"大家"等文学APP，以及微信朋友圈转载一时的类似"博士返乡日记"系列等及时回应社会问题的"时文"在普通读者中都有着广泛的影响力，但这一类散文因为体量庞大暂时不在我们考察的范围里面。另外，大量的非文学报刊散文专栏、散文专著和作品集也因为资料收集困难没有被充分地纳入到我们的观察视野。因此，我们谈论的 2016 年中国散文基本局限在传统的纸媒文学期刊。

一 忆往与怀旧

忆旧散文集首推金宇澄《回望》（该书 2017 年 1 月由广西师范大学出版社出版，但成书于 2016 年），《回望》的写作缘起，与其说是为了留存父母个人史，更像是作家对于快速枯萎剥落的记忆的恐慌和不信任，无论是鲜亮的记忆繁花，还是羸弱的记忆根须，在时间面前都会被快速肢解分化。因此，"回望"也就有了存在的必然意义：回望是为了留存，留存是为了记忆，记忆也最终是为了回望。《回望》更像是一本考据完整、细节充实的档案样本，散文写作者"我"仅作为历史的阅读者在文中进行夹杂的叙述补充，"我"回望的情绪全部收敛，"我"的情感、偏好、感觉全面退场，交由存活在历史现场的"我父亲"和"我母亲"在文中活动在动态时间中，自由而自我地穿梭。第一部分写父亲还用第三人称"我父亲"发声，第二部分述览母亲史直接让母亲以"我"的第一人称存在。三种不同的叙事语调，构成了文本内部潜隐斑杂的"复调"三声部。这造成了奇异的阅读效果：读者明知道自己身处现世，端坐书桌，以局外人的身份阅读一份全然陌生的家族史，却被不断强化的"我"的叙述一次次拉入历史的真实情境中。另外，广西师范大学出版社出版的《回望》成书中，除了常态的叙述文字，还有大量的影印资料作为历史的佐证被处理成书签的形式夹在书籍中，因此《回望》的成书也就成了静态的"纪录片"，字字切中历史细节，句句戳中人世沧桑，大量图片也给了直观丰富的细节补充，忆旧文字也就完满地抵达了"绝对真实"，这对图书出版界无疑是一次成功的出版参照：当叙述历史时，直接把历史"递"到读者鼻子前，让读者自己考证，自己

辨认，最终自己发现历史、进入历史。"真实性"并不意味失去了散文文体本身的优美余裕的审美要求。文中提到了这样一个细节：父亲在途中，颠沛流离，有一天，他走入大片竹海，遇见了一只铭记一生的奇鸟："满目是蔽天翠竹，长久在寂静无声的浓荫中行走，忽见一只火红色大鸟落到不远的竹丛前，久久停立不动，浑身披挂赤焰一般的羽毛，极为炫目。这不知名的红色大鸟，始终留在密密层层的翠竹前面，留在父亲和我的眼前，殊为特别。"这一段看似与父亲流转人生毫无关联的细节描写，极为浓艳华丽，当人生过处，回首来时路，才发现，除了波澜壮阔的巨大人世变动外，还能记得的，正是停驻在人生竹林间一只梦见了很多年的鸟，生命也就活泼泼地生动摇曳起来了。或许，"回望"的目的也就有了最终的解释：只身前往，但行一生。

同样是叙述父母个人史，与金宇澄波澜壮阔地书写他们一生的动荡多舛，凸显生命的丰富性与传奇性不同，叶兆言《等闲变却故人心》（《收获》2016年第5期）却以沉痛的笔调以一种顽固甚至"不孝"的姿态撕开父母结痂的疤痕："文革"时期，遭受迫害的父亲揭发母亲的"反革命言论"。历史对个人生命造成的巨大创伤隐含在这短短一行字中，纵使曾经的痛苦退潮，历史拨正，人类永恒的人性与情感都在命运动荡中，如雨中残荷，不堪一击。叶兆言以一种不避讳、不辩解的姿态探向家族史的背阴处，这种揭开伤疤，露出血肉的反省姿态一直是忆旧散文中匮乏的。忆旧散文的可贵之处就在这里：人类的生命历史，不只是丽日晴天，风雨大作、跋足顿履亦是永恒的生命常态。

2016年度忆旧散文最突出的是出现了大量记叙自己与名人交往的回忆文字。记人散文往往通过作者与记述对象的切身交往展开，在交往中通过自己的主观印象展露被记述者的性情、人格，萧红的《回忆鲁迅先生》树立了这类散文的典范，用大量的生活细节丰满人物的血肉，用真实可感的交往现场凸显人物的生动。2016年，中国文学界损失了陈忠实和杨绛两位大家，出现了一系列的回忆性文章。

铁凝《"何不叫杨绛姐姐"——我心中的杨绛先生》（《以蓄满泪水的双眼为舟》，三联书店，2016 年）似乎揭露了这种回忆是人发自本心对逝者的真切追思，还是更高层次的时代之需："也许是因为我每每看到这儿时代里一些年轻人精致的俗相，一些已不年轻的人精致的俗相，甚至我自身偶尔冒出的精致的俗相，以及一些不由分说的尖刻和缺乏宽容、理性的暴戾之社会情绪，正需要经由这样的先行者，这样的学识、见识、不泯的良知去冲刷和洗涤。"在回忆陈忠实的文字中，潘向黎《再见，白鹿原》（《散文·海外版》2016 年第 4 期）文字最为沉痛，从回忆自己对名作《白鹿原》的阅读感受到追忆与陈忠实的交往过程，潘向黎饱含深情地写出了自己对一代大家最深沉的景仰与最沉切的悼念，"这就是悲伤中唯一的路了。就用他喜欢的方式与他道别吧，一起对他挥挥手，一起再说一遍，'再见，白鹿原！'山鸣谷应，他一定会听见。"邢小俊《陈忠实、〈白鹿原〉与华阴老腔》（《光明日报》2016 年 6 月 17 日）记录了华阴老腔重整生机的发展历程，在其中起直接推动作用的正是陈忠实，他利用自己的影响力致力于华阴老腔的创作推广，唤回这一被称作"东方摇滚"的传统艺术的生机，华阴老腔表演者一句"这么好的老汉，咋说走就走了"，朴素的话语承载了无限的遗憾和追思。甘建华以一个不曾与陈忠实亲身交往，但是为其作品所感的普通读者身份考证了陈忠实不为世人所知的人生事迹，《陈忠实的两次柴达木之行》（白露卷《瀚海湖》）通过大量资料举证，还原了陈忠实人生历程中的两次出行细节，无疑成为后人为陈忠实立传时扎实厚重的参考材料。在《兰心蕙质品格高雅——记宗璞》（《文艺报》2016 年 6 月 24 日）一文中，张守仁还原了自己实地拜访宗璞的所行所感，于短短相聚间，感受其高雅品行。周明《刘白羽与现代文学馆》（《文艺报》2016 年 10 月 21 日）追溯了刘白羽与现代文学馆的牵连始末，肯定了前辈作家对中国文学发展的自觉关注与实地贡献。《怀念萧平》（《文艺报》2016

年 10 月 14 日），肖复兴主要从萧平作品《三月雪》入手，由作品引发对故人的深切哀思。

二　物性与人情

　　散文之散，不仅是指用笔随意、行文自由，也意味着散文可入文的素材种类繁多，林林总总，可随手采撷，散文创作者由身边世界出发，一花一叶皆可入文。因此，光从题材而言，与人类生存日常最最相关的写物性和写人情的文字最多。2016 年度散文创作也不例外，出现了大量描写与生活息息相关的日常物品、与人类并存的自然景物和触及人类最深沉又普遍情感的文字。这或许是散文的"低"处，可以"低"到与土地重合，创作者平视周身世界，检阅组成生命全部物质载体的印痕，与自身生活的世界，与同自己共享这世界的万物、众人，与心内最普通平常的情感握手言和。

　　中国志物类散文创作往往是"看山不是山""看水不是水"，一间书房不仅仅是活动空间，它的门前要有一株枇杷树，"吾妻死之年手植也，今已亭亭如盖矣"，要不然就是"谈笑有鸿儒，往来无白丁"，一间屋子的文本生成，除了物性之外，还要有情可发、有志可托、有理可明。梁衡《百年震柳》（《人民日报》2016 年 8 月 10 日）是一篇典型的"托物言志"的散文范本，"地震能摧毁一座山，却不能折断一株柳"，以一株在地震中挣扎存活的柳树出发，歌颂了生命的韧性。刘醒龙《我有南海四千里》（《光明日报》2016 年 7 月 16 日）有着强烈的"颂歌"色彩，"我在南海，我就是中国的南海！"直接抒发的汹涌感情、熟练运用的吟咏笔调，使这篇散文成了政治话语体系下圆融、成熟、无懈可击的宣传范本。在《椴树蜜》（《今晚报》2016 年 4 月 8 日）一文中，肖复兴回忆了自己在北大荒下放时与普通铁匠老孙的交往，于他而言，在老孙处喝过的椴树蜜是在冰冷时代里最甜蜜的回忆，承载着温暖的人情。杨牧之《南牌坊18号，永远珍藏在我心中》（《北京文学》2016年第1期），衰朽的老房子承载着过去的时光印痕，人的生命正是在不断地告别、不断地回忆、不断地遇见中充沛而丰盈。城市作为当下社会人类最主要的生存空间和活动场所，实质上也是一个巨大的物体，其本身的地理空间、人文环境、政治经济定位这些物性也在影响和驯化它的子民，林白《在武汉》（《作家》2016年第1期）写到武汉的寒气，少女时期的寒气凝结为"武大图书馆飞檐下那些经久不化的冰柱"，而"人一老，体内的火渐熄，寒气当然长驱直入打你个人仰马翻"。关于一个城市的感受，年少时的浪漫虚美到了年老，也不过回归最赤裸的本来面目，生命中的寒气随着年老，铺天盖地地席卷而来了。刘琼《诗文里的徽州》（《泰山晚报》2016年8月10～20日）则以一个深情的女史形象对长路崎岖的徽州进行历史溯源，汤显祖的惠州梦，李白的徽州乐，古典的诗意与现实的江水化为清丽流淌的文字，绕城远远驶向远方和未来。物象本身即承载着历史赋予的文化品格，如古岳《坐在菩提树下听雨》（《青海湖》第5期），文题即是一个具有文化典型意义的象征场景，在菩提树下，明彻佛家生死轮回的哲理与人世往来春秋的规律。董华《宗祖树》（《北京文学》2016年第9期）具体写了两种在中国文化中有着特殊意义的树："桑槐人家"的桑树和槐树，但凡一种自然生物被人类赋予特殊意义，或成为一种品格的象征，或成为一段历史的见证，往往与它们的生物特性相连。桑树是实用之树，养蚕采桑，成为一种农家生活的文化意象出现在《诗经》《古诗十九首》等先民们的吟唱中，槐树是长寿之树，它们之所以饱受赞扬，"是它浸透了国民性，人们在精神基因、精神标志、精神命脉上的认同。"再如简墨《竹林》（《山东文学》2016年第6期上半月），阮籍嵇康们不该在桃林中饮酒，太过绚烂；不该在桑林中坐对，太贴尘土；不该在牡丹园中长啸，太过奢靡；不该在松林中放歌，太过刚

劲，他们只应该且必须在竹林中大醉一场，深幽飘逸的竹林与众人的精神气质共同组成了"竹林七贤"这一物我相合的语词场。总而言之，本年度志物类散文仍然是"看物不是物"，因为嫁接了人的情感和寄托，入文的花枝才可"疏影横斜""暗香浮动"，志物类散文也超脱于仅仅是科普性地对事物体相的描摹，而真正走向了文学性的审美抵达。

2016 年度抒情散文除了进行集中性的情感宣泄，进行情绪性语词的堆叠连缀外，最突出的，是增加了叙事性元素。没有情节支撑的情感表达只是单纯的情绪泛滥，抒情也应有逻辑可循，可是我们看到的大多数抒情文章都是困在语词的魔障里，情绪倏忽溢出，是一种苍白暴戾的情绪怒吼，刻奇而无聊，自我感动而已。好在本年度抒写人情的散文作品，都能做到将情感的发生缘起、将情绪流行经过的轨迹交代得合乎日常逻辑和情感逻辑。毕飞宇《我家的猫和老鼠》（《读者》2016 年第 11 期）用闲适轻松的笔调回忆"我"幼年时和两个姐姐的猫鼠争战，翻阅旧时记忆，即使是打打闹闹，如今想来，都成了过往时光中最活泼生动的场景，写情感之"趣"，与加大火苗刻意把情感扇旺的渲染写法一样富有感染力。余继聪《母亲的名字》（《草原》2016 年第 2 期）将对母亲的情感牵连在一个小小的名字上，回忆母亲的姓名，就是在检阅母亲的人生。将沸腾的情感寄托在一个具有特殊意义的记忆符号上的，还有窦孝鹏《母亲的纺车》（《中国监察报·文苑版》2016 年 5 月 6 日），为了贴补家用，母亲一刻不停地在织布，"母亲的纺车响了一天又一天，一月又一月"。这样一个油画式的织布身影渐渐固化成一个永久的情感承载符号。潘永翔《带着亲情出发》（《满族文学》第 5 期）分两小章分别追忆自己对哥哥、姐姐的情感，世间最大的痛楚是生离死别，"而亲情这根纽带永远也不会断，它会成为我们生命里无法剔除的元素，组成我们生生不息的河流。"凸凹《错位之思》（《人民日报》2016 年 7 月 18 日）在追忆过往时，母亲以一种与自然万物对照的富有哲理的形象出现，"再回看母亲——不老的山谷，一片空茫；荷镐而立的一介农妇，相映之下，渺小如蚁，几近虚无。"人的生命在巨大的历史空间中恍如沧海一粟，这就使作者在指涉亲情时，脱离创作者不自觉就会陷入的"诉苦""滥情"窠臼。对个人生命的存在之思，还有简默《天堂边的孩子》（《散文选刊》2016年第1期），"我"带儿子给父亲上坟，上坟于中国人而言，不仅是祭拜先人的风俗，而且是寄托哀思的情感活动，更是在上坟叩拜、祝祷的情感仪式中，人类学会了敬畏鬼神，敬重生死。人类的情感除了亲情、爱情这类亘古、持久的"本来"之情外，还产生于同其他生命浮光掠影的关联中，狭路相逢、浮生取义，人类作为社会动物免不了与陌生人发生联系，正是在偶然的交往中，情感的互联才显得尤为珍贵。荆淑敏《大姐》（《燕赵文学》2016年第5期）塑造了一个普通保姆的形象，她生活坎坷，饱受命运揉搓，却仍然保留着朴质人性，于"我"而言，比起"祥林嫂"，她更像是"长妈妈"。从维熙《底层情话》（《光明日报》2016年8月6日）记录"我"跟几个无名底层民工的文学往来，是一种"一件小事"式的俯下身子的叹服。

"物性"与"人情"构成了人类日常生活全部的生命轨迹，一次次伸手去触摸外物，去触及心灵，去看、去闻、去感、去受着、去想、去回忆，人类才能踏于尘土之上，才不至于被琐碎无聊的人生污泥掩埋。散文写作的意义就在于此，记录人类途经的来时路，小物小景小情却组成了有重量的大文字。

三 专栏写作

专栏写作作为一种文字出产模式，长期占据期刊显要位置，不仅仅是期刊本身和创作者双方的携手前行，也关乎到期刊运行、作者身

份、创作文本、阅读受众的"四方会谈"。专栏作者的身份一定是有着大众辨知度的，声名的辨知度外，还要有读者认可度；专栏作者和期刊编辑的合作良好，本质上是作家文本质量与期刊文学定位、审美选择的"碰撞"与"对味"；期刊的受众和作家个人的读者通过专栏的方式绑在了一起，互相引流，互相重合，对专栏作品的评价直接关乎读者对相关期刊的评价。另外，很多作家在作品集结出版前，都在报纸杂志上作为专栏连载，以此试水，根据评论界与普通读者对作品的实时测评，在后期出版中进行相关调整，以此形成最终的完成文本。无论如何，开启一个专栏，正如长巷沽酒，越往深处，酒香越浓。

2016年度专栏写作首推李敬泽发表在《当代》和《十月》的"讲谈""会引记"系列。作为一名成熟的文艺评论家，李敬泽要想进行跨域书写，成为一个老道的文学"新人"，那么议论性文字书写的丰厚积淀无疑造就了他写作散文时陡峭嶙峋的特异笔锋。在《当代》上，李敬泽非要指涉过去，去挑动印在史书上一个个文字的胡须，扒开文字们的心肺，让它们活泼泼地、俏生生地甚至血淋淋地吃喝、征战、死亡。把大历史化为"小春秋"，把规整严肃的史传文字打散，让他们披上现代的外衣重新列队。"小春秋"系列选取了六个历史典故，用戏仿的手法重新书写历史，我们很容易看到鲁迅《故事新编》的影子，比如移今作古的"穿越"写法，第一篇《卫国之肝》写卫国政变后，"网上的评论有十万八千多条"，让人想起《理水》里说英文的学者们。如果说写春秋时插入网络评论是一种表面的文字技巧，那么"女人不分老少，普遍尖叫、哭泣、昏厥，男人们在远处晒着太阳，捏着虱子，你看他一眼，他看你一眼，然后，咯嘣一声，咬破一只虱子"这一"谑笔"细节则指涉中国历史的隐痛：乌合之众的情绪泛滥、麻木无聊。作为历史无言的背景人物，李敬泽赋予了他们鲁迅式的活动场景：看客的脸，在吃着人血馒头。不仅小人物以晦暗的面目出现，留存在历史上的大人物大事件都被作者以小报记者式的方式进行解构，肢解历史不是为了胡拼八凑，而是将读者直接牵到历史现场面前，像在看一场 4D 电影：你看吧，那些伟大的名字，那些血迹浸透史书的胜利，那些夏雪冬雷的情仇，也不过是纸上文字们的搏斗攻讦。如果说"小春秋"系列将历史化小，将整肃拆散，以一种无关的"嗑瓜子"似的姿态检阅历史，还原历史情节多于历史评述，散文的记叙性大于抒情性，那么"会引记"对待历史则温情脉脉得多，正如《坐井》一篇所提，"我喜欢这井底。回到靖康元年，我愿落在汴梁城内的这口井中，看着井口繁星，看着人马星座缓缓移过。"所有历史、现世的沧桑与遗憾都在一方井口间随着夜空的星辰快速流过，试图手握星辰的人们也只得一手冰凉的余晖。从文学品质而言，即使"坐谈"系列似乎有开创散文文本形式的野心，有将散文界这汪静水煮沸的勇气，却只似刚点燃了引火的柴火，温度不够，火苗只略微蹿了两下，真正体现李敬泽作为一名优秀散文家的仍是"会饮记"系列，无论是关于自身职业身份辩驳的《鹦鹉》、对当下多种话语系统追诘的《考古》，还是看似单纯志物，实则纵论古今的《杂剧》，李敬泽的散文与自身的学者身份仍然是相关的，学养丰厚，却无掉书袋之嫌，用笔陡峭，却无零散之形。于深山茅屋，摆青梅温酒，屋外林深流水，李敬泽设宴，与历史、当下、所有繁杂的语词、所有荒诞的人世痛饮。

李敬泽设宴会饮、挥云拂月、纵论古今、坐聊人世，翟永明在《收获》开设的专栏"远水无痕"则家常细切。《毕竟流行去》呈现了蓝灰色年代人们对于自身装扮的审美追求，从发型变迁到服饰流行，爱美的少女心事与国家体系下统一的审美收割相撞，人们依然在表面统一的着装要求下进行小小的审美反抗：偷偷变换一下刘海、把衬衫扎进腰里等。《看电影记》《观影进化史》《少年杂读记》则回忆了自己在年少时期如何如饥似渴、"见缝插针"地吸收文化给养。《写真留影》则是关于照相的回忆，照相本身是一件具有仪式感的时光对抗活

动，为防遗忘，人们固执地摄取自己某个瞬间的面容以抵挡时间侵蚀。《川菜小记》事关肠胃，肠胃与心脏接近，人类与地域的联系很大程度上是吃出来的，热辣辣麻嗖嗖的川菜味道飘在异国街道，所有被驯服过的味蕾首先开始了漂洋过海的回乡之旅。六篇散文写遍晦涩年代的吃穿玩乐，时光远去，记忆中最嶙峋的还是关乎日常生活用度的物质情结，被剪掉的长发、郫县豆瓣酱、整场电影，远去的长河不留下水痕，但留下了一个个被时光打磨圆滑的鹅卵石。在中国现当代散文中，无论是周作人、梁实秋、林语堂，还是迷恋物质语词、甘由城市宠坏的张爱玲，人们早已学会在庞大恢宏的生活现场挖掘或历史过往中挖掘散落的生活细节与日常趣味，"生活"，生动活泼地活着，于中国人而言，是最朴质又最本真的生命哲理。翟永明这一专栏印证了同样的道理，在文化荒芜、美学失声的时代，历史潜隐深处的彩色灵动的生活细节被她盛出来了，这就意味着，生活美学在任何境地都不会缺席。

本年度重要散文专栏还有毛尖《夜短梦长》（《收获》）、王彬彬《栏杆拍遍》（《收获》）、雷平阳《泥丸小记》（《钟山》）、肖复兴《老院旧雨》（《上海文学》）、东珠《石头记》（《作家》）等。从整体而言，专栏散文创作者的身份多元，创作题材不拘一格，文本成品精致圆融。2016 年，专栏散文继续为散文界贡献了较为整齐的高质文本。

四 拾遗若干

2016 年度散文界依然在呼唤着青年散文家的登场，或者说"新人散文家"，有些散文作者即使年纪尚轻，却学得故意拔高或词语堆砌的老式作派，年轻人的老情调老笔法老文章对整个散文文体建设无疑是毫无用处的"废料"。散文文体自主理论的缺乏一方面导致散文创作评价体系的松散，另一方面却给了创作笔法更新空间和创作自由，因此，此时代的青年散文家应该书写此时代的当下情绪，用锐意生猛的"劲"气和"鲜"气拨动散文创作的一汪静水。

与前辈作家乐于追寻过往相比，青年作者更愿意在当下时空定位个人存在。同为女性作家，如果说翟永明的散文着笔免不了要指涉时代对个人生命的倾轧，那么沈书枝必然且合理地将镜头聚焦在当下的生活场景。《走路的黄昏》（《文苑》2016 年 12 期）写黄昏归途的所见所想，跟着沈书枝的镜头，我们会发现极具带入感的城市背景设置："穿过山西刀削面、巫山烤鱼和明亮的水果店前，街心车身喧哗，只有在通常堵车的路段，汽车一辆接一辆停着，红色的尾灯渐次亮起，才有短暂而奇怪的安静。"这是杜可风式的镜头处理方式，光影鲜亮的城市空间内，工业机器的代表停驻不前，人这个孤独的个体却不断前行。人与自身生活的空间，与一天时长的某个瞬间，有了脱落的"离世"之"隔"，而这种"隔"是专属于 21 世纪当下的现代主义情绪。但是这并不意味着青年散文家只沉迷于自我的小情绪而不抬头关注社会现实。吴佳骏《残院之内黄昏之后》（《天涯》2016 年第 2 期）直击当下现实的痛处，描写养老院内的众生相，让被大众媒体埋藏的"养老"之忧坦而露之，体现了青年散文家乐于走出书斋，走向生活现场，针砭当代痼疾，积极参与社会话语体系建设的担当精神。当然，比之题材增加和价值梳理，青年创作者最应该做的工作应该是语词丰富和笔法更新。雪小禅《册页晚（外二篇）》（《北京文学》2016 年第 2 期）语词经过古典文学的彻底浸润，语法断裂、词素重组，产生了诗化、任性、自由、吟咏式的审美效果，如"他打开册页刹那我便倾颓"。这是一种"中国风"流行歌曲式的歌词创作体例，比如方文山的"弹指倾城顷刻间烟灭"（周杰伦《兰亭序》）。"语法不通"与"语词新造"不过是同一种创作现象的相反表述，青年作者的笔法不再受语法规训，无疑是一件利于散文革新的好事。在这里要提及一篇蒋方舟发表在微博上、被迅速转发过两万、评论上万的文章《我的相亲史》（2016 年 12 月 7 日），如此巨大的受

众量和讨论度，不仅仅是因为她采用了依托于自身知名度的自媒体刊载方式，而在于她的相亲历程与当下社会青年的经历多有重合之处，她不进行"剩女"现象社会归因的严肃探讨，却轻松随意地自我调侃，新时代读者已不再关心重大语词，对"巨大症"和"导师体"的本能反感让青年创作者和新读者产生了彼此共鸣。或许正如蒋方舟另一篇散文《你们不要再假装了解90后》（《文苑》第4期）所言，"我觉得正确的方式是你应该去解释一个真实的世界，没有那么多蔷薇色的光芒和泡沫的世界，一个年轻人真正要面对的世界，这才是真正的负责任。"无论如何，本年度散文界的青年写作仍然需要期刊编辑、散文评论家的大力推介引进。

除此之外，2016年散文创作仍有不少文质皆美的精品，在此进行拾遗补充。熊育群《永远的田园》（《散文（海外版）》第5期）、祁建青《汉之曙光与夕阳红》（《解放军文艺》第2期）、郭保林《孤独者的绝唱——叩访青云谱》（《山东文学》第5期）、石一宁《凌云行思》（《人民日报》（海外版）4月14日）、席慕蓉《时光刺绣》（《今晚报》1月15日）、陈建功《飞去来的滋味儿》（《文汇报》3月25日）、刘心武《那一晚她心里很难过》（《十月》第4期）、余光中《粉丝与知音》（《美文》第5期）、杨海蒂《我去地坛，只为能与他相遇》（《美文》第3期）、朱增泉《中国诗坛流星雨》（《诗选刊》2月号）、刘洁《青青子衿》（《黄河文学》第2~3期）、杨晓升《遥远的春节》（《香港商报》2月21日）、白琳《我们都要脸》（《天涯》第5期）、陈蔚文《北站以南》（《北京文学》第7期）、陈原《季节，混乱而严整》（《散文》第4期）、郑小琼《在车上》（《文艺报》2月3日）、孙小宁《南极行客，星星的孩子》（《文汇报》4月18日）、王国平《写给大理古城里的一位老太太》（《中国作家》第4期）、徐小斌《英伦十二日》（《长江文艺》第9期）等。

散文最关乎人类生命的发生、缘起、衰老、消退，关乎春日第一缕吹透薄衫的风，关乎破碎的情绪个体，关乎剥离的人世旧情，关乎爱、憎、别离，关乎清晨六点的肥皂水味，关乎大雨将至时整个世界空空的风，关乎一次浩浩荡荡的恋爱，关乎所有泛滥的、破旧的、荒芜的、明媚的生命体验。散文书写最易。散文书写至难。

五　散文理论批评

与散文创作繁荣构成对照的是散文理论和批评的薄弱，2016 年的散文理论和批评也不例外。即便如此，也有研究者寂寞耕耘着。

首先是散文和小说、诗歌关系的厘定。在对现代散文和小说文体的辨析上，刘弟娥与刘淑银刊载于《大理大学学报》第 7 期的《从散文正宗到小说正宗——文学史视野中的中国现代散文与小说关系研究》拨开当下文体概念模糊的迷雾，追溯到中国传统的文章学，认为中国现代小说学在初生之际嫁接中国传统文章学（现代文学四体之一的散文，在古代中国又称"文章""古文"等，研究古典散文之学称为文章学），小说创作更多依托于文章学理论与作法，随着科举制的废除与现代教育制度的普及，传统文章专家逐渐向现代分体文学家转化，经由现代教育制度培养的现代小说读者也逐渐出现，现代小说终成文学正宗，现代小说文体学开始建立，并逐渐也远离了文章学的胎息。即使现代散文与现代小说关系变化仍有待辨正，本文对中国现代小说与古代散文进行关系辩驳，认为现代小说脱胎于古代散文理论，无疑是对小说与散文的关系进行了一次有益的文学史溯源。陈亚丽的《论"以文运事"的散文与"因文生事"的小说》[《天津师范大学学报》（社会科学版）第 5 期]从叙事性的角度，认为相较于小说，散文的作者是完全裸露的，其文化人格全部投射在字里行间，小说作者则通过"隐形作者"或"叙述者"发声，这样就在二者分析

对比中，准确地抓住散文的文体特征。在散文与诗歌关系方面，姜艳与吴周文的《诗化：散文审美范畴的一个视角——以毛泽东对杨朔的"点评"为个案考察》（《文艺争鸣》第 10 期），从毛泽东对杨朔《樱花雨》一文赞赏这一历史细节入手，考察了"诗化散文"成为革命话语生态下审美范式的原因，对"杨朔模式"于历史现场中对散文文体的发展做出客观的评价，批判全面否定 60 年代散文诗潮价值的历史虚无主义与历史唯心主义。在散文本体建构方面，张永军在其《散文作为笔法或兼文体》（《文学自由谈》第 10 期）一文中概述出散文"时文性"、"本我性"和"发散性"的文体特点，解析了散文的边界。耿立发表于《创作评谭》第 5 期的《散文新文体的建构》则指出不断发展变幻是散文的生命力所在，散文新文体的建构，则需根植在精神沃土之上，应该将高度和精神奉为标尺和圭臬来度量创作，如果文字仅仅对应肉欲"物理人生"而非精神人生，那么这种文体就是堕落的，是没有未来和明天的。2016 年，从整体而言，研究者对散文文体独特性的认知和确认，一方面通过与其他文体的关系辩驳来析离散文文体的创作笔法；另一方面则进行散文文体本身的特征探究，随着研究的深入，散文的文体属性得到了一定的澄清和丰富。

其次，围绕散文"真实性"与"虚构性"这一关涉散文边界与价值评判的重要理论命题，2016 年，研究者继续进行了有益的探讨。上文所述"散文"与"小说"关系辩驳的实质是"散文能否被虚构"的问题。值得注意的是，与散文写作者出于多种目的，虚构个人史甚至国家史的创作现状不同，2016 年，部分散文研究者对"虚构"侵入散文的创作现象提出质疑。唐小林发表于《中国现当代文学研究丛刊》第 8 期的《中国当代散文的"虚构"问题》表达了对当下散文创作"虚构"的忧虑。他认为，在繁荣局面下隐藏着一股令人不安的"虚构"暗流，散文从昔日公开的假大空，蜕变成为另一种更加隐蔽的胡编乱造，他的批评直指包括莫言、贾平凹在内的名家名作。杨铁光的《散文的"真"是美丽的——对当下散文"真实"与"虚构"问题的思考》（《地火》第 3 期）则认为散文是一种特别注重真实语言表达的文体，同时也是一种最讲情感最为靠近生命本真的文体。散文的"真"是"指历史的真，事实的真，人物的真，情感的真，人性的真，疼痛的真，自由的真，表达的真，艺术的真"。他承认散文中合理虚构的合法性，但这种虚构必须忠于现实，源于生活，必须有前提有限制，必须是建立在真实的个人体验和情感的基础之上的提炼和升华。2016 年 7 月在浙江温州东岙村，由"小众"微信平台牵头，《名作欣赏》协办的"60 后""70 后"作家和批评家关于散文文体的对话，涉及散文的源流与文体特点，散文写作与读者接受，散文的精神、伦理与功能等理论问题，其中对散文"非虚构"的问题的讨论较为深入与透彻。散文"真实"与"虚构"，无论是坚持"履历真实""情感真实"，还是对散文虚构抱以宽容态度，研究者都对当下散文创作为追求炫目或"刻奇"效果，杜撰个人史与情感史进行批判性反思，散文作为纪实性文体，又兼具情感抒发的主观性，"真实"与"虚构"将仍然会被研究者不断关注。

最后，关于中国散文理论话语的自主性问题，王兆胜发表多篇文章集中探讨，值得关注。王兆胜是散文家，也是散文史家，这样的双重身份可以使得他在考辨散文"问题"时有一种自觉的"史识"。他发表于《文艺报》12 月 7 日的《散文创作与批评是否"无法可依"？》，原标题是《中国散文理论话语的自主性问题》。此文，王兆胜认为散文本体批评的建立，其基本前提应该是有自主性的散文理论。诸种文体中，当下散文本体批评是最自说自话的，这不得不说部分是源于"无法可依"。值得注意的是，王兆胜意识到的散文问题，有的是由来已久，必须重申的，比如"跨文体"问题，比如"形散神不散"问题；有的则是发人之所未发，比如他对现代散文"人的文学观"的清理和反思。他认为，散文之"散"应打破以往的观念，

找回自己的主体性，将重心不是落在"形"与"神"上，而是放在"心灵"上。只有当散文理论话语由"人"而及"物"，并发掘出天地自然中"人"与"物"的灵光，散文理论话语的自主性才能真正得以呈现。认为散文应确立自主性，建构属于自己的理论话语。他提出了相关指涉理论话语建构的建议，首先是不应将"创新性"作为散文唯一、绝对的衡量标准，而要强调继承性。要跳出"跨文体"散文写作的羁绊，确立散文的体性及自主性，避免其异化状态，这就再一次强调了散文本体排除其他文体渗透的合法性和必要性。他发表于《红岩》第3期的《当下中国散文创作的软肋》集中反思当下中国散文整体走入"去政治化"的误区，"躲进小楼成一统"，陶醉于自我与小我的天地不可自拔，切入时代肌理的散文稀见，偏向人情多于物性；沉醉于泛滥情感的浸淫中，忽略天地万物的神秘博大。王兆胜敏锐地察觉到当下散文的功能相对于小说和诗歌，已不断下坠，沦为自我怡情自我陶醉的"小文字"。另外，他的《近几年散文创作新动向及其思考》[《福建论坛》（社会科学版）第9期]，认为散文如果不想边缘化或自我边缘化，必须要"用寻思为时代把脉"，即散文创作应该走出小我之境，回归"载道"传统，还要"以物性反驳现代性"，用丰富的物性来明晰现代性的迷思，更要开拓散文的"神秘性"和"神圣"，以超越对于现实主义单一化的理解。除了王兆胜，面对散文创作现状的诸多痼疾，王冰在《已经忘记了精神来源的中国当下散文创作》（《红岩》第3期）指出，当下散文创作者对中国传统文化的陌生，对现代性的陌生。因此，当下散文创作也就有了重回中国传统文化和现代性的必要。

（本章执笔　何　平　丁　璐　南京师范大学文学院）

B.7
诗歌："错位"与"困局"

摘　要：　2016 年热门的诗歌话题并不多，诗歌出版继续延续回
暖的势头，大批中青年诗人创造力旺盛而活跃，诗歌
传播显示出更倚重市场或寻求读者的特点。资金来源
和读者定位不同的诗歌期刊也结集了不同风格和趣味
的诗歌作者。以诗歌阅读为切入点，当代诗歌的读者
逐步分层、分群，与充满活力的诗歌写作相比较，诗
歌批评相对滞后，诗歌批评家也开始自觉地反思诗歌
批评的任务、功能及批评家的自我修养等问题。

关键词：　文学性/非文学性阅读　诗歌跨界　反思的批评

2017 年 1 月 1 日，"澎湃新闻"的"文化课"栏推出文化评论
《到底是诗歌盛世还是诗人已死?》（作者：北鸟），开篇提出"应该
如何描述中国当下的诗歌生态"？作为新年第一天媒体回顾与关注的
话题，当代诗歌首先成为了文化焦点。文章列出的两种对立的观点和
态度也颇具代表性："一种认为现在中国的诗歌写作非常活跃，甚至
可以用繁盛或者盛世来形容；另一种则认为当下的诗歌都是垃圾，诗
人已经死了。"前一种看法来自"诗人或诗歌观察者"，而后一种则
来自读者——"数量庞大的网友，或者笼统地称为大众"。假如我们
认可这一描述，那么，不难看出，在诗人和大众（或诗歌写作者与
一般读者）之间所形成的观点对立，已经显示出双方对于诗歌、诗

歌话语及诗歌文化理解的深刻错位。这种局面形成的原因是什么？是怎么形成的？谁应当为此负责？

的确，理解当前的诗歌生态，需要我们能够适当区分几种概念和范畴的存在：诗歌本身，关于诗歌的论述（诗歌话语）以及诗歌在当前文化语境中的位置与状态（诗歌文化）。当我们谈论当代诗歌时，我们到底基于这三者中的哪一个范畴，同时，还要意识到是谁在谈论诗歌，谈论者所设定的听众又是谁。这样，无论是现象描述、问题考察，还是深度批评，就不会那么轻易地陷入偏颇、混沌，或各执一词、观点对立的僵局。我相信，一篇年度诗歌回顾的文字尤其需要这种清醒的意识。

一　创作群：中青年诗人的创造力与沉潜力

英国文学批评家、作家 C. S. 路易斯在《文艺批评的实验》一书中，区分了两种不同形式的阅读："文学性的阅读"和"非文学性的阅读"（也有译者译作"敏于文学者之阅读"及"盲于文学者之阅读"）。概括而言，文学性的阅读不是从书里看热闹，不追求快读，而是致力于读好书，重视语感，能读出作者的文字功力。非文学性的阅读自然是反过来的，阅读对于这类人来说，只是寻求刺激，满足好奇心，这种阅读的快感也只是一种替代性的满足。这里暂不细数 C. S. 路易斯对这两种阅读的具体描述，而他明确认为现代诗歌需要的是文学性的阅读。显然，当一个读者热衷于各种诗歌趣味，并搜罗各类媒体上吸引眼球、博取关注的诗歌小道消息时，他基本是在阅读有关诗歌的话语而非诗歌本身。无论是泛泛的议论，还是刻意制造的话题，抑或形形色色的诗歌活动（诗会、诗赛、诗奖和诗歌节等）信息，与诗歌有关但又无关。简单来说，搜罗这些信息并无助于了解具体的诗人到底写下了怎样的诗作，也无从探析跟当下写作命脉相关的具体的诗歌问题。而进入诗歌，必然始自文学性的阅读。那么，对2016年度诗歌的回顾，就从笔者读到的几种诗集开始吧。

2016年出版的值得一读的个人诗集（这里指的是诗人的阶段性诗集及诗人的第一本诗集），首先要提的是老诗人灰娃。灰娃，原名理召，1927年生于陕西临潼，12岁时被姐姐、表姐带往延安，在延安儿童艺术学园学习，新中国成立后曾在北京大学俄文系求学，后分配至北京编译社工作。1966年"文革"中患精神分裂症，1970年代于病中非自觉地写作。2016年底，灰娃出版了她的第三本诗集《灰娃七章》（北京大学出版社），集子中选入的多是她的近作，最新的作品就定稿于2016年立夏。虽然总体来看，灰娃写的不算多，但仍可以说，年近九旬的她是迄今创造力依旧旺盛的，当代最年长的诗人了。灰娃的诗歌写作从一开始就具有"自我疗救"的特征，她的诗属于"听觉的诗"，尤其注重诗歌内在的音乐性。灰娃的近作集中在怀人和追忆的主题上，展示了诗人丰富而深邃的精神世界。为了激励和肯定灰娃顽强的自省与执着的写作追求，2016年度第24届柔刚诗歌奖授予她荣誉奖。《灰娃七章》于2016年底出版，之所以先提她，自然是感奋于老诗人旺盛而持久的创造力。年长如灰娃者尚且创造力勃发，笔耕不辍，那么中青年诗人们又怎样呢？

总体而言，2016年中青年诗人的沉潜与创造更令人瞩目。2016年初，我读到一本诗集《公斯芬克斯》（上海人民出版社），作者是出生于1981年的青年诗人昆鸟。据昆鸟自述，他在2005年读到里尔克的诗之后，萌发了写诗的念头，2006年，他来到北京，开始正式写诗。收入《公斯芬克斯》的是作者近十年的诗作。最初的写作带有习艺特征，但昆鸟迅速地找到了自己独特的声音。这种声音，正如他的同龄诗人江汀所言，是"创造了属于自己的语法。这语法植根于自己的审美经验，从诗人的生命意志中生成。他将修辞和情绪统一起来，有时候修辞就是情绪，有时候情绪就是修辞。显见的是，昆鸟

捕捉瞬间的能力非常强，仿佛能够原地起跳、一跃而起，如同某种运动天赋"。长诗《肉联厂的云》标志着昆鸟的诗歌迈向成熟和深邃。像昆鸟这样在近年出版诗集的青年诗人其实还有不少，如黄茜、江汀、二十月、叶美、石可等，只是由于关于这些诗人诗集的评论过于零散，我们更很少看到及时、有效的阅读和总体评价，以致我们还无法从整体上归纳、概括这批青年诗人写作的总体特征。

另一些青年诗人，或自费，或独立出版了个人的第一本诗集，他们中，有陈迟恩、方李靖、李琬等。1987 年出生的诗人陈迟恩（本名谭笑）既写诗也写小说，他的诗集《城堡与迷宫》以网络众筹集资，并于 2016 年 6 月由江苏人民出版社出版。正如诗人冷霜所评说的，"从一开始，陈迟恩的诗就凸显着现实的强烈异己性质。这座在现实中已经消失的天桥，因而构成了一个隐喻，成为陈迟恩的诗歌和诗艺立场的起点。所谓'诗歌之难'，在陈迟恩的写作中，或许也就意味着他认识到，以往种种现成的诗歌取位/趣味、写作方案和诗艺立场在我们所处的现实中都已经失效了，诗人在词语间跋涉的同时还得就地取材，为自己锻造种种认识工具。在这点上，陈迟恩显出他的诚实和敏锐"。还在高校读书的方李靖和李琬的个人诗集由女性诗刊《翼》独立出版。这两位年轻的女诗人的诗龄或许不算长，但都显示了她们诗歌风格的独特性。方李靖（诗集《我的年代　我的铁马掌》）生于 1989 年，她的诗有着沉稳的结构，从容又紧凑的节奏，仿佛随时都会在克制的语调中，因一个转行、断句或标点而失重，但她总是能举重若轻地放下。诗中之"我"是生活世界的观察者，是保持距离但又深入其间的投入者。她善于在对事物冷静的记述中捕捉微妙的氛围，并专注于内部的秩序感。这位年轻而极具潜力的诗人既有能力咬准一个核心词语，全力展开纷呈的诗思，又有绝佳的控制力，迂回而轻松地呈现诗的主题。1991 出生的诗人李琬（诗集《瞬间与决定》）的诗仿佛一头灵敏的小兽，张开感性的触须，梳理词语和事物，在细节处显示内在的紧张和意志的强度。她似乎并不急于发现，而是拆散经验元素，反复端详，重新拼接，直到它们变成她稳定、柔和又坚实的诗行。在李琬的诗中，风景总在细微处变形，由此抻拉出情绪的复杂或微妙，而通过对音量、节奏的把控，诗人也总能发明她的精神平衡术。

以上提及的四位青年诗人的作品是他们的处女诗集，虽然出版渠道并不一样，但他们作品的阅读接受处境应该大抵类似，基本上是诗人同行或热爱诗歌的读者才会认真仔细地阅读他们的作品。这也许正是我们当前的文化现实，因为对于现代诗而言，"文学性的阅读"才是可靠、有效的。C. S. 路易斯明确指出，在现代文化环境中，阅读诗歌的只有三种人：诗人、评论家和文学教师。相应而言，也存在非文学性的阅读者，即三种人之外的读者与大众，而 C. S. 路易斯断定，非文学性的读者根本不会触碰诗歌。这或许能够解释为什么在当下的中国，对于现代诗充满误解的读者实际上是在心目中已经有了某种固定的古典诗歌标准，而这种标准并不是文学性的标准，而是一种固化了的美学成见。

从文学性阅读的视角，我们读 2016 年出版的诗集，有几位诗人的作品引起了我的注意。诗人蒋浩的第五本诗集《游仙诗·自然史》（华东师范大学出版社）收入了诗人 2010～2015 年的作品，其中包括组诗"游仙诗"18 首，长诗《自然史》《夏天》等。作为一部阶段性诗集，《游仙诗·自然史》有写人写事，也有感时抒怀，又有游走风景与静观自我之作，诗人将传统的游仙诗体进行了拓展，把与古老仙乡大相径庭的当代琐碎日常生活写入游仙诗体中，透露出诗人对当代生活的深刻介入和对汉语传统的超越。蒋浩的诗歌技艺纯熟，多采用散文式节奏起伏较大的句式，又常常通过谐音联想，巧妙地开掘词语的新意。张尔的诗集《壮游图》由《新诗》丛刊独立出版，内容包括组诗《壮游图》34 首。蒋浩与张尔分别是 1971 年和 1976 年

生人。青年诗人秦三澍将蒋浩和张尔的两种诗集进行对读比较，尤其比较了《游仙诗》（蒋浩）与《壮游图》（张尔）两个组诗，称"《游仙诗》与《壮游图》的'游'，是在转瞬间甚至是共时的截面中重建图像的关联，让新的经验不断迸发而转化为词，将它们链接在一起以铺就紧密的文本织物"。他也分析了两位诗人共同的语言实验特点，认为"藉于词语之间自由的离合和'游动'关系，《游仙诗》和《壮游图》得以将世俗语言与诗之语言加以混成，将复杂现实与粗粝经验杂糅进戏剧化的精神图谱中，当代生活真正以鲜活的面目注入诗歌的可表达性之中"（秦三澍《游之诗："载回山水来文身"——蒋浩〈游仙诗〉与张尔〈壮游图〉对读札记》原载《诗歌月刊》2016 年第 12 期）。同样是阶段性的诗集，1980 年出生的诗人肖水自称其新诗集《渤海故事集》（北岳文艺出版社）为"小说诗诗集"，当然，他的写作并不是简单地在短诗中纳入故事片段、叙事场景，而是试图通过连贯的写作以诗集的形式，探索其诗歌的容量和诗集总体结构的复杂性。

王炜的《诗剧三种》由"副本制作"独立出版，是近年难得的诗剧写作成果。有着纯正的文学趣味及远大的文学抱负，1975 年出生的诗人王炜在诗歌写作之外，曾因工作之便，四处游历，积累了丰富的生活经验，写作了大量随笔、札记，近年，他以"各种未来"为主题，倡导通过亲身投入现实而有所发现的文化"实践论"。王炜自 2012 年始创作诗剧，收入本集的三种分别为《韩非与李斯》、《罗曼·冯·恩琴》及《毛泽东》。作为一种文体，诗剧在当代诗歌写作者中还鲜有尝试。王炜在诗剧中容纳了跨越时代与空间的不同人物的声音，并营造戏剧性的场景，在对话和辩驳之中扩展诗的观念主题和与现实勾连的方向。在众多中青年诗人中，或许正是王炜，以他沉潜而独具创造性的诗剧写作，为同时代的诗人们构造了一个明确的总体现实想象。

正值青壮年的诗人还有另一种身份指认——"70 后"。2016 年以"70 后"为文化分类方式的诗歌出版物有两种。一种是由北京师范大学国际协作中心、沈阳师范大学中国文化与文学研究所合作策划,山东文艺出版社出版的"身份共同体·70 后作家大系",为阿翔、朵渔、胡续冬、黄礼孩、江非、姜涛、孙磊、巫昂、轩辕轼轲和宇向等十位诗人出版了个人诗集。张清华和孟繁华两位批评家合写的大系"总序"描述了他们所概括的"70 后"诗人群体的特点:"写作内容与对象的日常化,审美趣味的个人化与细节化",以及一种"刻意粗鄙的美学,其主要的表现是语言及行为的'狂欢化'"等。另一种是吕叶主编,诗人广子、阿翔、赵卡选编的《70 后诗选编》(上、下卷),由长江文艺出版社出版。入选《70 后诗选编》的有 70位当代诗人,关于入选诗人的标准,在"编选说明"中有这样一段话:"我们更侧重于文本而不是人名,在具体遴选工作中严格遵循入选诗人与作品必须具备'八九十年代开始写作并受到关注,具有持续的创作力;曾产生过较大影响,有独特的写作风格、审美追求,或有说服力和建设性的诗歌文本;长期持有独立的写作精神、立场、姿态,对探索诗歌的先锋性与实验性有一定的文本实践;有强大的链接传统的能力;必须具有现代性'等更为苛刻的理念"。这两种"70后"诗歌出版物同样是对当代中青年诗人写作实绩的一个总结。

二 接受场:寻找读者的诗歌与推广诗歌的作者

我们既已区分"文学性的阅读"与"非文学性的阅读",那么,诗歌、诗歌话语及诗歌文化形态等不同概念的含义也得以呈现。当然,年度回顾的文字也肯定会涉及诗歌话语和诗歌文化现况。2016年,有一桩文学事件或许透露了当代中国诗歌场域的变动趋向,那就是《今天》杂志更名为《此刻》,在内地正式出版。《今天》杂志

1978 年创刊于北京，1980 年被禁。作为一本民间先锋文学刊物，创刊后短短三年间却对中国当代文学史起到过举足轻重的作用。其体现意识形态对抗，传播激进政治话语，激活青年文学（文化）潮流等，《今天》及其核心成员多为诗人，他们中的北岛、顾城、杨炼、江河也曾一度流亡海外，《今天》杂志两度停刊，又辗转在海外复刊。经过多年在海外的经营，《今天》逐步成为一本纯文学期刊，同时，它也积极地面向内地市场，寻找读者，试图"回归"其文学和文化的本土。

改刊后，《此刻》的编辑部构成延续了《今天》的构架和成员，2016 年第一辑内容方向也基本与《今天》杂志相同。有知情者透露，《今天》改刊是因为资金不足，造成在海外出版的难以为继，如此来说，交由内地的"活字文化"公司策划筹资的《此刻》，显然也为原《今天》争取了更多的汉语读者，并将进一步影响内地的文学界。而为什么刊物不继续沿用《今天》之名？这很可能与《今天》的历史定位、文化和政治的敏感性相关。有评论认为，"《此刻》的正式出版，宣告中国文学和诗歌的一个阶段已经结束。而《今天》所代表和弘扬的体制外文学倾向，是否会随着新刊的出现而发生改变，将成为国内外众多诗人的一个关注点"[《2016 中国诗歌界十大新闻》（非非版）]。一方面，从"今天"，到"此刻"，增强了时间的急迫感，诗歌或文学在当下似乎正经受着各种压力，被迫凝聚在一个个瞬间，竭力拓展自己的边界；另一方面，中国文学的体制似乎正在调整自身，而已成规模的文学群体也自觉地将目光投向了接受大众，曾经的体制内外的对抗性和紧张让位于如何获得受众与市场，曾经的文学先锋阵地转型为文学和大众文化共处的纯文学阵地。

《今天》杂志的改刊转向或许是一种标志，从文学体制和接受空间这两个角度，进入作为文化空间的当代诗歌场域中，不难发现，原先政治对抗性的二元关系正进一步瓦解。地上/地下、官方/民间以及体制内外等的紧张分化似已不复存在，也或者以更隐秘的方式存在并延续着。2016 年的诗歌传播平台约略可以分成三大板块——文联与作协体制内的诗歌文学期刊，商业或文化基金资助下的诗歌丛刊，民间诗刊微信公众号平台。笼统观之，这三大板块也集中了不同写作倾向的诗人群体，大有形成三足鼎立之势。

以出版物和传播平台作为考察对象，基于近年来的诗歌出版回暖势头。各种诗集出版之外，期刊和自媒体平台也成为了诗人分群聚集的阵地。传统的体制内期刊，如诗歌专刊《诗刊》《星星》《诗林》，刊发诗歌的文学期刊《人民文学》《上海文学》等，既刊登延续当代文学史中的"政治抒情诗"和"生活抒情诗"类型的作品，也邀约已经建立一定声望的著名诗人和以口语入诗因而更具可读性的新潮诗人的诗作。与文学体制保持距离的《诗建设》、《读诗》、《汉诗》和《飞地》丛刊等，多刊发更具实验性的先锋诗歌和青年诗人的现代诗作品。当然，这种划分方法不免粗略，但如果细读这些期刊、丛刊，大约能看出当前诗歌场域的动态平衡之势，在此前提下，我们也就能够理解《今天》期刊在内地出刊的决定，盖出于内地的诗歌阅读和接受空间已经初步确立，《此刻》可以清晰地定位内地的读者和接受群体。为谋求生存，各类文学期刊已然到了要抢占文学市场的关键时刻。2012 年创刊的《飞地》丛刊（主编张尔，季刊，深圳）是目前最具活力与影响力的诗歌期刊，从装帧风格到内容设计，精美而前卫，力图将诗歌放在当代艺术的总体范畴内，并与艺术结盟，让诗人和艺术家共同现身在这本极具艺术性的诗歌刊物中。丛刊编委多为年轻的诗人，栏目设计也颇新颖，以"专题"形式设定每一期的主旨，邀约诗人做访谈，互译栏目也体现了编者开阔的国际视野。在编刊之外，《飞地》2016 年还在深圳开始运营一家实体书店——飞地书局，策划"飞地"独立出版，2016 年底，"飞地"APP 也上线运营。当然，此外，还有大量民间诗刊存在，显示了当代诗歌以地域、群体为

集合的分布特征。2016年印行的诗歌民刊有《涂抹》、《草堂》、《静电》、《光年》、《西藏诗歌》、《圭臬》和《非非》等。

考察不同类型的诗歌期刊，对照这个呼吁全民阅读，智能移动手机普及，大众消费文化占主导状态的时代，我们能够发现，诗歌或文学，如同商品一样，亟待扩大其领地，争取她的读者。生产的观念深刻地渗透到文学和艺术的创造行为当中，从近两年大量涌现的诗歌和文学类的微信公众号可以看出这一点。微信公众号已经取代了微博，成为个人、群体进行各种自我推广的最普遍的渠道。由于维护手段并不复杂，成本也较低，从独立个人，到民间诗歌群体以及体制内的文化单位，都以经营微信公众号的形式传播诗歌。于是，我们的文学视野里出现了一种吊诡的情境：一方面，读者大众每天从手机里的微信公众号、豆瓣网站、有实力的文学APP上浏览诗人诗篇，了解各种诗歌信息、八卦趣闻；另一方面大量装帧印刷精美的诗歌期刊、诗集或许正在书店里滞销，无人问津。因为仅有少数真正对现代诗感兴趣的诗人、教师和评论家们才会去购买诗集和诗歌刊物，进行全面系统的文学性的阅读。我们应如何评价来自移动传媒终端的阅读呢？诗歌虽然形式短小，适合在微信公众号、朋友圈和微博这样的媒体上进行传播，但传播并不代表获得真正的阅读成效。正如上文所说的，文学性的阅读与非文学性的阅读是有区别的，显然，在自媒体终端上的阅读只能算是一种"浅阅读"或信息化的阅读。尤其对于诗歌，适合快读和浅阅读的，只是那些能够被雅俗共赏的诗歌文本或已经被经典化了的文本，而这种阅读充其量是对于单一的美学趣味或平面化了的诗歌美学风格趋之如鹜的从众行为。

从诗歌微信公众号泛滥的移动终端平台上，我们似乎看到了一个积极推广着诗歌的作者集体。与同样密集多样的诗歌文化活动一样，从线上到线下，当代中国诗歌生态貌似非常红火热闹。2016年，据不完全统计，有近30种诗歌大赛启动，近25种诗歌奖揭晓，而各类诗歌节、诗歌朗诵会、诗歌研讨会加起来也超过了 50 种。虽然统计数字既没有温度也无细节说明,我们无从想象这些诗歌文化活动到底成效如何,但是,它在某种程度上呼应着本文开头提及的文章中有关当代中国处于一种"诗歌盛世"的描述。需要进一步追问的是,这些文化活动构成的是一种当代文化景观背景,还是蕴含着推动力的文化普及行动?同时,到底怎样的文化活动真正是有利于当代诗歌传播的?

"跨界",是中国近年诗歌文化活动中的关键词之一。2016 年,以"跨界"为手段的诗歌传播行动,除了深圳的"第一朗读者",上海的"诗歌来到美术馆"等已经创办多年并有着广泛影响的诗歌传播品牌产品之外,还有如天津的跨界书店举办的跨界读书会,深圳飞地书局举行的艺术与诗歌相互激发的讲座活动。2016 年 8 月的上海国际诗歌节还举办"跨界对话——艺术的诗意"活动,邀请当代诗人于坚、西川、管管、杨小滨、陈忠强等与诗歌爱好者探讨艺术与诗歌的关系。2016 年 11 月,北京光纬文化传媒有限公司签约投资诗歌剧场作品《随黄公望游富春山》复排,在北京国家话剧院小剧场演出。《随黄公望游富春山》是翟永明创作的一首长诗,2014 年由周瓒改编,青年导演陈思安执导,参加北京青年国际戏剧节,2015 年曾在北京、成都两地复排演出,2016 年受邀参加三星堆国际戏剧节和台北两岸小剧场艺术节。《随黄公望游富春山》这部戏 2016 年在德阳演出 1 场,北京演出 10 场,台湾台北和高雄共演出 5 场。对一部诗歌剧场作品来说这么多的演出场次,扩大了它的影响力,特别是在北京和台湾的演出,观众反响颇热烈。对于跨界,从事诗歌剧场创作的诗人也有了新的认识,"界限什么的,其实是思考的屏障。一方面,当诗歌用在剧作中时,它就变成了戏剧文本,应该根据剧场的需要而剪裁与呈现;另一方面,诗歌也考问着现代剧场的可能性,从表演风格到接受方式都如此。在剧场里,诗歌文本要充分发挥它的特

质，把它自己改造成剧场的视听语言。""诗歌在剧场里的感觉应该是诗歌和戏剧互相找到了彼此。这样才符合我的基本感受。而不是跨不跨界，怎么跨界的问题"。（周瓒《剧场赋予诗句一个身体》）也许，正是在持续的艺术实践中，跨界的意义才能显示出来。

三 批评界：不求"胜利"但愿"挺住"的尴尬

近年来，来自各方的声音对当代诗歌批评颇多。写作着的诗人抱怨没有好的批评家，读者则认为诗歌批评离普通读者太远，批评家没有尽职，而在批评界内部，批评家们也开始反思诗歌批评存在的问题。

北京大学中国诗歌研究院主持的《新诗评论》2016 年卷刊发了"陈超研究专辑"，张桃洲、姜涛、张伟栋等学者对已故当代诗歌批评家陈超的批评理路、特征进行了总结与阐发。张桃洲的《陈超与中国当代诗歌批评》勾勒了陈超的批评径路、批评方法、思想资源及其运用改造等，合理推断出其独特的，既注重形式本体又指向精神维度的"生命诗学"。文章在辨析陈超所提出的"历史想象力"概念中，肯定陈超的诗歌批评在当代诗歌总体批评语境中的位置。姜涛也选择了从"个人化历史想象力"谈起，他的《个人化历史想象力：在当代精神史的构造中》一文探讨陈超如何以这一理念穿透"90 年代诗歌"及相关的一系列诗歌概念，通过文本分析呈现写作面貌、诗歌主题和批评观念的变化，并把这些变化与人文思潮与知识方式的变化联系起来，将近二十年来的当代诗歌及批评纳入当代思想史的脉络之中。的确，如果将一个时期或一个批评家的批评理路放到当代思想史的脉络中考察，将有利于阐发诗歌与当代文化的关联性，也更能有效地理解当代诗人的贡献。可以将"陈超研究专辑"视为批评界内部的一次深刻的自我检省。

　　《新诗评论》是目前国内唯一的一本当代诗歌批评的专刊。2005年创刊，由北京大学中坤学术基金资助，原本每年出版两辑，自2012年起因资金、稿源不足等原因改成每年出版一辑。2016年卷《新诗评论》出版之后，北京大学出版社、"培文图书"公司借《新诗评论》创刊十周年、出版二十辑之际，为新刊刊行做了一次新刊分享活动。以"诗歌批评和我们时代的文学生活"为主题，邀请唐晓渡、张桃洲、冷霜、张光昕等诗歌批评家进行座谈。批评家们谈论的话题包括，如何看待诗歌创作和诗歌批评之间的关系？如何理解近三十年来的中国诗歌及文学生活？如何检省当代诗歌批评的得失？唐晓渡认为，诗歌批评是对诗歌说话，它不对某个诗人负责，而只对诗歌本身负责，批评家应能与广阔的历史及时代生活产生关联。张桃洲回顾了近三十年的诗歌批评脉络，侧重谈到批评在诗歌文化中的位置，他强调诗歌批评在今天尤其需要具备自立或独立的品质。冷霜从诗歌与阅读的关系入手，提出一个好的批评家必须具备艾略特所说的"实际感"，能够体察诗人的创作技巧，批评家要同诗人一样"能够从写作者的角度来把语言当成一种现实，把语言当成作品中最重要的物质性的存在去体会诗人的用心"。青年批评家张光昕列举了他喜爱的三位批评家本雅明、巴什拉和布朗·肖，从批评家也必须锤炼自己的语言的角度，讨论了批评家的任务，批评的功能等问题。可以说，《新诗评论》新刊分享会的批评家谈论的话题和相关论述，点明了诗歌批评在当下的困境：即如何通过自己具有公信力和深度的诗歌阐释和批评，重新建立诗歌与读者也是与我们时代的关系，而这种关系性目前并不明确，批评还处于其公信力不足的尴尬局面中。

　　《诗刊》2016年6月号上半月刊发表了批评家张清华《文本还是人本：如何做诗歌的细读批评》一文，比较了英美新批评（以文本为中心）和中国传统知人论世的批评之后，提出一种二者结合起来的诗歌细读，"我所推崇的'细读'，说到底并非是一种'唯文本论'

的技术主义的解析或赏读，而更多的是试图在诗与人之间寻找一种互证，一种内在的阐释关系。惟其如此，才能真正接近于一种'文学是人学'的理解。窃以为'新批评派'带给诗歌批评的最有价值的部分，正是一种专业化的意识，一套可操作性的范畴与方法，以及将文本的内部凸显出来的自觉。但如果真的脱离人本的立场，以纯然的技术主义态度来进入诗歌，在我看来恰恰是舍本求末的，绝非诗歌研究和文学批评的正途，更谈不上是终极境界"。虽然是提倡两种方法的综合，在论述中，张清华实际上批评了当前诗歌批评存在的"技术主义"倾向。2016年11月，北京大学出版社引进出版了英国当代著名的马克思主义理论家、批评家特里·伊格尔顿的《如何读诗》一书。这本书从批评的功能，诗的形式，如何读诗等方面切入，通过对奥登、叶芝、弗罗斯特等大诗人的诗作的精妙细读，勾勒了诗歌批评的功能。也许，这样一本书在中国的出版，会激发未来的中国诗歌批评家们，使他们更新自己的"武器库"，并结合中国传统的批评方法，尽快打造各人更称手的"批评武器"。

2016年的诗界活跃着中青年诗人的身影，他们写作着，也相互阅读着，但更多的读者大众热切地从移动终端平台（以微信公众号为主）上了解并评价当代诗。二者的声音既相互疏离，又相互重叠，它们之间有误解，也有理解的错位，甚至还有相互不信任的对立冲突。而诗歌批评也未能充分担负其职责，发挥其深度阅读、阐释与评价的功能。期待不久的将来，当代诗歌能尽快恢复或自建其有机而多元的生态。

（本章执笔　周　瓒　中国社会科学院文学研究所研究员）

B.8

戏剧：格局变迁、创作走向与传统美学

摘　要：　2016 年，在第十一届艺术节上，国家艺术基金投入三年以来取得的效果得以充分的显现；同时，"开心麻花"继《夏洛特烦恼》成功赢得约 15 亿元票房之后，第二部从戏剧改编的小成本电影《驴得水》再次在电影市场逆袭。这充分显现，近些年，随着国家资本与社会资本同时强有力地注入，戏剧的生产、创作与消费的格局已经发生了较为明显的变化。在文化环境的整体变迁中，在 2016 年，我们不仅要看到我们的作品取得的成绩，还要看到戏剧生产与消费的格局变化带来的新挑战；而我们如何应对这些新的挑战，将决定未来戏剧的走向。

关键词：　IP 戏剧　"二度西潮"　新市民戏剧

一　戏剧格局的整体变迁及其影响

2016 年，10 月 15 日到 10 月 31 日，第十一届中国艺术节在陕西举办。本届艺术节汇聚了近年来全国艺术工作者艺术创作的最新成果，来自全国各省、自治区、直辖市的百余台精品剧目在陕西多地进行了展演。其中，豫剧《焦裕禄》、评剧《母亲》、淮剧《小镇》、京剧《西安事变》、京剧《康熙大帝》、话剧《兵者，国之大事》、

话剧《麻醉师》、歌剧《大汉苏武》、舞剧《沙湾往事》、舞剧《八女投江》10 台作品获得第十五届文华大奖。

文华奖是我国政府专业舞台艺术领域的最高奖，因而"十一艺节"的戏剧展演，对全国的院团来说，是一次不折不扣的集中动员。从整体情况来看，这次获奖剧目主题意蕴丰厚、艺术表演精湛，不过，"十一艺节"总的来说，是文化部主导下的戏剧院团整体情况的集中呈现，并不能完全反映当前戏剧创作的整体面貌与发展的样态。而且，在展演之后，各方对于获奖剧目也有着热烈的争议①。因而，要想梳理 2016 年戏剧的发展情况，分析戏剧未来的发展趋向，我们首先要理解与分析最近这些年戏剧整体生产与消费的格局变化及其对创作正在产生的影响。

1. 戏剧生产、创作与消费格局的整体变迁

这种变化，可以体现在以下几个方面。

首先，是以"开心麻花"（全称为"北京开心麻花娱乐文化传媒股份有限公司"，本文中简称为"开心麻花"）为代表的商业戏剧自 2010 年以来在全国范围内迅速成长。

2016 年，开心麻花制作的电影《驴得水》，自 10 月 28 日首演到 11 月 9 日，在两周的时间内，累计票房为 14497.3 万元。这个票房相比于开心麻花第一部电影《夏洛特烦恼》虽说是差强人意，但两周近一亿五千万的票房，在 2016 年电影市场普遍不景气的条件下，算得上是一部以小博大的黑马②。从电影《夏洛特烦恼》到《驴得水》的成功，开心麻花一直走的是将成熟的戏剧作品改造成电影的路线；而他们之所以能坚持这样一条路线，也是与开心麻花十来年来坚持商业戏剧的拓展有着直接的关系。

<hr />

① 参见《傅谨辣评中国艺术节获奖剧目》，http://www.360doc.com/content/16/1117/21/13092991_607384462.shtml。

② 唐戈：《黑色幽默小电影如何低调逆袭》，《中国文化报》2016 年 11 月 12 日。

如果说 1990 年代对戏剧发展影响最大的事件是孟京辉以小剧场戏剧的名义开创了新的戏剧市场，带来戏剧观众与戏剧表达的全新变化，那么，21 世纪头十年戏剧界格局的重大变化之一，应当说是开心麻花以坚持十年之久的耐心，在 21 世纪第二个十年终于开花结果——成立于 2003 年的"北京开心麻花娱乐文化传媒股份有限公司"，在 2015 年 12 月 29 日正式在全国中小企业股份转让系统挂牌上市。

在这十几年的发展过程中，有两个具有标志性的时间点：一是 2012 年开心麻花的创作以小品的形式连续登陆央视春晚，一是在 2015 年推出第一部电影《夏洛特烦恼》。有了这些做支撑，开心麻花就可以系统地将拥有自主知识产权的 25 部作品以及自己培养出的明星，推到全国各地——尤其是原来只有明星戏剧可以涉足的二、三线城市。2015 年开心麻花在全国 60 个城市巡演场次超过 1200 场，2016 年，巡演场次接近 1700 场[①]。

对于开心麻花代表的商业戏剧路线，对于开心麻花的作品怎么看待，戏剧界内部一直有争议。但不管怎么说，我们都不能因为开心麻花做的是商业戏剧而忽视它给戏剧格局与生态带来的直接影响。开心麻花的作品直接带动了新一批的戏剧观众进入剧场，而他们坚守剧场 10 年之久产出一部票房 15 亿元、一部票房 2 亿元的电影，更是将戏剧的影响力推动到更为广阔的社会层面。当然，如何理解消化以及引导新的观众的趣味与方向，也是留给创作者的问题。

但是，问题是就在开心麻花通过坚持自己的商业路线来不断扩展自己的领域的同时，我们也看到这十几年中，商业戏剧的路线并没有大的突破，也因而开心麻花在市场上一直没有遭遇特别的挑战。不过最近两年来，一些以"90 后"年轻人为代表的新的戏剧人以及新的

---

① 《东兴证券 – 开心麻花 – 新三板公司商业模式研究之三十九：舞台喜剧行业领导者》，新三板在线。

投资方式的进入，也许商业戏剧的框架在今后会有新的突破。

这种商业戏剧是近年来以 IP 剧开发为主要方式的。最早投入 IP 剧开发的是上海锦辉艺术传播公司。锦辉传播成立于 2001 年，打造过"金星脱口秀"等名牌电视节目。最近几年，开始集中做 IP 剧的研发，最具代表性的剧目为从网络小说《盗墓笔记》改编的舞台剧系列。如同"开心麻花"最开始打造的系列作品一样，戏剧界最开始对《盗墓笔记》不屑一顾；但如同开心麻花一样，锦辉传播坚持不懈地将《盗墓笔记》系列贯彻在舞台上。2016 年，锦辉艺术传播公司也上市新三板。但是，不同于开心麻花所有的产品都是拥有自主知识产权的作品，《盗墓笔记》由于是网络小说改编，授权只到 2017 年，对于进一步的发展确实有不确定性①。

但《盗墓笔记》系列的创作团队，却在这一笔启动资金的推动下在市场上获得了很好的锻炼。2016 年，戏剧投资制作团队 Lotus Lee 戏剧工作室获得刘慈欣的授权，在《三体》的电影版制作完成之前，邀请《盗墓笔记》的创作团队，率先推出了舞台剧版的《三体》。2016 年 6 月 1 日，《三体》系列第一部在上海文化广场首演，首演之后，《三体》舞台剧很快在北京、广州、深圳、成都、重庆等众多一、二线城市巡演，上座率高达 90% 以上②。而且，很快《三体》系列的第二部即将在 2017 年面世。

像《三体》这样一种全新的舞台剧产品类型，在市场上对于新的观众群体的强大吸引力，一定会慢慢渗透改变既有的戏剧生态格局。

其次，随着国家艺术基金 2013 年的成立，以及各个省市不同类

---

① 《申万宏源证券有限公司：锦辉传播公开转让说明书》，http：//data. eastmoney. com/notices/detail/837141/AN201603310014177790，JUU5JTk0JUE2JUU4JUJFJTg5JUU0JUJDJUEwJUUwJUU3JUU4JUY JUU2JTkyJUFE. html。

② 《〈三体〉舞台剧首轮巡演圆满收官人气口碑双丰收》，http：//www. lotus - lee. com/new1？article_ id=124。

型政府补贴政策陆续出台，政府对于戏剧的支持，也会给当代戏剧格局带来更为深刻的内在变化。

据文化部统计资料显示，国家艺术基金成立三年以来，共资助大型舞台剧和作品 416 项。其中，国家艺术基金 2014 年资助的 81 个项目基本完成，2015 年度资助的 190 个项目、2016 年度资助的 145 个项目正在展开。这其中，在 2014 年获得五个一工程的项目中，国家艺术基金资助项目占比 64%；在"十一艺节"10 部获奖剧目中，8 部为国家艺术基金资助；在中国国家话剧院原创话剧邀请展中参演的 26 部剧目中，9 部为基金支持，占比近 35%；在 2015 年文化部举办的全国地方戏中青年演员汇报演出中，20 部剧目中有 9 部为基金支持，占比为 43%；在 2016 年地方剧团进京展演剧目中，豫剧演出剧目 23 部中有 7 部为基金支持；湖南省湘戏进京演出中，12 部剧目中 7 部为基金支持。显然，国家艺术基金对于戏剧生态的影响，是全面而深刻的①。

当然，国家艺术基金带给戏剧创作的影响，从短期来看，未必会直接作用于戏剧作品。从"十一艺节"的展演剧目来看，目前国家艺术基金支持下的作品创作，在整体上，无论是审美还是内容，都会延续着体制内戏剧原来的方式继续前行，不会发生重大的变化。这也是可以理解的。目前，国家艺术基金基本上还是整体"扶贫"阶段，努力维持原来一个遍布全国的戏剧院团的网络，希望这样一个网络在当前的市场条件下能够重新焕发活力。因而，从目前来说，国家艺术基金起到的作用还是在"输血"，创作变化还需要更长的时间才能看出来。

但是，国家艺术基金对于戏剧的影响一定是深刻的。从历史的发展过程来看，1990 年代小剧场发展的动力，很大程度上源于当时的

---

① 参见《国家艺术基金资助项目佳绩频传》等国家艺术基金官网相关报道，http://www.cnaf.cn/gjysjjw/jjdtai/201612/6e690268f18c4ec4be9834a92c713ca9.shtml。

院团由于缺少政府的资金支持而鲜有创作机会，这种状况逼迫许多有创作能力的导演、演员借助体制外的力量主动地开发新的市场。而20年后，当国家艺术基金全方位地渗透到戏剧创作的各个环节中——演出、宣传、推广乃至戏剧教育，经过一段时期持续发展，我们一定会看到，它将从人才的走向、剧场的取舍乃至作品的风格等各个方面全面影响戏剧创作。

最后，各种类型的戏剧节越来越多，年轻的戏剧创作者既在这里吸收营养，也直接将作品带入到戏剧节中。

在21世纪第一个十年，戏剧创作者对于海外各类戏剧节想必是非常羡慕的；但中国的发展速度之快确实是惊人的：到了21世纪第二个十年，随着中国财力的整体上升，各种类型戏剧节层出不穷。戏剧节，不仅聚集在北京、上海等大城市，乌镇、南京、深圳……越来越多的城市开始举办各种类型的戏剧节。与此同时，我们的创作也逐渐参加阿维尼翁、爱丁堡戏剧节。

2016年的戏剧节非常繁多。仅道略演艺不完全统计，2016年至少有10个比较有影响的戏剧节[①]：

戏剧节	举办时间	地点	内容介绍	首届时间
首都剧场精品剧目邀请展演	3月2日~3月31日&8月	北京首都剧场	以色列哈比玛国家剧院《悭吝人》 罗马尼亚国家剧院《俄狄浦斯》 立陶宛国家话剧院《大教堂》 法国利摩日国立戏剧创作中心联合剧团《等待戈多》 辽宁人艺《秘而不宣的日常生活》 罗马尼亚锡比乌国家剧院《俄狄浦斯王》 重庆话剧团《朝天门》 中央戏剧学院《樱桃园》 上海话剧艺术中心《长生》	2010年

---

① 2016年不可错过的10个戏剧节，http：//www. sinoci. net/News/Detail. aspx？id＝962。

续表

戏剧节	举办时间	地点	内容介绍	首届时间
天津曹禺国际戏剧节	3月4日~7月3日	天津大剧院	南京大学《蒋公的面子》 辽宁人艺《秘而不宣的日常生活》 陕西人民艺术剧院《白鹿原》 林兆华戏剧工作室《建筑大师》 重庆话剧团《朝天门》 国家话剧院《战马》 德国邵斌那剧院《理查三世》 德国汉堡塔利亚剧院《前线》 立陶宛国家剧院《英雄广场》 华沙新剧团《阿波隆尼亚》 华沙多样剧场《殉道者》 另小剧场剧目20部	2014
第六届林兆华国际戏剧邀请展（本届与天津曹禺国际戏剧节重合）	3月	天津大剧院	德国邵斌那剧院《理查三世》 德国汉堡塔利亚剧院《前线》 立陶宛国家剧院《英雄广场》 华沙新剧团《阿波隆尼亚》 华沙多样剧场《殉道者》	2011
首届天桥·华人春天艺术节	3月18日~5月	北京天桥艺术中心	李六乙工作室《小城之春》 香港春天舞台剧团《南海十三郎》 台湾当代传奇剧场作品《等待戈多》 陕西人艺话剧《白鹿原》 台湾人力飞行剧团音乐剧《向左走向右走》 全男班舞剧《画皮》 新浪潮戏剧《平行宇宙爱情演绎法》 另有小剧场剧目	2016
第二届中国原创话剧邀请展	3月18日~7月3日	国话剧场	国家话剧院《杜甫》《大宅门》 赤峰市话剧团和赤峰市民族歌舞剧院创排的《热土》 上海话剧艺术中心有限公司《一九七七》 南京军区政治部文工团《小平小道》 内蒙古自治区话剧院《北梁人家》 国家话剧院《中华士兵》 北京人民艺术剧院《故园》	2015

续表

戏剧节	举办时间	地点	内容介绍	首届时间
第二届中国原创话剧邀请展	3月18日~7月3日	国话剧场	重庆市话剧团《朝天门》 山东省话剧院创排的《孔子》 北京市西城区《新北平市长》等 (共有来自全国的49部原创剧目精彩亮相,演出共计179场)	
首届当代戏剧双年展	3月18日~3月27日	深圳福田	展演单元囊括了来自立陶宛、法国及中国当代的十一部顶尖剧目。参展作品的导演既有林兆华、孟京辉、易立明、吴文光、牟森等在实验戏剧领域的拓荒者,也有金星、文慧等尝试革新的跨界舞蹈家,更有新生代导演李建军、李凝等	2016
第七届北京·南锣鼓巷戏剧节	6月中旬~7月底	蓬蒿剧场、鼓楼西剧场、北京青年剧场、民族文化宫大剧院等	国际邀请单元(9部) 聚焦/立陶宛单元(5部) 是过去,也是未来单元(7部) 文学剧场单元(24部) 新生单元(17部) 独立剧场论坛	2010
北京国际青年戏剧节	9月	蜂巢剧场、菊隐剧场、剧空间等	"拥抱莎翁"系列14部经典剧目 10位新生代导演50分钟短剧"1+1"	2008
乌镇戏剧节	10月13~22日	乌镇	"一切就在此时发生……"——当代新经典系列(8部来自德国、波兰、立陶宛、西班牙、日本及中国的作品) "心动400年"——纪念莎翁系列(4部来自丹麦、罗马尼亚与中国的莎士比亚作品) "无言的力量"——空间与身体系列(5部来自俄罗斯、奥地利、法国与中国的默剧) "我们存在的世界"——发现系列(5部来自中国、瑞士、法国的实验作品) 共计13个国家和地区的22台剧目近80场戏剧演出,以及青年竞演单元	2013

续表

戏剧节	举办时间	地点	内容介绍	首届时间
上海当代戏剧节	11 月 ~ 12 月	上海话剧艺术中心、1933 微剧场	特邀版块(中国香港《泰特斯 2.0》、日本《自私鬼法茨的灭亡》、俄罗斯抒情喜剧《宇航节前夜》、澳大利亚《暗夜潜流》、丹麦《格子间乾坤倒转》) 展演版块(11 部作品，包括英国《故事随风》、《不!》，中国香港《活在香港》，新西兰与英国的默剧《大海怪》，中国上海《上阳台》，新加坡《我要上天的那一晚》、《从头开始》、《空转/10》等) "聚焦宝岛"系列(《那边的我们》、默剧《月亮妈妈》和创新京戏《夜奔》)	2005

通过这样一份简介，我们可以较为清晰地看到，当前戏剧节的主办城市，不仅有北京、上海这样戏剧演出一直比较活跃的超大型城市，也有天津、深圳这样原来并不算活跃的城市，甚至像乌镇这样的特色小镇，戏剧节也在如火如荼地举办。

目前国内的戏剧节基本包含两部分内容。一部分是邀请各种国外优秀剧目的演出，一部分是组织国内创作。此外，在许多戏剧节上，如北京国际青年戏剧节、乌镇戏剧节、北京·南锣鼓巷戏剧节等，都有以展演或者竞赛的名义组织的青年戏剧演出项目。

戏剧节的好处在于，它是直接的戏剧文化交流。这些年的戏剧节，不仅将之前许多我们只听过没见过的传说级的演出（比如说通过举办"戏剧奥林匹克"，我们得以系统地看到现代主义戏剧、后现代主义戏剧的代表性流派[1]），也将当下欧洲最新的、最当下的剧目带到中国来：这其中最为典型的是天津曹禺国际戏剧节与林兆华国际

---

[1] 参见陶庆梅《戏剧：主流戏剧的建设与戏剧产业的方向》，《中国文情报告（2013 ~ 2014)》，社会科学文献出版社，2015。

戏剧邀请展。天津曹禺国际戏剧节的邀请展的国际单元，2016年的作品有波兰导演陆帕与立陶宛国家剧院合作的《英雄广场》、波兰华沙新剧团中新生代导演格日什托夫·瓦里科夫斯基的《阿波隆尼亚》，德国柏林邵斌那剧院奥斯特玛雅导演作品《理查三世》、德国汉堡塔利亚剧院《前线》，等等。

波兰的陆帕、德国的奥斯特玛雅以及波兰导演格日什托夫·瓦里科夫斯基都是欧洲当红的中生代戏剧导演，而且，此次《英雄广场》的演出为此部作品的全球首演，《理查三世》则是2015年欧洲戏剧大奖的获奖作品，《阿波隆尼亚》是2009年阿维尼翁戏剧节的演出剧目。这表明，我们在中国，几乎可以无时差地欣赏到欧洲戏剧奖、柏林戏剧奖的获奖剧目。

这些来自欧洲的戏剧，经过戏剧界轰炸式的宣传，对于当前戏剧创作也会产生深刻的影响。

2. 环境的变化意味着什么？

显然，当前的戏剧创作环境发生了天翻地覆的变化。面对这样的环境变化，我们其实很难说好还是坏。确实，平台越来越多了，资金越来越充沛了，但环境在变"好"的同时，往往也意味着新的挑战。

这种挑战我们可以从两个方面来观察。

首先，从市场的角度来看，在开心麻花强有力的撬动之下，总的情况来看，戏剧演出的场次与观众人数都是逐年增高的，整个行业仍然处在快速提升的通道中。

但在市场不断扩展的同时，近些年，随着国家艺术基金的强势进入，资金来源的渠道很明显更多来自政府而非市场。政府的资金投入往往是不需要直接回报的。好处当然是带给戏剧创作最大的自由，但这样不讲求回报的资金，有时又有点使得创作者太不重视市场。因此，在戏剧演出市场的整体上扬中，我们并没有看到明显的市场格局变化。如今的戏剧市场，基本的格局仍然是由两部分组成。一部分是"开心麻花"以集团作战的力量在市场开疆拓土，另一部分，还是以赖声川、田沁鑫、孟京辉为代表的创作者，以各自独具风格的作品开拓市场。这其中，孟京辉是以小剧场的滚动来扩展市场，不求快，但多个团队多部作品的同时运作，规模也是越来越大；赖声川一直是高开高打，以较高的投入、以明星班底投入市场。2016年对于赖声川的挑战在于赖声川的表演工作坊在上海美罗城支持下建设成了一个专属的上剧场。从以剧目的经营为主要方式到经营剧场，这还是很有难度的。

这些，都是带有创作者的高度个人化特点的模式，是很难模仿的。这些创作者在今天的市场上的独特位置，也是他们长期以来在市场上摸爬滚打的长期经验造就的。显然，我们需要更多的方式、更多类型的创作去开拓戏剧市场，才能维持、激活市场的潜在力量。只有市场的整体状况越来越饱满，戏剧创作的水平才有可能越来越饱满。

但是，在事实层面上近年来戏剧的市场开拓其实是面对着很多困难的，而这些困难，并不是单单靠政府资金的注入就可以解决的。

对这些困难，我们可以以2016年IP剧《三体》所面对的创作难题加以分析。

IP剧系列在2016年最为轰动的作品就是刘慈欣的《三体》。就IP本身来说，在近些年的原创小说中，《三体》也是很少见的那种能够给自己营造出一个宏大叙述空间的作品。它在为自己构造的宏大叙述空间中，以科幻的形态，对于人性在极端条件下的善与恶，对于什么是历史发展的动力，对于道德、生存等等抽象要素，都有着冷静而又深刻的探索。

在这方面，《三体》不仅代表着科幻小说的成就，也可以说是近年来长篇小说创作中的一个极为特殊的类型。IP剧的创作团队从改编《盗墓笔记》而来，对于玄怪类的小说，有一定的舞台处理经验；但是，《三体》并不只是玄怪，而且，人们对《三体》的关注，显然远远超越对于《盗墓笔记》的关注。之前的《三体》电影版的夭折，

证明将《三体》的文字想象改造成视觉影像，是一件非常有难度的事。

也正是在《三体》电影夭折之际，LOTUS LEE 戏剧工作室宣布携手《盗墓笔记》创作团队投入舞台剧《三体》的创作。从整体上来说，舞台剧《三体》还是较为成功的，它的成功之处在于，创作者在舞台上剪裁与重新架构《三体》情节线索时，能够较为准确地呈现《三体》小说原有的宏观架构；在这么艰难的舞台叙述中，舞台剧既较为完整地铺陈了情节，又基本保持了《三体》小说对于人性、历史一贯的冷静，也就基本保留了《三体》原著的内部张力。因而原创作者刘慈欣评价："《三体》舞台剧的出现很令人兴奋，也具有重大的意义"，也是有道理的①。

但是，从目前《三体》的整体剧场效果来看，《三体》舞台剧在宣传的时候所强调自身具备诸多"黑科技"特点，并没有很好地得以实现。《三体》舞台剧所炫耀的所谓"3D Mapping、全息成像、VR技术、无人机"等前沿酷炫科技，本来应该可以以剧场身临其境的效果给观众带来震撼的视听体验，但就舞台剧目前所呈现的视听效果而言，尽管主创用了各种手段去营造舞台效果，总显得差强人意。也许这其中有着剧场的客观条件限制，但即使如此，即使它的"无人机"每次都能准确带动"三体"形象成功地飞向观众席，即使是多媒体的色彩还原效果更强烈，但总的来说，科学技术的舞台实现，还是给人局促的感觉。灯光绚丽，却缺乏层次；多媒体影像繁多，却拒人于千里之外。

显然，面对《三体》剧组希望以"3D Mapping、全息成像、VR技术、无人机等前沿酷炫科技"来营造《三体》小说所构想出来的瑰丽的幻想世界，我们的舞台技术、舞台工业都没有前例可寻。这给

---

① 《三体》舞台剧首轮巡演圆满收官人气口碑双丰收，http：//www.lotus‒lee.com/new1？article_id=124。

了创作者很大的机会，同时也是在挑战着创作者对于剧场空间的整体控制能力。

总的来说，《三体》的舞台剧有点是以舞台剧的拙，去硬拼电影视觉特效的长。这里面有两个问题。首先，当前中国的舞台技术，还处在工业化的低端水平之上。客观上来说，我们舞台的物质条件水平比较有限；主观上来说，舞台技术的工业化流程，也刚刚开始起步。舞台工业发展，到目前来说，远远落后于《三体》的舞台设计所想要达到的水平。其次，既然剧场有其拙，也必然有其长。这个长，就是剧场与舞台相对于 3D 影像来说，它就是真实的三维空间。因而，也许重要的并不是全息、VR 等先进技术的运用，而是在真实的三维空间中，更为充分地思考、研究在表演空间中如何尽可能地通过与多媒体技术合作，以简博繁，给观众更多的想象空间。舞台简化了，未必就不浩瀚。赖声川在《如梦之梦》中仅凭演员的肉身与空间的组合，就能构造出"江红的梦"那样纵深、那样繁复的舞台片段，就是充分发扬舞台想象力的典型之作[①]。

因而，就目前来看，这部舞台剧最为精彩的地方，还是在于主创在将小说架构改编成舞台叙述的过程中，对于《三体》故事的要旨、叙述的节奏、人物性格的塑造这些方面的把握较为准确。但是，作为舞台剧的《三体》，终究要去面对观众对于科技呈现的热切要求。同样，其他非科幻戏剧虽然对于舞台技术的要求没有那么高，但长远来说，舞台工业的发展是戏剧产业、戏剧行业发展的基础。2015 年，当国家话剧院与英国国家剧院合作的《战马》带着强大的工业设计感与工业操作感进入我们的视野中时只是给我们当前戏剧创作开创了一个可能的样板。如同中国的产业发展需要深入的研发工作一样，这样以简博繁的舞台工业美学，也是一项艰苦的研发工作。它不会轻易

---

① 参见陶子《于刹那间领悟生命的无限》，《文艺报》2013 年 4 月 15 日。

到来，它一定是在一次次的实验失败再实验的基础上往前推进。但只要方向正确，总会找到最合适的舞台呈现。

我们看到《三体》的创作团队，是很年轻的团队：从 IP 剧《盗墓笔记》起，到今天能够如此在舞台上呈现《三体》世界，已经走的非常远了。只是，IP 剧刚开始很容易取得市场成功——因为它的观众群已经在那里；但能否走远，取决于主创者们能否不满足于得来容易的现场粉丝的狂欢，沿着发展舞台工业的方向持续前行。

商业戏剧的发展，或者说戏剧整体市场的开拓，正在面临或者即将面临更为严峻的舞台工业的挑战。

其次，从艺术发展的视野来看，这些年随着各种艺术基金，各类国际戏剧节频繁地邀请国外演出，对于本土的戏剧创作标准与方向，都会产生影响。大致来说，目前戏剧节上的演出以欧洲大陆的剧目为主体，商业演出以欧美（主要是美国，也有少量法国、德国的）的音乐剧为主体的。对于商业演出的音乐剧，戏剧界并没有严肃的讨论，但对于国际戏剧节上的欧洲大陆如波兰、德国戏剧，却在新时期戏剧"二度西潮"的引领下，展开了强大的论述。这样的论述，经由学术研讨会和专业媒体的推广，在戏剧界普遍展开①。

形成这样的现象并不奇怪。毕竟，中国当代话剧发展也就 100 多年的历史，学习西方的戏剧（尤其是欧洲戏剧）一直是其潜在的动力。因而，在今天当我们几乎可以同步地看到当代欧洲当红的戏剧导演的作品，看到波兰戏剧导演陆帕卓越的时空控制，看到德国邵斌那剧院奥斯特玛雅运用娴熟的舞台暴力，我们不惊讶、不膜拜也几乎是不可能的。

但是，在欣赏、赞叹这些欧洲大陆戏剧导演的卓越艺术能量的同

---

① 参见《田本相：新时期戏剧的二度西潮》，尤里《新时期戏剧"二度西潮"研讨会综述》，《艺术评论》2016 年第 5 期。

时，我们也要意识到，毕竟中国和欧洲戏剧发展的阶段并不一样，所要完成的任务也不一样；我们在学习、理解欧洲当前戏剧发展状态的同时，也要意识到我们和欧洲大陆戏剧的差别。最为重要的是，不能以欧洲大陆的戏剧作为评判我们戏剧发展的标准。

笔者之所以这么说，是因为在 2016 年我们可以观察到的现象是，诸多戏剧节推动的欧洲当代戏剧的审美特质，似乎逐渐主导着戏剧艺术的评价标准；而这种标准，其实是和目前我们主流戏剧观众的审美趣味之间有着严重脱节的。

这里以在 2016 年引进的两部莎剧为例，来说明欧洲大陆戏剧尤其是欧洲戏剧节的标准，与当前中国主流观众的审美趣味之间的差异。

2016 年 3 月，先后有三部莎士比亚的作品分别在北京、上海演出。这分别是皇家莎士比亚剧团的《亨利四世（上、下）》、《亨利五世》以及立陶宛 OKT 剧团的《哈姆雷特》。

皇家莎士比亚剧团这两部莎剧，在中国的票房与媒体（尤其是专业媒体）中收获的评价，截然不同。皇家莎士比亚剧团的《亨利四世》三部曲不是莎剧中常演的作品，对中国观众来说更是不熟悉。但是，"皇家莎士比亚"剧团，有点像是英国国家形象代言的剧团，其整体形象足够有气派，就对中国观众有很强的吸引力。

皇家莎士比亚剧团的系列演出，无论是在北京、上海还是在媒体报道中票房都很好。但对于这部戏的专业评论，对这个三部曲都是批评的多。批评的理由无外乎：今天的时代，都已经是 AlphaGo 可以打败人的时代了，今天的舞台上，亨利和他的随从搞搞同性恋都不会让人惊讶，您怎么还在舞台上那么不痛不痒地说着伊丽莎白时代的观众才觉得可笑的笑话，还有着生怕闪了腰一般缓慢的舞台动作呢[1]？不

---

① 梅生："放浪的英国王子到美国，把性向也叛逆掉"，http：//www.thepaper.cn/point_ comment. jsp？contid = 1437681。

过，虽然媒体评论对皇家莎士比亚剧团的表演不太有利，但无论是在北京还是在上海，现场满满的观众，也说明观众还是挺认可的。《文汇报》记者潘妤说"圈内失落、大众狂欢"，这总结还是蛮准确的①。

而立陶宛的 OKT 剧团演出的《哈姆雷特》，与皇家莎士比亚剧团的情况非常不一样。OKT 的演出有两个特点：一是整体的舞台效果非常激烈，舞台风格鲜明——相较于皇家莎士比亚剧团的演员在舞台上慢悠悠地说着台词，比画着舞舞剑，这里的效果简直就是电光闪烁。虽然演员并没有像皇家莎士比亚剧团的演员那样手持有模有样的剑，但是导演却通过舞台调度把所有的动作外化出来，变成了舞台上的演员推着化妆室的桌子各自为战。二是舞台上经常有神来之笔，比如说由人扮演的狗（也可能是鬼魂）、老鼠不停地穿梭在演员身边，当然最为精彩的还是导演的剪裁：比如说他让奥菲利亚在上下半场各死了一次。

OKT 剧团的演出，确实有很强大的感染力，但争议也比较大。有趣的是，因为 OKT 的《哈姆雷特》根据自己的需要重新剪裁了《哈姆雷特》剧本，许多争议是对于导演为何要做这样的剪切，为啥让奥菲利亚在上、下半场各死一次……不同的观众对此有各种解释。资深的媒体人吕彦妮说这戏是"理性模糊感性至上"②，也很能再现这争议中的心态。

这两个莎士比亚系列剧在中国观众心目中的不同遭遇，并不让人意外。这种差别体现出"精英观众"与"主流观众"之间非常不同的审美标准。

有些吊诡的是，在当下中国观众的视野中，富丽堂皇的皇家莎士比亚是大众戏剧，而较为寒酸的 OKT 却是精英戏剧。说皇家莎士比亚剧团

---

① 潘妤：英国皇莎中国行：圈内失落和大众狂欢的背后，http：//www. thepaper. cn/newsDetail_ forward_ 1438178。

② 吕彦妮：立陶宛 OKT 剧团《哈姆雷特》：理性模糊感性至上，http：//yule. sohu. com/ 20141120/n406202235. shtml。

的莎剧是大众戏剧，是因为对于《亨利四世》这样的演出来说，更为重要的追求是精准，是观众容易理解。正如导演格雷戈里·道兰所言，他要复原莎翁笔下兰开斯特王朝的时代风貌——当然，他对兰开斯特王朝的复原，并没有体现在舞台上的堆砌；而更为看重的是以灯光、服装、颜色等共同营造出的质感。这种古王朝的质感与莎士比亚英语台词本身的音乐性，多少带着一些英帝国的傲慢。观众的追捧，虽然多少有些在"皇家"面前"装也要装着懂欣赏"的心态，但懂不懂，也许不重要——他只要感受到那强大的英帝国气质，他就会觉得，这就已经是好戏了。

相比较起来，OKT 剧团的《哈姆雷特》这种典型的现代主义戏剧，对于观众是有着很高的要求的。我们经常看到创作者会在面对观众、面对媒体说：观众怎么理解、怎么解释都可以的。但这个解释、理解，其实首先是需要观众本身有阐释能力的。比如说对于《哈姆雷特》中奥菲利亚死了两次，导演想必会说，我就是感觉她应该死两次，而不同观众，就会在自己知识准备的基础之上，根据自己的意识形态取向，做出自己的解释。现代主义戏剧（艺术），其实内置了一个对话的空间。而这样的对话空间，对观众的知识准备、感性能力，都是有要求的。

笔者做这样的划分，并不是非要通过这两个莎士比亚系列剧来区分精英的观众与主流的观众。老实说，这二者共生共存，也很难完全区分开来。但是，从这两个莎士比亚系列剧的具体情况来看，从我们大量引进的欧洲大陆戏剧以及对欧洲大陆戏剧的整体膜拜的情况来看，目前精英观众的标准普遍是以欧洲现代主义/后现代主义的戏剧观为标准；而这样的标准，是欧洲人接续着欧洲 20 世纪现代主义艺术问题的自发延展，它回应着欧洲人自身的内在问题与对艺术的感觉。它内在的精神动力，和今天作为一个中国观众的一般感受并没有太直接的关系。

据说在 2015 年林兆华戏剧展引进的陆帕作品《伐木》观后，许多艺术家的普遍感觉是：中国戏剧和外国当代戏剧，差距不止 40 年。但是，我们引进这些欧洲大陆的当代戏剧作品，是为了更好地理解当代欧洲戏剧艺术的发展轨迹与趋向，为了更好地在文化交流中发展自身；与此同时，我们的当代戏剧艺术，它自身拥有着两个传统：一是漫长的戏曲发展传统，一是一百年以来寻找自身表达方式的经验。因而，我们会在与欧洲当代剧场的碰撞中，从我们内部发展出我们自身的问题意识，发展出我们自身的艺术方向。我们的当代戏剧，不要说 40 年后到不了那里，而是我们为什么一定要到那里去？

因而，当前的戏剧艺术发展，最为重要的任务，是在作品中积累真实的感受，理解中国观众的审美需求，创造出属于中国当下的艺术方式。

二　《驴得水》与小剧场的"黑马们"

如前文所说，2016 年"开心麻花"公司投资制作的第二部电影《驴得水》投入院线。如同第一部电影《夏洛特烦恼》一样，这也是一部小成本的、从话剧改编而来的作品；同《夏洛特烦恼》一样的还有，这部作品的演职员阵容，也同样不是大明星——编剧、导演以及演员，都是从小剧场话剧《驴得水》一起摸打滚爬着走出来的。《驴得水》首映至今，虽然评论颇多争议，但《驴得水》在 11 月 3 日票房破亿元的事实已然说明，这又是 2016 年电影界的一部现象级的作品。

2016 年电影市场在总的量上应该还是持续增长的，但增长的势头显然没有达到人们内心的预期——也只有在资本狂奔节奏受阻的时候，大家才会重新认识一下，挣钱，还是得靠内容。关于话剧《驴得水》，笔者在 2012 年的《中国文情报告》中已经做过比较详细的介绍与评论①，在

---

① 陶庆梅：《平淡中的新气象》，《中国文情报告（2011～2012）》，社会科学文献出版社，2013。

此就不再赘述了。但2016年的小剧场戏剧，还是有自己的黑马不断涌现。这些"黑马"类的作品，笔者总结来说有两个趋向：一是"泛政治化"日渐成为小剧场消费的主要风格；二是小剧场作品更为侧重细腻的情感关系的塑造。

1. 泛政治化成为一种新的趋势

其实从2012年的话剧《驴得水》开始，泛政治化一直是当下小剧场的一个方向。这两年比较有特色的小剧场作品，无论是2015年的《造王府》，还是2016年的《搁浅》《命中注定》，都有点借着民国的故事、古代的故事或者外国的故事，来表达当下创作者政治态度与政治情感。

2016年这一类型的代表性的作品是《搁浅》。

看《搁浅》的时候，不时有观众会悄声地问，这是中国人写的剧本呢，还是中国人翻译的外国剧本？确实，《搁浅》的剧本有些稀奇古怪的。它虚构了一个位于地中海沿岸的国家叫塞纳斯克；两位男主人公的名字叫米什卡与马尔科，女主人公则叫莲娜；虚构了这个国家刚刚经历了一场从专制集权到民主社会的过渡；虚构了这个民主国家花费重金打造的一艘潜艇在首航的当天搁浅……

但是，随着这个国家的政要开始处理这样一个棘手的政治丑闻，这部像外国戏的作品，其对当下现实的反映就跃然纸上了：

比如这段讨论为啥要在班杨造潜艇：

> 也许是想拉动班杨的地区经济；也可能是监控达里尼斯对索琴的非法移民；又或者是国家轮值委员会高层为了限制德拉古蒂，不至于让他变得那么强大而故意不在那造；也可能是以军备建设为由管控这片地区多民族化所引起的不必要麻烦。

慢慢地再看下去，就会发现，《搁浅》的好处在于，虽然暗讽当

下的现实，但创作者并没有把这样的题材变成一次情绪的宣泄，而是成功地转入人物与人物关系的建构之上，成功地在人物关系的建构中推进了情节，推进了自身的情绪表达。

比如，编剧构造了老同学米什卡、马尔科在民选政治时期，分别成为了塞纳斯克国家的总统与国防部部长。米什卡作为总统想的是政治清明，而马尔科作为国防部部长希望的是国力强大。在实际的操作中，他们总会发现这政治清明与国家强大二者之间有着这样那样的冲突。这种冲突，编剧将它形象化为一位似乎从天而降的女孩莲娜。不仅如此，《搁浅》在政治与性之间做出的安排已经非常成熟了。莲娜本来是跟马尔科走的，但后来又和米什卡混在一起。而当马尔科气急败坏地因为潜艇搁浅赶到米什卡的办公室，却意外地发现了莲娜。

舞台上的画风是这样的：

米什卡：马尔科，你听我解释……

马尔科：解释没有任何意义！

米什卡：你都知道了？

马尔科：能不知道吗？我他妈的在现场！

米什卡：也许这个事情没你看起来那么糟糕。

马尔科：别自欺欺人了！你需要立刻道歉！

米什卡：对不起！

马尔科：你应该立刻召开新闻发布会，对着全国道歉！

米什卡：至于把事情闹这么大吗？

马尔科：塞纳斯克人民需要知道真相！

米什卡：我求你别这样，我知道你现在很愤怒……

马尔科：我这是愤怒吗？我这简直是……气极败坏！

米什卡：我可以补偿你！你需要什么？作为轮值总统，你知道我有些特殊的权力。只求你别为难莲娜。

马尔科：莲娜？

莲娜：嗨！亲爱的……

马尔科：对不起，亲爱的，我没有意识到你在这。

莲娜：啊？

因而，虽然《搁浅》的人名、国家名像国外作品，整个故事的架构也很像国外当代作品，但创作者在这种抽空背景的叙述中，对于角色的把握与拿捏，居然如此成熟。成熟到观众会渐渐地忘了那种抽空的背景，渐渐地忘了那些稀奇古怪的外国人名字，忘了这些人的所作所为是不是"不符合国情"……随着在专政时代"与普尔绍同志握过手"的老厂长的出现，随着老厂长的那种带有理想性、悲剧性的牺牲，无论是米什卡还是马尔科，在现实面前，都没有选择妥协与苟且，而是主动去承担：

> 这是大学生的责任，也是我们领导阶级的责任。塞纳斯克可以在法西斯的毁灭性侵略战争中重生。但我年青的朋友们啊……她不能承受她的青年才俊沉沦和堕落，所带来的伤痛……

如果说《搁浅》有点借欧美当代戏剧的结构，去捕捉当代中国青年的情绪，而《命中注定》则是借古人的戏剧架构诉说当下的情感。

《命中注定》主要是借用了李渔《风筝误》的结构。《风筝误》是典型的文人戏谑之作，结构精巧到简直是匪夷所思：李渔愣是能在一美一丑、一有才一愚蠢的两组男生与女生之间创造出各种因缘巧合，然后，成功地让美的有才的成了一对，让丑的愚蠢的成了一对。

不过，《命中注定》只是借鉴了这个结构作为外壳，内容上一点也不戏谑。《命中注定》的故事本身并不复杂：穆居易（就是那又有

才又长得好但很穷的）是朱焕然（就是那又丑又蠢但有钱）的门客，故事从穆居易在一个风筝上题诗展开，风筝断线飘落到程府，被二小姐小雪（这是那有才有貌的）偶拾。小雪与假朱焕然真穆居易由此离奇结缘。真朱焕然听闻程府小姐美名，提亲程府，程父却以虎姐式的大小姐大雪（这是那无才又丑陋的）蒙混欺骗，而把小雪配给了京城里的高官。朱焕然知道被骗后上门索要小雪，穆居易则更纠结：他又得谴责程父将小雪许配高官，又要阻拦朱焕然真娶了小雪。两个人的不同诉求迅速被老奸巨猾的程父窥探到，为了拆散穆居易和小雪这对恋人，程父开始用残酷现实一节一节打碎穆居易的穷人心志和文人尊严，朱焕然获知穆居易冒他的名字与小雪私订终身后，也开始出重金赎买穆居易对小雪的感情放弃。最终，穆居易为钱折倒，小雪生无可恋，自杀了。

《命中注定》是很悲凉的调子。但这悲凉的调子并不是来自爱情悲剧，也不仅来自社会悲剧，它想要讨论的是，现实的逻辑中，不仅仅是那富人作践穷人，也不仅仅是当官的作践穷人，而且是穷人自己也会作践自己。

在舞台上，这种作践具象化为当朱焕然发现居然是穆居易在和他竞争的时候，最直接的方式就是给钱：当朱焕然从两千两银子开始叫价，逐级加价到四千两、四万两、二十万两、五百万两……穷人好像是有点禁受不住诱惑的。穆居易给了最现实的回答，他在小雪的眼泪和哀恸下，决然放弃爱情，选择金钱。

说穆居易是"穷人"，其实说的是他是个如绝大多数观众一样的普通人；说这部剧不仅是爱情悲剧，也不仅是社会悲剧，是因为在这里重要的并不是爱情与金钱PK，而是当金钱以一种狂轰滥炸的方式到你眼前，让你放弃一些你认为有理想的事情，你会怎么选择？

创作者给了他的态度——他认为没有人不会被金钱打倒；但他又给了一次出口，既然在这个社会上，金钱可以收买这收买那，那有没有可能让我们的选择溢出这样主流的价值观——哪怕只一次？

从某些意义上说，这两部作品都算得上是 2016 年小剧场的"黑马"——说他们是黑马，不仅仅是这些作品如同当年的《驴得水》一样扎扎实实地在每个角色的设计上下功夫，在创造人物关系、让人物关系成为推动戏剧发展的动力上下功夫；在这些技术环节之外，他们还和《驴得水》共享着同一种情绪。那也许是年轻人内心都最为焦虑、最为关切的某种情绪——理想与现实在当下的冲突。如同《驴得水》一样，这些年轻的创作者们都越来越娴熟地撕下现实的伪装，对于现实的残酷毫不回避；但如同《驴得水》一样，在痛痛快快地撕下现实伪装之后，他们还是会对理想对纯真有着真切的渴望。这些作品的异军突起，显然说明在剧场里，尤其在小剧场里，现在的年轻观众，已经对婚姻、爱情与职场这类软绵绵的故事越来越不满足了。他们更希望有点"重口味"的。这种"重口味"，可以是和鼓楼西小剧场经常引进的当代西方的"直面戏剧"（如《那年我学开车》《审查者》）等作品那样，直面的，是个人在婚姻、情感尤其是在性的问题上介于正常到非正常之间极为微妙的心态起伏，也可以如《驴得水》这样，更为在意的是当下人在一种普遍生活情绪中的追问。这种追问，或多或少有着"泛政治"的倾向——所谓的泛政治，就是说他们还是讨论一些多少与社会发展、政治选择、人心向背有关的大问题。中国青年人对于政治的兴趣与讨论，其实并没有那么可怕。

2. 创造"新市民"观众群体

小剧场在 2016 年的表现，除了原创的偏于泛政治化的类型之外，还有一类小剧场戏剧，是偏向一种更为细腻的人物关系的塑造。这一类型的代表作品是 2016 年由北京人艺推出的一部小戏《丁西林民国喜剧三则》。

这部小戏，是北京人艺制作的、由北京人艺的青年导演与演员共

同完成的小剧场作品。《丁西林民国喜剧三则》选的是丁西林的《一只马蜂》《酒后》《瞎了一只眼》三部小戏组合而成。这三部小戏，都没有什么激烈的"戏剧冲突"。《一只马蜂》那一男一女之间嬉皮笑脸地一来一回的对话，暗藏着的是古老戏曲的机锋：什么"你看我发烧不发烧，脉搏跳得快不快……"之类的，不过就是这一对男女当着老年人的面"调情"而已。《酒后》像是这一对青年男女结婚不久，邀请一位朋友在家里做客。家宴之后，男性朋友醉卧在客厅。年轻妻子忙来忙去地收拾着屋子，听着丈夫夸奖这位朋友人格的高尚，妻子忽然对丈夫说：这个朋友是多么高尚，却没人关心他，真可怜。那么，我能不能去吻他一下……而在《瞎了一只眼》里，我们似乎看到这对青年夫妻又变老了一些，接近中年了。在平淡生活的某一天，妻子忽然收到好朋友的一封信，要来看跌倒受伤的丈夫；而妻子之前给朋友写的信，无疑在惊慌失措中夸大了丈夫的伤情。为了不让这外地赶来的朋友觉得自己白跑了一趟，丈夫就配合妻子，演一场自己"瞎了一只眼"的戏……

从形式上来说，《丁西林民国喜剧三则》并不复杂。但重要的是，创作者用心去寻找戏剧中内涵的情致，捕捉住人物情感细腻的变化曲线，并成功地将情感的变化转化为舞台上的生动场面。

这部戏的"用心"之处，并不在夸张的剧场效果，导演与演员更为在意地，是共同在舞台上营造出让观众能够会心一笑的场面。

比如《酒后》一场：

妻　芷青睡在那里，你让我去吻他一吻。

夫　什么？

妻　去吻他一吻。

夫　（嬉笑的）那不行！（坐到椅上）

妻　为什么不行？

夫　那——那是不应该的。

妻　为什么不应该？难道一个女人结了婚，就没有表示她意志的自由么？就不能向另外一个男子表示她的钦佩么？

夫　表示意志的自由，自然是有的。不过表示钦佩——是那样表示的么？

妻　（又坐到椅上）那有什么？难道你还吃醋吗？我想你一定不会吧？

夫　喔，不是，我是不十分赞成这个表示钦佩的方法，不是吃醋。中国的男人，就没有一个知道吃醋的。

这样的对话，本身就有着丰富的心理内涵。在舞台上，两位演员也较为成功地呈现了年轻女人刚结婚之后的一点小任性，呈现了男性有些自大又有些不太好表达的不高兴。然后，在这部戏的最后，客人醒了：

客人　（睡眼矇眬的走近桌子来）什么时候了？

夫　什么时候！谁教你不多睡一会儿？

客人　为什么？

夫　为什么？因为……

妻　荫棠！

夫　……因为有一个人……

妻　萌棠！不许说！

夫　（一字一字的）……正……想……要……

妻　（急了，赶紧的走来，掩住他的嘴）不许说！

夫　（将她的手扯开）想要和你……（嘴又掩住了）

妻　不许说！（紧紧的掩住他的嘴不放）说不说？说不说？（他垂了两手，不再挣扎了）

> 客人　（已经糊糊……涂涂的倒下三杯茶，屋内的举动，一
> 　　　　点也没有觉到，端了一杯茶，送到那位嘴还被人掩住
> 　　　　的先生面前）喝茶。

在处理这个场面时，导演稍微做了些舞台上的调度：前景，客人稀里糊涂地喝着茶，后景，妻子堵着丈夫的嘴，并把他推倒在沙发上。动作的幅度大了一点点，场面也就更为有趣。

由此也可见，《丁西林民国喜剧三则》的独特之处，是它在小剧场以夸张的表现风格刺激观众、迎合观众的氛围中，转而以细腻的符合人物心理逻辑的舞台细节，营造出丰富的舞台场面；通过这场面的丰富，让观众进入人的情感的细腻之处，品味不只是舞台上的角色，而是每个个体、每对恋人以及每对夫妻都可能有的情感变化与情感冲突。而这样一部细腻清新的小戏，在当前小剧场（其实不仅是小剧场）市场环境不算太好的情况下，在 2016 年 5 月第一轮（21 场）演出还没有过半的情况下，就得到了很好的口碑以及票房；同样，该剧在 2016 年底在上海的演出，也非常成功①。

这部戏的成功让笔者思考的是，当前戏剧观众群体的构成与要求，也许正在一个变化的状态中。《丁西林民国喜剧三则》在 2016 年有些"意外"地在京、沪两地同时热演，也许说明，"新市民"观众正在崛起。

2005 年以来，差不多有十年之久的小剧场的戏剧的基本内容，都是围绕着职场、爱情、家庭；在表演风格上，则是以夸张、搞笑为基本的风格特点。比如，之前小剧场戏剧最为活跃的李伯男戏剧工作室的作品，就是最典型的例子。李伯男的戏剧作品，多以青年男女的

---

① "一部只有三个演员的朴素至极的小戏，何以持续热演了整一年，且在年底的各种戏剧榜单中被屡次评为'年度最佳小剧场作品'"。参见壹鈇《喜剧的灵魂不在嘲讽，而在确认这人与人之间的珍贵联系》，《文汇报》2016 年 12 月 20 日。

爱情、职场生活为主要内容。但这些定位为中产阶级、职场女性而生产的作品，往往集中在情节的机巧、对话的好笑等外部逻辑上，不像《丁西林民国喜剧三则》的作品，更多表现的是人的内在情感关系上。

"新市民"观众，当然针对的是北京人艺的"老市民"观众群体。当前的演出市场上，北京人艺一直显得有些不太入流。相比于赖声川、林奕华这些导演的港台戏剧，相比于孟京辉、田沁鑫这些导演的戏剧，北京人艺的作品都有点"过时"的感觉。此前"雷雨笑场"，也许就是这种感觉的直接爆发①。但换个角度考虑，目前在中国，在不用推广的情况下，只要开票，《茶馆》一定是很快卖完。包括与《茶馆》近似的《骆驼祥子》《天下第一楼》这样的作品，也一定是销售最快的。像这些卖得好的作品，除去"话剧艺术"的高水准之外，还有一个特点，那就是以老舍为代表的那一代的剧作家、导演，是在为人群中最庞大基数的"市民"演戏的。观众在剧场中，是通过那些三教九流的社会人物，通过那有些传奇性的人物故事，来感受日常生活中积淀的情感。这里的"市民"，有些特指的是城市市民。只不过，中国经过几十年天翻地覆的变革，老舍那一代人写的对象，逐渐老去；新的城市市民，逐渐成长。而我们的戏剧演出，却经常会忘了，自己也应该扎根在"市民"之间，不要总觉得自己是高雅艺术，忘了自己的根是扎在普普通通的老百姓之中的。《丁西林民国喜剧三则》的成功，在某些层面上，正是与北京、上海等地新的城市市民观众逐渐壮大有关。

就北京人艺来说，原来以《茶馆》为代表的作品，没有那么知识分子化，也从来不自诩"精英"；这样的作品，观众面基本上是

---

① 参见陶庆梅《戏剧：主流戏剧的建设与戏剧产业的方向》，《中国文情报告（2013 ~ 2014）》，社会科学文献出版社，2015。

"通吃"。而现在，正如笔者在上一节所谈到的，随着近些年欧洲戏剧的"二度西潮"，现代主义/后现代主义戏剧观日渐成为判断戏剧艺术的标准。在这种情况下，北京人艺的一部朴素别致的小戏，在北京、上海两个大城市演出的成功，或许正是从另一个角度说明，戏剧并非都要去追求知识分子内心关注的高深哲理，也没有必要追求太过繁复、太需要解释性的剧场实验，对于当前的话剧行业来说，最缺乏、最需要建设的，恐怕还是如《丁西林民国喜剧三则》这样清新细腻、余音袅袅，适合当下城市"新市民"普遍观赏趣味的戏剧；而这一类戏剧的发展，也正是精英戏剧能够发芽长大的基础。

当然，"新市民"戏剧的提法也未必准确。如同我们要创造新的观众群体一样，对于如何命名这样的观众群体其实也是需要费些周折的。笔者在这里用"新市民"观众的意图，一来是接续老舍的"老市民"概念，另外也是刻意回避掉文化研究中常用的"中产阶级观众"概念。我们的观众群体是要比所谓"中产阶级观众"，宽得多。因而，如果我们不要刻意把观众群体构造为"中产阶级观众"这样一个被动的消费主体，并为之预设一些主题、内容、题材的方向；如果我们更为朴素地为"新市民"去演戏，无论在什么样的主题、内容与题材之中，更为在意地去把握与我们创作者一样普通的观众在日常生活中感受到却未必能言说的情感生活，并将这情感转化为生动的戏剧表达，"新市民"戏剧，怎么能不被广大的观众所喜爱呢？戏剧的生产与消费格局，又怎么能不在这样的努力下逐渐扩展自己的边界呢？

三　戏剧传统美学的创新发展

正如在 2016 年度《中国文情报告》中所讨论的，"中国梦"是当前文艺创作中的一个关键词。"中国梦"既是一种内容规定，也是一种美学规定——它意味着在民族复兴的大背景下，中国的传统文化与传统文化中所蕴藉的美学，会在新的时代找到它的表现方式。

中华美学的创新表达，在 2016 年的舞台上，并没有出现如 2015 年以田沁鑫《北京法源寺》为代表的重要作品，但这也不是说中华美学的创造性表达没有被推进。与 2015 年一样，在 2016 年，无论是戏曲还是话剧都在不同的方向做着创新发展传统美学的尝试。

从戏曲的发展来说，这种尝试，既体现在 2015 年开创的京沪两地小剧场戏曲节，在 2016 年不但继续延续，而且规模越来越大①；也体现在有两部以戏曲或者曲艺班底为基础的团队创作出别有特色的戏剧作品。

这两部作品，一部叫《三昧》，一部叫《青衣·达·芬奇》。这两部作品的规模都很小，但都很有特色。《三昧》的主创，是相声与曲艺演员，因而，这部作品带有浓郁的曲艺风格；但这种曲艺风格，并不体现为演员在舞台上表演"说学逗唱"，而是创作者将中国传统曲艺的基本叙述方式化用到话剧舞台上。中国传统曲艺的叙述方式，其实非常类似于后来被布莱希特称为史诗戏剧的叙述体戏剧：其基本的原理，在于所有情节的进展，都是演员/角色叙说出来的。在《三昧》的舞台上，三位演员，既演绎着他们各自扮演的角色——三位居住在前门外大街青梅竹马的两个男孩与一个女孩，又叙述着这三个角色从民国初年到 20 世纪 80 年代与大时代缠绕在一起的生活际遇。在他们的叙述中，这三位角色，从生活在北京前门外大街爱看戏的青葱少年，经历了战乱，经历了失散，终于，又在人生的晚年重逢于北京城楼之下，度过安静的晚年。这种叙述体的戏剧，看上去只是一种

---

① "2016 当代小剧场戏曲艺术节将从 10 月 19 日至 12 月 30 日在繁星戏剧村举办。两个多月时间内，海峡两岸及香港地区 8 个剧种、19 部剧共 70 余场演出，以及多个沙龙和展览将为广大市民带来一场戏曲盛宴。"李洋：《2016 当代小剧场戏曲艺术节将举行》，http://www.bj.xinhuanet.com/bjyw/2016－10/08/c_1119672651.htm。

导演手段，其实对演员的要求相当高。这种高标准还不仅仅是跳入跳出的难，而是舞台叙述本身就是很难的——演员要在舞台上铺叙背景、讲述心情，其实是非常难的。这种叙述性的场面，平铺直叙是很难被观众接受的，必须具有一定的表演性，这就需要一定的技巧。我们看到，在《三昧》舞台上的相声演员与曲艺演员，充分发挥了他们各自的技艺特点，运用各种表演方式，通过自己带有高超表演技艺的叙述方式，非常熨帖地带领观众参与到这一场人生大戏中。

《青衣·达·芬奇》也是如此。这部作品以中国戏曲学院的青年教师为创作班底，但对于戏曲的运用却极为控制——在整部作品中，中间只有两小段带有隐喻性质的《牡丹亭》《王昭君》的戏曲段落。因而，这部作品整体来说是一部更具综合性的实验戏剧作品。这部作品的出发点或者说内核，源自创作者一个发问：戏曲这样抒情性、表演性的艺术，可否表现更多的哲理内容？带着这样一种探索精神，创作者将弗洛伊德对达·芬奇的童年记忆的分析以及中国旦角男扮的现象做了拼接，从一个从小经历过变性手术的女演员的角色出发，构造了一台极具诗意的作品。

这两部作品目前规模都不算大，而且各自有着各自的问题。但总的来说，这两部作品都带有鲜明的传统艺术现代化的方向，都在探索如何将传统戏曲与现代舞台相结合。难能可贵的是，这些作品都出自非常年轻的创作团队，他们对传统文化不仅有着自信，而且有着更为深刻的理解与更真实的尊重。所以，这些作品出现在舞台上，已经不是对传统艺术破坏性的改造，它是传统艺术从自身的特性出发，但去除掉传统戏曲、曲艺中标志性地唱念做打，而是把这些表演要素更为紧密地融合在角色的内在设计之中。

这或许是戏曲现代化的一条正路。

与此同时，话剧舞台上也在继续着艰难寻找符合中国人特点的表达方式。2016 年，虽然没有《北京法源寺》那样"大破大立"的作品，但北京人艺在 2016 年演出的由林兆华导演的易卜生名剧《人民公敌》，却是在以"以破为立"的方式，讨论中国话剧舞台的表演，如何破解"话剧腔"的难题。

《人民公敌》刚刚在舞台上出现的时候，就引起了不小的争议。舞台上，林兆华导演与演员们，几乎彻底地将《人民公敌》的演出，变成了一场"排练"。最开始，演员胡军以导演的身份上场，吩咐着舞台各个技术部门的协调；舞台上，演员随后也个个手拿剧本上台，而且在角色内外跳进跳出。观众还会看到，胡军会指挥着演员说，你，往那边去一点；你，这个时候要停顿一下吧，去那边停顿一会；对黄志忠饰演的市长，胡军会说，这场戏，很重要啊，咱们怎么着……对龚丽君饰演的太太，胡军会说，你这么演有点太平淡了；于是，龚丽君就像我们常见的在舞台上"惊慌失措"起来。演完之后，又有些困惑地对胡军说，一直这么演，好辛苦啊……

对于这样一种有些奇怪的表演，观众从最开始可能有些不解，甚至有些哗然的——要知道这可是"戏比天大"的北京人艺舞台。但渐渐的，随着观众逐渐习惯了舞台上的逻辑之后，开始逐渐欣赏这样一种自觉暴露出表演痕迹的"表演"，也就被舞台上的表演带入了戏剧构造的具体情境中。

随着观演关系慢慢融洽，观众会逐渐发现，虽然舞台上的演员看似很随意的在演员与角色之间进进出出，拆解了原来的角色，但是，在刻意暴露出表演痕迹的过程中，导演与演员其实并没有把原著完全打碎，而是把原著打碎了以后重新连接起来。在破坏中，演员还是非常清楚地构造着舞台上的人物关系，比如医生与市长哥哥的关系，医生与媒体以及与媒体的后台老板的关系等等。而且，因为这种破坏性的表演与观众建立起了更为亲和的关系，反而更为清楚地展现了这些人背后的利益纠葛。从这个角度上来说，这样一种表演，是有很高的带入性的。

如果要讨论《人民公敌》在中国当下的演出，可以说有很多进入的路径，但笔者在这里集中在《人民公敌》提出的关于表演的问题。

"不像戏的戏，不像演出的演出，不像表演的表演……"，是林兆华导演一贯的追求，似乎就是在这样一连串的说"不"的过程中建立起来的。不仅这么说，林兆华导演也一直是这么实践的。这种实践，既包括在表演中经常使用"业余演员"，也包括在《建筑大师》中让濮存昕很长时间一直在躺椅上像是在梦呓一般说着台词；既包括在《故事新编》中用戏曲演员的身段与唱腔，也包括《老舍五则》中运用曲艺演员的念白……在这些形形色色的作品中，有成功的，也有不那么成功的，甚或也会有失败的。如果说其他的作品中，林兆华导演的作品还是在试图用一种新的元素、新的质感的出现，试图想确立些什么；在《人民公敌》中，他并不提供新的表演元素和新的舞台质感，转而采用"破"的方式，让演员故意在表演中露出自己的破绽。这一版的《人民公敌》，正是借助这样一部经典的"社会问题剧"，通过暴露出"话剧腔"的表演痕迹，展现了中国表演所遭遇的当代困境。

"话剧腔"是我们对这种表演的一种感觉，用理论语言描述的话，应该就是"虚假真实"——就是说演员其实知道自己是虚假的，但偏要做出自己是真的。不同于戏曲表演的高度程式化的"以假为真"——演员通过去表演程式性的、带有美感的"假"求观众感受上的"真"；"话剧腔"的假，是演员本来是做不到真实，却非要在舞台上硬要去求"真"。这种破碎与矛盾，在观众那里，会直接感受为"假"，感受为演员在"装"。

面对话剧表演的僵化问题，曾经有一种相对极端的意见是说会不会是斯坦尼"体系"出了问题？但随着我们看了越来越多以斯坦尼体系为基本训练方法的俄罗斯的、英国等欧洲国家的演出，自觉恐怕不是斯坦尼体系问题。那么，如果不是斯坦尼体系自身的问题，就是我们没有"学好"么？问题恐怕并不在此。我们的表演，学习斯坦尼的体系之所以学不到其神髓，除去与我们学习的方法以及学习是否深入有关之外，是不是也是因为我们中国人对于戏剧的理解以及潜意识的审美习惯与文艺复兴以来的欧洲戏剧就不太一样呢？在戏曲漫长的形成过程中，不同于千方百计要在舞台上寻找真实的西方戏剧，中国的观众（也包括演出者）早就习惯了的表演与观看表演就是"以假为真"。只是，对于"假"，中国戏曲是有着严格的要求的：演员在舞台上创造出带有美感的"假"，观众是在这"假"中寻找他需要的真实。

因而，虽说话剧在中国的发展也有 100 多年了，但并没有改变中国人沉淀在无意识中的对于舞台演出是"假"的认识。或许正因为此，你越想在舞台上"求真"，因为"真"求不到，就越显得"假"；而当《人民公敌》主动暴露出自身的"假"，不但不妨碍观众的观赏，他反而会觉得很舒服，很容易进入作品的情境。《人民公敌》的刻意求假，反而让观众更容易看到人物之间关系纠葛的实质；而演出中黄志忠的表演经常会有掌声——这掌声，显然不是献给他作为市长这个"反面"角色，而是他作为演员的能力的。

但是，在话剧舞台上，如何实现"以假为真"，又是非常难的。这样的"以破为立"也只能实验一次，下一次再玩，也就不好玩了。那么，在中国的话剧舞台上，用什么样的表演方法，可以给观众愉悦的观演体验？对于话剧演员来说，又应该经由什么样的表演训练，使得演员在舞台上，找到那种"以假为真"的方法？

中国戏曲的表演方式当然为我们的话剧表演提供了参照。只是这种参照是非常曲折的。中国戏曲的"以假为真"，是有自己的一套程式与手法。这种手法，既需要演员长时段的艰苦学习，也是与戏曲所处时代的社会生活紧密相关；而且，戏曲的程式化手法，对于舞台的

样式、剧本的形态，都有着高度风格化的要求。直接在话剧舞台上运用程式化手法，只能是另一种僵化的方式。

因而，这一版《人民公敌》，虽然以"以破为立"的表演方式完成了演出，但它同时又把更难的问题留给了我们。它在提醒我们，我们要在舞台上建立的话剧表演，要与中国观众的审美的潜在经验相吻合，要与中国观众当下的内心节奏相吻合；它也在提醒我们，如果我们要回答当代的话剧舞台上什么样的表演不是"话剧腔"，恐怕这还不只是表演本身的问题，它也许还需要我们从剧本的样态、舞台的叙述方式中，做相当扎实的实践与研究工作。

不管怎么说，中国话剧走到今天，已经日渐成为当前城市中百姓文化生活的一个重要组成部分。我们期待着，中国话剧的表达方式会随着话剧本身逐渐融入百姓的日常文化生活，在与百姓生活的互动中，找到当前的形态，探寻未来的发展。

（本章执笔　陶庆梅　中国社会科学院文学研究所副研究员）

B.9
网络文学：IP 快速淘洗空间进而扩展

摘　要：　产业生态化和版权正规化是 2016 年网络文学市场变化的主要特征。首先，以网络文学为核心 IP 来源的产业生态逐渐形成，并丰富了自身营利模式。作为泛娱乐 IP 产业链的最前端，网络文学作品依靠互联网低传播成本的优势积累了大量忠实读者。这部分用户在网络文学作品向电影、电视剧、游戏等领域的改编过程中体现了极大商业价值。与此同时，由于网络文学产业生态的逐渐形成，其营利模式也突破了从前单纯依靠用户付费的发展瓶颈，转变为影视内容生产和用户付费并存的多元营利模式。

关键词：　泛娱乐　IP　类型化

2017 年 1 月 22 日 CNNIC 发布的《第 39 次中国互联网络发展状况统计报告》显示，截至 2016 年底，我国网民规模达 7.31 亿，其中 PC 端网络文学用户超过 3.33 亿，占网民总体的 45.6%，移动端网络文学用户 3.04 亿，占手机网民的 43.7%。随着融资渠道的拓宽，今年新增文学网站百余家，文学网站平均日更新总字数达 2 亿个汉字，文学网页平均日浏览量达 15 亿次。

作为创意产业的源头，网络文学发展总体向好。经过近两年的大规模并购重组，网络文学市场目前已经形成了较为清晰的市场格局，产业生态化和版权正规化是 2016 年网络文学市场变化的主要特征：

首先，以网络文学为核心 IP 来源的产业生态逐渐形成，并丰富了自身营利模式。作为泛娱乐 IP 产业链的最前端，网络文学作品依靠互联网低传播成本的优势积累了大量忠实读者，这部分用户在网络文学作品向电影、电视剧、游戏等领域的改编过程中体现了极大的商业价值。与此同时，由于网络文学产业生态的逐渐形成，其营利模式也突破了从前单纯依靠用户付费的发展瓶颈，转变为影视内容生产和用户付费并存的多元营利模式。今年，包括数字阅读在内的网络文学版权销售总额预计将达人民币 90 亿元。其次，网络文学市场的版权正规化进程得到持续推动。自网络文学出现以来，盗版网络文学网站就凭借低成本优势，长期扰乱市场的正常经营秩序。这些网站数量多、规模小，从客观上提高了版权方的维权成本，导致盗版网络文学网站很难根除。随着网络文学平台集团化的形成，大型平台拥有更多精力和资源依据相关法律法规对盗版网站发起维权行动，从一定程度上解决了网络文学作者的"维权难"问题。

通过 2014 年剑网行动大规模清理，目前网络文学作品内容在思想上与主流价值观基本保持一致，色情、暴力与低俗蔓延的现象得到了遏制。与此同时，根据读者的需求和市场的调节，文学类型的划分更加细化，创作者的艺术表现手段更为丰富多样，创作空间进一步扩大，创作题材更加广泛多样，艺术想象力和表达力更为丰富，且善于转换描写空间和设置故事情节，借鉴、活用、化用的能力增强，文本趋于古代和现代，幻想和现实多种元素的融合，网络特色更加鲜明。网络文学思想观念更新迅速，显示出更多的灵性，生活触角比较敏感。但作品中低俗、媚俗的内容仍然普遍存在，打擦边球的作品时有出现。

一 年度网络文学生态状况

2016 年，在新一轮的行业竞争中，文学网站纷纷深度发掘资源，一是在网站的类型化细分方面努力开拓，二是在维护特定读者群方面不断探寻。同时，作家队伍在不断更新中持续壮大，网络文学知名作者新作纷纷上线，并在积极探索新的创作路径；二目、风轻扬、半醉游子、八面妖狐、曲流水、锦屏韶光、越人歌、飞天鱼、会做菜的猫、一路烦花、一顾相宜、青酒沐歌、思我之心、11 点要睡觉觉等一批新人崭露头角，给网络文学创作带来一股新的动力；大批"90后"网络作家进入公众视野，在网络文坛占据了一席之地。随着《欢乐颂》《亲爱的翻译官》等电视剧热播，网络文学现实题材创作迎来良好时机。在阅文集团组织的网文征集活动中，现实题材作品异军突起，成为最大赢家。

网络文学 IP 开发进入全新阶段，以往网络文学切入游戏、影视行业，始终以内容源的身份出现，目前大多数网络文学集团拥有独立的 IP 衍生合作部门，阅文集团、中文在线、百度文学、掌阅文化、阿里文学等已开始深度参与 IP 开发的全过程。阅文集团将深度参与《回到过去变成猫》《从前有座灵剑山》《择天记》三部作品的 IP 开发，不但对品质进行管控，同时对开发的 IP 进行投资。IP 共营合伙人制在多方尝试磨合中逐渐形成，这将是互联网文化产业链的发展方向。

2016 年，《七月与安生》《微微一笑很倾城》《飞刀又见飞刀》《孤芳不自赏》《三生三世十里桃花》《青云志》《如果蜗牛有爱情》《美人为馅》《凉生，我们可不可以不忧伤》《醉玲珑》《老九门》《鬼吹灯之精绝古城》《余罪》《陈二狗的妖孽人生》《藏地密码》《法医秦明》《器灵》等一批网络文学作品被改编为电影、电视剧和网络剧，文学与影视进一步加强互动。网络文学 IP 经过一轮快速淘洗，正在走向理性，继续探索网络文艺新路。

网络文学在海外的发展引起了社会关注，这将是中国文化"走出去"在新时代的具体实践。目前，中国网络文学已在多个海外翻

译网站走红，"老外"跟读中国网文已逐渐被大家接受。Wuxiaworld（武侠世界）、Gravity Tales 等以翻译中国当代网络文学为主营内容的网站上，随处可见众多外国读者"追更"仙侠、玄幻、言情等小说。中国网友还贴出了老外喜爱的十大作品——《逆天邪神》《妖神记》《我欲封天》《莽荒纪》《真武世界》《召唤万岁》《三界独尊》《巫界术士》《修罗武神》《天珠变》。这些小说被网友称作"燃文"，讲述的多为平凡无奇的男主角开天辟地一路拼搏，在各路神仙师傅的辅助下，不断升迁，最终取得人生成就的故事。

比如侧重出版向的雁北堂，侧重悬疑的黑岩网中文网、磨铁中文网，侧重"90后"的凌云文学网，侧重武侠幻想的传奇中文网，比较稳扎稳打注重实效的创别书城，开拓二次元的不可能的世界，以及魔情中文网、断天小说网、阅书中文网、时代中文网等网站陆续进入网文主阵地。网文一直有跟风现象，样式固化是一大弊端，必须在形式上不断创新，才能获取新的动能，上述网站犹如开掘机不断对网络文学的细部进行开发，促使网文产生了新的能量。各网站的竞争当然有无序的部分，但也对网文的深化细化产生了推动力，这一点显然比十年一副面孔的传统文学媒介更具生命力与创新力。

网络文学最新动态是互联网用户群当中二次元用户逐年攀升，2016 年 11 月已达到 2.82 亿，预计 2017 年会呈现高速增长，用户将达到 3.8 亿。二次元最早始于日本动画、游戏作品，因其画面是平面二维空间，因此被称为二次元。二次元类作品由二次元概念衍生而来，是针对二维空间而创作出的文学作品，故事相对简单，但生活趣味更加浓厚，读者对象是喜爱动漫的"95后"和"00后"网生代，主要文学类型包括动漫、穿越、游戏、同人、校园、科幻、奇幻等。这类作品想象力丰富，作者通过对现实场景和虚拟人物进行文学加工，具有强烈的画面感，带给人较强的阅读冲击力。每一次市场变化都将大力推动网络文学的创新与变革，未来两三年包括小说、漫画、动画、游戏等二次元类作品将会紧密互动，由此而产生一波新的网络文学浪潮。

但值得引起注意的是，网络文学的抄袭、剽窃现象屡禁不止，电视剧《锦绣未央》火爆播映，原著《庶女有毒》却被举报抄袭了200 多部网络小说。2016 年的热播电视剧《花千骨》原著《仙侠奇缘之花千骨》也被指有抄袭多部网络小说之嫌。由于过度热衷于 IP 营销，网络文学的文本创新力有所减弱，在一两年之内仍将延续这一状态，暂时的迷茫并非不利的征兆，恰恰说明网络文学正在酝酿根本性的提升。理论批评赶在这段时期全面进入网络文学，主流媒体与学术期刊对网络文学的关注达到了空前的高度，文本批评在其中占据了相当的比重，网络文学逐步进入经典化的轨道之中。

二 政府部门加大扶持力度

在中共中央提出"大力发展网络文艺"的精神指引下，国家新闻出版广电总局和中国作协在组织上加大了对网络文学的扶持力度，与全国网络作家和文学网站建立了畅通的交流渠道，在具体工作安排上为网络作家提供了诸多便利。

在 2016 年 11 月 30 日召开的中国作协九大上 28 位网络作家成为正式代表，与传统作家共商中国文学发展大计，其中最引人注目的是唐家三少入选中国作协主席团名单，另有天下尘埃、天蚕土豆、血红、耳根、蒋胜男、阿菩、跳舞等 7 位网络作家当选中国作协全国委员。

在 2016 年加入中国作协的 454 名新会员中，网络作家及网文从业者共有 46 人入会，其中包括耳根、风凌天下、百世经纶、梦入洪荒，以及《芈月传》作者蒋胜男等一批网络文学知名作家，入会人数创历年之最。

国家新闻出版广电总局在引导文学网站出精品方面花大力气、下

苦功夫，组织开展进行了一系列引导网络文学创作的培训活动，在2015年初推出《关于推动网络文学健康发展的指导意见》后，启动了年度优秀网络文学推介活动，连续两年的发布推广，在广大读者中产生了重要影响。

2016年7月，国家新闻出版广电总局和中国作协联合召开了网络文学版权保护研讨会，并倡导包括掌阅科技股份有限公司、阅文集团、咪咕数字传媒有限公司、阿里巴巴文学网、北京红袖添香科技发展有限公司、起点中文网在内的33家联盟成员单位发起了中国网络文学版权联盟，同时发布了网络文学行业《自律公约》。

第九期鲁迅文学院网络作家班在2016年3月开班，共招收了来自全国重点文学网站的55位学员，学习时间由原来的15天增加了一周，改为21天。

继2015年开始建立的中国网络文学排行榜，2016年中国作协网络文学委员会再度推出中国网络文学排行榜半年榜和年度榜，为读者阅读优质网络文学作品发挥了引导作用。

6月29日，中国作协在北戴河举办网络文学发展工作交流会，各地作协网络文学负责人和全国主要文学网站代表近70人出席了会议。中国作协副主席李敬泽在会上表示："网络文学在整个文化产业链中占有越来越重要的位置，已经成为我国当代文化体系中至关重要的原创资源，在现代大众文化生态中是想象力和创造力的重要生产者和供应者。网络文学面临着巨大的发展机遇和各种复杂困难，网络文学工作的对象和方式方法都与过去有很大不同。"目前，全国已有十多个省市设立了网络文学工作机构，中国作协也将加强与各省市网络作协的合作共享，发挥互联网思维，团结广大网络文学作家，与各个文学网站积极沟通，搭建平台，达成共识，为网络文学创造良好的生态环境。

在中国工农红军长征胜利会师80周年前夕，中国作协组织了全国 40 多位网络作家"重走长征路"，其目的是为了知长征史实、明网文责任，承英雄浩气、补精神钙质，探文学源泉、觅创作灵感，担负起历史使命和时代责任，更好地推动网络文学的繁荣发展。这一活动历时 8 天，走过三省六地，在网络文学界引起了巨大反响。

9 月 25～26 日，由中国作家协会主办、广东省作协承办的"第二届中国网络文学论坛"在佛山举行。论坛共设立网络文学引导管理、网络文学业界动态和网络文学理论评论三个板块进行研讨。广东省作协在论坛上正式宣布创办全国性的网络评论刊物《网络文学评论》，分别与 14 家大型文学网站签署网络文学战略合作协议，与珠江电影集团有限公司等五家单位签署合作协议，合作打造"广东网络文学基地"。

为了加强网络文学理论研究，尽快制订和完善网络文学评价体系，推进网络文学主流化和经典化，4 月 24 日，中国作协、湖南作协、中南大学联合设立了"中国作家协会网络文学委员会中南大学研究基地"。

12 月 13 日，"中国作协网络文学委员会上海研究培训基地"在上海大学挂牌，基地由中国作家协会网络文学委员会、上海市作家协会、上海大学中国创意写作中心、阅文集团计划共同创办，通过网络作家培训，引导和鼓励网络文学作家坚持先进文化的前进方向，了解文学创作包括网络文学创作的发展潮流和基本态势，提高网络文学创作的知识和技巧，提高关注社会现实的能力和深入社会实践的意识，对中国网络文学作家、作品、现象组织开展系统深入的研究，凝聚培养网络文学研究队伍，为逐步探索建立中国网络文学的理论体系、评价体系和话语体系提供了有力支撑。基地挂牌的同时，举办了首期网络文学高级研修班。

2017 年 1 月 19 日，由国家新闻出版广电总局组织开展的"2016年优秀网络文学原创作品推介活动"公布了作品名单。《南方有乔

木》《大荒洼》《锋刺》《百年家书》《材料帝国》《小飞鱼蓝笛》《我心缅怀旧时光》《非常暖婚，我的超级英雄》《我们》《暮生荆棘》《蟑侠》《男儿行》《夜天子》《血歌行：学府风雷》《问镜》《大宝鉴》《一世之尊》《龙血战神》共18部原创佳作入选推介名单。《2016年优秀网络文学原创作品选读本》（数字版）也于同日在咪咕阅读上线。

三　年度重点作品介绍

类型化是网络文学的基本特征，网络文学以此来确认自己的受众群体、体现自身的粉丝效应。2016年，玄幻、仙侠和都市仍然是网络文学的主要创作类型，现实题材作品受读者关注的程度有所上升，网络女性文学由于在影视改编和图书出版方面成绩突出，社会关注度空前高涨。通过培养优质IP，出售版权进行影视、游戏等一系列改编来寻求获取更大的商业价值，已成为当前网络文学产业的主要发展方向。现根据不同类型推介2016年度各网站发布的重点作品。

玄幻类

作品：《择天记》
作者：猫腻
发布网站：创世中文网
作品简介：太始元年，有神石自太空飞来，散落在人间，其中落在东土大陆的神石，上面镌刻着奇怪的图腾，人因观其图腾而悟道，后立国教。

数千年后，十四岁的少年孤儿陈长生，为治病改命离开自己的师父，带着一纸婚约来到京都，从而开启了一个逆天强者的崛起征程。

到了京都，才发现自己只是一盘棋里最微弱的棋子，但就是这么一个棋子，是甘愿成为棋盘第一个死亡的棋子，还是跳出棋盘与天地斗一斗。

作品：《雪鹰领主》

作者：我吃西红柿

发布网站：起点中文网

作品简介：深海魔兽的呼吸形成永不停息的风暴，熔岩巨人的脚步毁灭一座座城，深渊恶魔想要侵入这座世界，而神灵降临，行走人间传播他的光辉，然而整个世界由夏族帝国"龙山帝国"统治，这是人类的帝国，知识渊博的法师们埋首于法师塔中百年千年，骑士们巡守天空、大地、海洋，在帝国的安阳行省，有一个很小很不起眼的贵族领地，叫雪鹰领。

出生于夏族安阳行省雪鹰领的男爵家族——东伯家族，十三岁时"人枪合一"，十五岁时觉醒"太古血脉"，同年达到"力量圆满"的境界，练成绝技《玄冰枪法》第一层，达到"十二枪境"。杀死仪水城第一匪盗弯刀"盖斌"。得龙山楼黑铁令。二十一岁时，灭一处魔神分坛，达到天人合一，击杀称号级魔兽"项庞云"。二十七岁时掌握"万物之水"成为超凡。

超凡生死战战胜十场，有望掌握四品真意水火真意，入赤云山修行。三十九岁时将风之奥妙融入，被定为自毁前途降至最后一名。四十八岁掌握二品真意"极点穿透真意"雏形。五十一岁跨入圣级，五十三岁击杀四阶恶魔，融入大地奥妙，掌握"星辰真意"雏形，掌握"虚界真意"雏形。五十九岁掌握"极点穿透真意"，下半年掌握"星辰真意"，成为夏族第一个同时掌握两个二品真意的超凡。六十岁攻打超凡小型世界中的恶魔堡垒，瞬间灭杀不是不死之身的恶魔，击杀五阶恶魔。

作品：《碎星物语》

作者：罗森

发布网站：中文在线—17K小说网

作品简介：男儿有志，风云再起，土鸡瓦狗，皆可碎星。

百族大战后，战争英雄"碎星团"遭整肃而覆灭，副团长山陆陵假死重生，化名温去病，以奴隶商人为职业掩护，表面上帮助朝廷追缉叛逃的碎星团余孽换取赏金，实际则暗中搜救过往同僚，远送海外重组碎星团，同时秘密调查六年前全团人离奇覆灭的严酷真相。

调查中，与帝国七家八门九外道势力纠葛，温去病谈笑用兵，远交近攻，重定大地局势，并且发现当初封神计划出现变数，封神台将倾，碎星团拼死命封印的诸天神魔，即将回归。封神台倒，温去病率领重新组建的团队，共抗神魔。封神旧址，碎星遗藏，龙族少女，魔神降临，当这一切交会之时，新的传奇，即将拉开帷幕。

作品：《万域之王》

作者：逆苍天

发布网站：百度文学—纵横中文网

作品简介：宇宙之大，无穷无尽，人类所知，目前主要共有十域之地，除第十域为混乱之地以外，其余九域皆是人类聚居所在，由各大家族与各大宗门占领。主角聂天便是九域之一离天域中人。

聂天本是离天域七大宗门之一凌云宗的附属家族聂家中人，其母亲本是聂家天才，凌云宗核心弟子，可因为生下主角聂天之后，香消玉殒，自始至终却不知父亲是谁，导致聂天的外公同时也是聂家家主为了追查聂远的母亲而大费家族之力，身体日差，家主地位不保，导致聂天在家族之中饱受欺凌，在资质测试上表现出毫无修炼天赋，让聂天更是难以在家族立足。为了保护自己的外孙，聂天的外公甚至放弃了家主之位。

聂天父亲身份不凡，给聂天留下了一身奇异的血脉，聂天在凌云宗安排的抓周大会之上意外获得了一枚兽骨，正是这枚兽骨开启了聂天的传奇之路。

仙侠类

作品:《玄界之门》

作者: 忘语

发布网站: 起点中文网

作品简介: 一个山村的穷小子石牧，本来没有什么天赋，但是因为机缘巧合，吸收了天兽神将白猿的几滴精血，开始逐步有了非凡的实力，在武学和法术上都有了不小的造诣。

石牧出身大齐，一开始只是立志做一个强大的武者，但被发现自己只是石猴废脉，招致各方嘲笑，差点断了武学之路。好在石牧心性坚毅，加上白猿精血的作用，通过修炼吞月式和吸日式等一些白猿传承功法，促进了功法修为。之后，石牧进入黑魔门，又偶然修炼了蛮族的图腾秘术等，修为一路上涨。其间，他暗恋西门雪，结识钟秀，并偶然召唤了一只名为烟罗的骷髅，又发生了不少故事。

随着灵宠烟罗的势力不断壮大，一些惊天的秘闻逐渐被揭露，石牧发现自己陷入了可怕的危机，而且所有的一切似乎从他吸收白猿精血的那一刻就开始了，不光如此，他还明白过来，所有的一切都是与一个叫做天庭的地方有关。石牧没有退缩，为了自己和整个星际空间的存亡，他穿梭于各个星球，修炼九转玄功，担负起自己的职责，踏上白猿的复仇之路。

作品:《雪中悍刀行》

作者: 烽火戏诸侯

发布网站： 百度文学—纵横中文网

作品简介： 雪中构建的世界，就像是一张珠帘。以北凉世子徐凤年的成长经历作为主线，北凉、离阳和北莽三足鼎立之势，群雄逐鹿天下。大人物、小人物，是珠子，大故事、小故事，是串线。情、义二字，则是那些珠子的精气神。

在那个波澜壮阔的时代里，英雄们，在各自战场上轰轰烈烈死去。枭雄们，在庙堂上钩心斗角机关算尽。无论敌我，求仁求义求名求利，尽显风采。

时值国家内忧外患、叛乱蜂起，行走江湖归来的徐凤年带领徐家军平定叛乱、收复失地，成长为一名保境安民的护国大将，最终实现了自我价值和历史价值的统一。

雪中写江湖，写庙堂，写沙场，写陆地神仙，写帝王将相，写才子佳人，写贩夫走卒，写三教圣人，写朝堂之上的纵横捭阖，写江湖之远的名士风流，写市井小巷的卖杏花声……雪中江湖，情至深，侠气最长。

作品： 《血歌行》

作者： 管平潮

发布网站： 咪咕阅读

作品简介： 残暴龙族入侵，神州破碎，华夏族苟延残喘。浩劫压顶，人人绝望，却有一个最卑微的杂役少年苏渐，说要灭绝整个龙族。

凶煞剑灵雌雄难辨，伴他前行；龙魔妖人四族角力，如火如荼；仇敌龙族绝色公主，完全陌生，竟也在少年梦中反复凄楚悲鸣……苏渐在灵鹫学院中，智破血案，勇斗纨绔子弟，又深入龙境，解救被龙兵掳掠的红颜知己洛雪穹。红焰晶海发生异动，华夏国派去的晶海行营总管，为了一己私心和火妖族勾结。苏渐闻讯，锐身自任，破解了阴谋，让元凶授首。洛雪穹回归西北雪山的灵山圣门，却发现父亲的诡秘行事。苏渐奋不顾身，荡除奸佞，将她从可怕的阴谋中救出。

听闻龙族正企图利用魔语海渊中的永寂之矿，要对人族的防线造成根本性的突破，苏渐正巧被奸臣陷害，逃往龙境，九死一生，破解了阴谋，但却也与兄弟亚飒反目。龙族奸细潜伏天雪国皇宫，意图谋害大皇子雷冰梵。作为他的同窗好友，苏渐再次奋不顾身，协助雷冰梵击退了强大的敌手。

圣龙帝国的摄政王撒菩勒伯，酝酿可怕的阴谋，需要用到"白骨圣杯"。白骨圣杯流落海外灵洲，龙国派高手前去抢夺。为了阻止他的阴谋，苏渐和战友们踏上了海外灵洲的征途。虽然百般努力，但很可惜最终功亏一篑。平静了两百年的神州大地，注定将掀起无边的风暴。

作品：《万古仙穹》

作者：观棋

发布网站：中文在线—17K 小说网

作品简介：一枚古朴的围棋子，带着古海穿越到神州大地。天道无穷，人寿有穷，做天地之棋子，安享数十年寿命，待提子时，化为一抔黄土，烟消云散，还是跳出棋盘，做落子人，与天对弈，为自己赢取一个永生？古海，以一个微末之身的青年，慢慢拥有了一定的身份势力，与天斗，与地斗，与人斗，与妖斗，与仙斗。从一开始的独善其身，慢慢成长到了可以问鼎天下，在一次次经历中，性格中的善良，让古海体会到众生疾苦，多了一份悲天悯人之心。

穷则独善其身，达则兼济天下，古海在自己强大的同时，也肩负了家国天下的责任。主角古海开辟大瀚皇朝，立国，不仅仅为了救自己的亲人，不仅仅为了自己的私心；立国，更重要的意义是一股为民之心。让疾苦的百姓，过上幸福的生活，百姓安居乐业，国泰民安，

才是立国的真正意义。其间遇见各种难题，各种敌人，但古海保持初心不变，克服万难，败退所有心怀不轨之恶敌，终究守住了大瀚安宁，成就天朝气象。

历史类

作品：《乱世宏图》
作者：酒徒
发布网站：中文在线—17K 小说网
作品简介：公元 947 年，契丹灭后晋，掠走出帝石重贵。然而，却有一个少年被当作石重贵的二儿子，受到群雄的争抢。群雄都想绑走这个孩子，挟天子以令诸侯。这个孩子却坚持不肯承认自己就是二皇子石延宝。经历重重磨难后，这个孩子慢慢长大，与柴荣、赵匡胤、韩重赟等朋友，一起结束了七十年的乱世。他的名字叫宁思明。后世讹传为郑子明。柴荣身死，赵匡胤兵变夺权。时刻提防着宁思明效仿自己。面对友情和江山，宁思明必须做出最后的选择。数年后，赵匡胤封华山给陈抟，世俗官府不得入内。华山之巅，有一位道士，与陈抟松下弈棋，快乐逍遥。

作品：《银狐》
作者：孑与2
发布网站：起点中文网
作品简介：铁心源，一位在大宋朝成长和崛起并挽救大宋朝命运的人物。由于黄河流域的大洪灾，铁心源的母亲被迫带着他开始了颠沛流离的生活，并最终来到了京城，且因缘巧合的居住在皇宫城墙下，也因此触碰到了大宋帝国政治权力的中心，不仅在朝堂中崭露头角，和包拯、夏竦等历史名臣展开政治博弈，更深入西北的大漠和西域各民族斗智斗勇，最后回望自己深爱的故土，选择归隐。从北宋的风土人情、庙堂斗争、对外政策和战争等各方面，为读者展现了一个生动的北宋王朝。

都市类

作品：《大地产商》

作者：更俗

发布网站：网易云阅读

作品简介：都市商战风云突起，变幻莫测。一个读大三的中原大学经济系学生陈立，与前女友分手刚满一年，情伤还没有治愈，在省城商都市享受着悠闲自在的校园时光，却因为一起偶发的街头劫案，被卷入家族起落、商海沉浮以及男欢女爱的恩怨纠葛之中。机缘巧合，他不仅挽救了两家濒临倒闭的公司，也为自己撬开了进入地产行业的大门，从此逐步走向人生的辉煌。

作品：《穿越者》

作者：骁骑校

发布网站：中文在线—17K 小说网

作品简介：2017 年夏季，江东省某城市棚户区发生火灾，老刘家卧床 20 年的植物人刘彦直置身火海，被英勇的女消防员甄悦救出，本以为必死无疑，却奇迹般生还，烧伤也以肉眼看得见的速度痊愈。刘彦直因为付不起治疗费用而逃离了医院，但却因身体快速痊愈而被神秘人士和生物化学公司的人盯上。因为生物化学公司想绑架刘彦直，造成了刘母死亡。为了救活母亲，刘彦直加入神秘组织，成为了一名穿越者，利用时间机器穿越回到过去，扭转历史。

作品：《听说你喜欢我》

作者：吉祥夜

发布网站：红袖添香

作品简介：宁至谦、阮流筝都是医学院的学生，他们的纠葛始于大学校园。阮流筝毕业时，宁至谦已是博士，而且与女友分手。这次变故让宁至谦一蹶不振，曾经青春飞扬的少年变成了冷漠疏远的男人。阮流筝走进了他的生活，试图温暖他，在宁至谦向她求婚时，毅然撕碎了自己出国的 offer，为了这段单向的爱情截断自己的所有退路。

但是，同情不是爱情，这段不平衡的爱情最终没有圆满的结局，以阮流筝提出离婚结束。之后阮流筝读研，外出工作，因父亲身体原因回到本地，再次与已经是神经外科颇有权威的年轻主任宁至谦重逢。

两人在工作过程中经历了形形色色的病人，有弃婴，有留守老人，有突然得急症没有家属签字的病人，有绝症小情侣，有出轨的男人和小三等等。在这一个个小故事里，既包含了医闹、留守老人等社会问题，又弘扬了医生的大爱无疆和人间真情，而男主在工作上对女主的指导和关心，一如既往关爱她和她的家人，以及二人在工作中对彼此全新的认识，让男女主的感情也在一步步得到重燃和升华，最终复合。

作品：《清洁工马淑珍的故事》

作者：熊二的秘密

发布网站：蔷薇书院

作品简介：同事老李的去世，让四十多岁的马淑珍感到很害怕，她是一个没有文化的中年妇女，还养育着一个女儿茵茵。马淑珍没有办法，即便是伤害身体，清洁工这份工作她也丢不得。以为这辈子的结局会和老李一样悲惨，但好在遇到了仗义耿直的工人陈天锁。然而并不是每个人都赞同这一对中年男女在一起，女儿茵茵首先发力，用叛逆来反对，马淑珍人到中年，却仍面临着家庭、爱情与事业的冲击。

言情类

书名：《美人为馅》

笔名：丁墨

发布网站：云起书院

作品简介：灵动果敢的女警花白锦曦和天才刑警韩沉之间的爱情故事充满了悬疑与新奇。天之骄女苏眠因为五年前的一宗案件失去了记忆和身份，醒来时她已经是一名普通的刑警白锦曦。数年后，白锦曦在一次任务中不小心误把天才刑警韩沉当作犯罪分子，二人不打不相识。因缘际会下，两人联手侦破连环杀人案件。白锦曦和韩沉不惧危险，和犯罪分子斗智斗勇，在这过程之中二人互生好感。随着案件的侦破，同时一个惊天的阴谋也在二人之间展开，二人之间的故事和关系也被一一解开。最终二人不仅抓获了犯罪分子，也收获了一段美好动人的爱情。

作品：《君九龄》

作者：希行

发布网站：起点女生网

作品简介：权谋争夺，先太子被齐王害死，太子妃为了保住三个子女自缢身亡，次女九龄公主被嫁给陆云旗为妻。陆云旗因为少年时与九龄相识而心生爱慕，为了能够配上九龄的身份，受齐王诱惑参与谋位杀死了太子。三年后九龄得知真相，意图为父母报仇去刺杀皇帝，结果却被乱刀砍死。九龄公主重生在千里之外的阳城一个孤女君蓁蓁身上，重新开始了复仇之路。

太康三年冬，阳城北留镇宁家来了一个家道中落上门认亲的女孩子，她不远万里上门认亲却被亲戚家拒之门外，所有的故事，就从这次认亲开始。

作品：《唯愿此生不负你》

作者：姒锦

发布网站：潇湘书院

作品简介：为国，我愿慷慨赴死；为你，我只愿此生不负。"先婚后爱、久别重逢"的故事同样震撼人心。中国特种兵的婚姻家庭生活鲜为人知，军人婚姻以偶像式的唯美色彩可歌可泣。三对身份背景迥异的军人的爱情故事各自不同：有浪漫、温馨，感人至深的婚恋生活，也有缠绵悱恻、荡气回肠的生死大爱。

作品：《别怕我真心》

作者：红九

发布网站：晋江文学城

作品简介：黎语蓁是个乡下少女。母亲去世后，在城市中已另外组建家庭的父亲把她接去抚养。面对新的环境，素不相识的继母，同父异母的弟妹，她开始了新的生活与征程。在长腿哥哥的守护下，通过不断努力，她从一个土黑的乡下丫头成长为能够独当一面的精英，并最终收获了与长腿哥哥的爱情。

作品：《陆少的暖婚新妻》

作者：唐玉

发布网站：百度文学—花语女生网

作品简介：陆薄言的父亲是知名律师，因为扳倒A市地头蛇而被设计陷害身亡。真正的凶手康瑞城把陆父的死亡伪造成意外，并且找人顶罪，而后又追杀陆薄言母子。苏简安的母亲心善，让陆薄言母子住进老宅，十六岁的陆薄言和十岁的苏简安初次见面，历经了一些小事，苏简安记住了薄言哥哥，陆薄言也喜欢上了苏简安。

之后，陆薄言和母亲出国，其间一直关注苏简安却不为人所知，苏简安上了高中，从财经杂志上看见陆薄言的消息，怦然心动。

十四年后，在苏简安的哥哥和陆母的安排下和陆薄言结婚，此时，陆薄言有一名绯闻女友——知名女星韩若曦。陆薄言也意外知道苏简安有一个喜欢多年的人。两人都以为对方喜欢别人，心里却深深喜欢对方，表面上装出毫不在意的样子，内心却忍不住吃醋，于是，意外频发，暧昧丛生。对外，苏简安和陆薄言是恩爱夫妻，两人半真半假的秀恩爱，一边安慰自己这只是演戏，一边却又享受这样的恩爱。但在外人眼里，苏简安和陆薄言早已假戏成真，人人都能看出他们心里有对方，只有当事人固执地认为对方另有所爱。

当困难真正来临，他们没有退缩，异常坚定，夫妻二人携手并进，哪怕经历考验，陆薄言也从未放弃，苏简安一直乐观面对，收获人生的幸福。

重生类

作品：《慕南枝》

作者：吱吱

发布网站：起点女生网

作品简介：姜宪从小就父母双亡，可她母亲是当朝大长公主，她自幼就生活在慈宁宫，是由外祖母太皇太后王氏抚养长大的，和皇上赵翌青梅竹马，伯父镇国公姜镇元手握重兵，她是立朝以来唯一一个食双亲王俸禄的郡主，身份显赫而尊贵。前世，她嫁给了赵翌，却被赵翌毒死宫中。

重生后，姜宪回到了十三岁。那个时候太皇太后还没有去世，她还生活在慈宁宫，曹太后垂帘听政，表哥赵翌一心想让母亲还政于他。她虽然庆幸自己还没有和赵翌订亲，可她的伯父姜镇元却已和赵翌私谋，决定软禁赵翌摄政的生母曹太后，逼曹太后还政赵翌，而曹

太后为了巩固曹家在朝廷的地位，想把姜宪嫁给自己的侄儿曹宣。就在此时，她遇到了李谦和赵啸。前世，李谦肖想了当朝太后姜宪一辈子。今生，李谦却觉得千里相思不如软玉在怀，决定把嘉南郡主姜宪追到手。

作品:《医妃独步天下》

作者: 承九

发布网站: 掌阅文化

作品简介: 海军女军医为救战友身死，穿越成天启帝师之女纪云开。纪云开与当今圣上有婚约，却因救皇上而毁了绝世容貌，被皇上赐给手握兵权的燕北王萧九安做王妃。结婚前夕纪云开遭人算计，且遗失了天家给皇后的凤佩，被困在后院无力挣脱。

萧九安身中剧毒，生死不明，萧家有祖训，夫死妻殉葬。纪云开为了不陪葬，为了避开凤佩一事，费尽心机想要逃走，却不想在紧要关头，一直昏迷不醒的萧九安醒了，不仅打了试图带她走的师兄，还用凤佩一事威胁纪云开，把纪云开困在燕北王府。

借助与生俱来的天赋，纪云开、萧九安养百草，救百万军，杀四方强敌。萧九安则一直护在她左右，为她挡住所有的风雨，为她解决所有的麻烦，为她撑起一片天地，在日渐相处中纪云开慢慢被萧九安吸引，将心托付对方。

作品:《永不解密》

作者: 风卷红旗

发布网站: 铁血网

作品简介: 故事采取第一人称，以解放军情报军官林千军的视角，讲述一个重生者陆琉璃向国家提供未来的信息的故事。

故事是对网络小说中重生题材的一个颠覆，那就是重生者主动与国家联系，甘愿冒着危险也要为国家贡献自己的力量，而不是像现在重生的主流写法一样，为了种种顾忌而自私地隐瞒下来，自己一心钻营、财色双收，但对国家和人民却毫无奉献。重生报国这一写法，创新而富有活力，受到了许多书友的喜爱。

军事类

作品:《最强兵王》

作者: 丛林狼

发布网站: 创世中文网

作品简介: 这是一个从小兵到将军的铁血特战史。一场边哨惨案，让普通列兵罗铮彻底爆发，实力弱小却依旧要为战友报仇。幸而遇到美女狙击手蓝雪，一起追击敌人，渐生情愫。随后罗铮为了报仇，为了和蓝雪在一起，凭着顽强的意志，凭着对国家和军队的忠诚，完成一个又一个艰巨任务，九死一生，通过层层严格考核，进入神秘的兵王部队。

随着不断战斗，罗铮结识了他的战友，并在团队中承担起"大脑"的角色，和战友联手，救人，反恐，保家卫国。将军人的热血和青春洒在战场上，为国家争夺生存空间，死战不退，无怨无悔。这一次，为推动国家"未来科技"的发展，罗铮带着他的队伍再次踏上了征程。

作品:《雷霆反击》（原名《国家意志》）

作者: 野狼獾

发布网站: 铁血网

作品简介: 作品推演了一场最真实的印巴冲突、中印战争，亚洲的军事力量展开海陆空全面对抗。全书涵盖 300 种军事武器装备，其读者遍布国内各大军事论坛，持续引发网友对书中的中、美、印、巴

局势模拟推演，对各国军事武器装备深度分析等若干争议话题。

作品：《诛日之战汉武天下》

作者：蒂梵儿

发布网站：铁血网

作品简介：他们是特战精英，身经百战；他们越狱潜逃，是被追捕的疑犯。

一次特殊的追捕任务，让"暗箭"特种大队的文建阳、方天浩、高传辉和疑犯萧飞羽、宋明书共同穿越到战火纷飞的抗日战场。他们都是中国人，他们选择了共同面对抗击日军，国破无完人，不做倭寇鬼；无数次的铁血作战，在血与火的历练中，他们成长为逐鹿天下的虎狼之师。

作品：《最强狂兵》

作者：烈焰滔滔

发布网站：百度文学—纵横中文网

作品简介：苏锐曾是特种部队的尖兵，由于疾恶如仇，替战友一家出头而被开除出部队。在西方国家闯荡几年后，拥有了强大的朋友圈，再度回归华夏，踏上了强势崛起之路。回国后，苏锐面对纷繁的世家争斗，面对社会的丑恶面，不低头，不认输，咬着牙，倔着骨，用一腔热血和一股狠劲，书写了专属于自己的天王传奇！极爽极热血！路见不平拔刀相助，为了道义两肋插刀，为了国家甘愿抛洒热血，为了要守护的人和事可以付出一切。这是一个枭雄辈出的年代，是一段热血奔放的传奇。

武侠类

作品：《一世之尊》

作者：爱潜水的乌贼

发布网站：起点中文网

作品简介：神秘的六道轮回之主打开轮回世界，挑选有潜力的年轻人参与轮回任务，但背后隐藏着重大的阴谋，似与探寻上古天庭陨落之谜有关。而这些年轻人被迫在其中参加凶险异常的任务，非死即伤，幸存者因为轮回世界武功大进，但这些卓绝人才渴望超脱轮回，重获自由。身怀神秘小玉佛的孟奇在少林充当不能学武的杂役僧。一次偶然遭遇，令孟奇与江芷薇、张远山、齐世言等人一同被迫进入六道轮回世界，承担各种凶险万分的任务，孟奇与江芷薇等人建立了深厚的战友情谊，同时得到了少林秘传刀法——阿难破戒刀法。

其后，孟奇被高僧玄悲选中，成为嫡传弟子，一边修炼武艺，一边找机会逃出少林。在与师弟真慧跟随玄悲前往西域查探金刚寺盗经事件的过程中，为营救师弟，帮朋友顾长青全家报仇，遂放弃逃离少林的机会，前往邪岭杀尽马匪。由于破了杀戒，孟奇被废去武功，逐出少林，不得不蓄发还俗。还俗的孟奇自称狂刀苏孟，行走江湖，开始在六扇门的人榜中崭露头角。而在轮回世界里的死对头罗教圣女顾小桑，却在主世界暗中引导孟奇寻找已经毁灭的天庭隐秘，令孟奇捉摸不透。

轮回世界的任务还在继续，在一次西游死亡任务中，队友张远山和爱侣符真真为众人牺牲，孟奇和队友江芷薇深受打击，开始主动追寻六道轮回之主的秘密，以复活战友。在寻访真武之墓的任务中，为救江芷薇，孟奇选择加入了仙迹组织，江芷薇清醒之后决定坐死关，孟奇借机表白心中隐藏多时的情愫，却被婉拒。之后，孟奇漂荡江湖，行侠仗义，获得人榜第一，名满江湖。

作品：《有匪》

作者：priest

发布网站：晋江文学城

作品简介：《有匪》是一个乱世中的武侠故事，南北二朝对立，战火连绵，传说中的绝代高手们相继陨落，中原武林在动荡里人才凋敝，唯独剩下当年南刀李徵建立的"四十八寨"，桃花源似的庇佑着一批隐入深山的门派，收容天下落魄人。一位自称南朝宰相梁绍使者的青年谢允携"安平令"夜闯四十八寨，带走了周翡的父亲，自此，从未出过蜀中四十八寨的周翡秀山堂摘花、提破雪入世，一脚踏入风雨如晦的江湖之中，与身中奇毒的三皇子、总爱较劲的表哥李晟、满脑子刀法的南疆少年杨瑾、落魄千金吴楚楚、被迫在动荡中长大的小李妍等人一起，接过前辈的传承，也揭开二十年前"海天一色"的秘密。

作品：《侠行天下》

作者：zhttty

发布网站：起点中文网

作品简介：郝启从地球穿越到了一个未知的武侠世界，这个武侠世界有着地球二十世纪三四十年代的科技水平，但是却又有着武功、内力、门派、江湖等等的存在。

郝启穿越之后年龄才九岁，身处蓝影共和国的一处孤儿院中，结识了孤儿院的兄弟林熊，以及姐姐薛娜。在郝启十九岁时，他即将拥有内力，能够给他的兄弟林熊带来好生活时，林熊因为帮派的牵扯而陷入大事件中，被蓝影共和国的世家所杀，而郝启在此之后，数天不休不眠疯狂训练，最终成就了内力，并且杀向那个世家，为林熊报仇雪恨。报仇成功，郝启也身受重伤，不得已在一处小镇养伤，而同时，也违反了蓝影共和国的秩序，要接下四场蓝影共和国内力境的挑战，要么死，要么生。

郝启成立了属于他的武团，名为旅团，终于开始了他的旅途，见人所未见，寻人所未寻，得人所未得，前往百草国寻找赚钱机会，横渡了大洋，穿越沙漠寻找远古门派遗迹等，向这个庞大无边的世界出发。

作品：《白袍总管》

作者：萧舒

发布网站：起点中文网

作品简介：一个武学昌盛的世界，天下五分。大季朝位于最东，设十二座国公府以镇大季武林。楚离从一个高能物理研究员，转世重生到大季朝，在秋叶寺长大。前世知识助他修成秋叶寺镇寺佛经——大智度本源经，成就大圆镜智神通，方圆一里，洞彻内外，可看清身体内气流动，脑海景象。他进入逸国公府，从杂役做起。在国公府藏书楼发现枯荣树图，修成枯荣经，可借草木灵气为己所用，化为内力，无穷无尽。凭大圆镜智与枯荣经，他窥阴谋，胜对手，在国公府扬名。在去十万大山种神仙须的路上，灭猛虎寨，救一群女子，日后这些女子成为太华谷弟子，执掌太华谷，成为他的莫大助力。

猛虎寨寨主乃大雷音寺叛寺弟子，他杀此人，惹来大雷音寺天才弟子法圆，利用大圆镜智学得镇寺武学金刚度厄神功，并学得问心指。他得国公府三小姐萧琪青睐，学得碧海无量功与舍身绝命刀、白虎炼阳图，并修成几乎失学的绝学——阵法，成为阵法师，成长为国公府青年第一高手。

之后他屡立功劳，从杂役成为一品侍卫，天灵院总管，负责缉查内奸。同时在武林中化身为白衣神刀，闯下赫赫威名，救得一女李寒燕，悉心指点，未来成为雪月轩轩主。边疆起战事，他助虚安立功，得封为安王，又助虚安夺嫡成功，继承皇位。虚安在即位之后，直接传位给萧诗，然后落发于金刚寺。他踏入天神境界，退隐山林，大离再犯边境，他重新出山，与张明月再会，定下盟约，再次归隐。大隐

于市，化为市井小民，生活于崇明城内，凭神足通而时时与诸红颜知己相聚，逍遥世间。

竞技类

作品：《上垒吧》

作者：何堪

发布网站：晋江文学城

作品简介：年轻的女捕手梁夏因为国内没有女子职业棒球联赛，遂从学生时代就开始伪装成双胞胎哥哥魏冬参加职业比赛。同球队的好搭档黄金投手肖静林早就知晓梁夏的这个秘密，在帮忙掩饰的同时也渐生爱意。梁夏球技高超，得知肖静林的感情之后，却不愿意将搭档关系升级为情侣关系，反而对曾经的死敌击球员柯诗新颇有好感。但人最无法掩藏的就是"爱意"，最难看清的也正是"爱意"。

故事从梁夏的秘密终于被有心人揭破，并被赶出职业联赛后开始展开。梁夏一边被媒体和球迷攻击，一边却又接到各大职业球队私下的邀请。她不甘心当打之年就屈居幕后，更不愿意按"男棒女垒"的传统改打垒球。她拒绝高薪稳定的幕后工作，从零开始，组建了一支由各行各业女性组成的业余球队，并屡次挑战男子球队。

作品：《光影高手》

作者：文舟

发布网站："不可能的世界"小说网

作品简介：新闻系大学生田斌因为继承了家里单反穷三代的天赋而过着穷苦的日子，仍醉心于摄影爱好。一次偷拍美女使得田斌展露出了跟踪隐藏的技巧、等待的耐心和正直的心性，摄影界前辈高手看中了他的天赋，想要将他带入维护世界舆论与真实的正义摄影者组织，用训练狙击手的技术来训练田斌，田斌却只以为自己是在学普通的摄影技术。

凭着超凡的摄影技术，田斌获得了伪装藏身于校园的豪门千金的喜爱。但田斌喜欢的人却是辅导员夏燕，夏燕希望田斌即使技术再好也不要放弃学业。

田斌为了购买自己的照相机而拍婚纱照赚钱，却凭着眼力看出了地产大亨潘永邦和未婚妻小月之间的秘密，也因此一下赚了一笔钱。潘永邦觉得田斌的眼力对自己看人很有用，不应该光局限于摄影。但田斌拒绝了一步登天，选择踏实做自己喜欢的事业。田斌不断提升眼力，靠着非凡的光影直觉拍出美丽的照片，结识了地产大亨，帮助了身边的朋友，更在摄影界的大赛中一展身手，赢过垄断亚洲摄影界的日本摄影师，成为华人中的摄影大师。

穿越类

作品：《萌妻食神》
作者：紫伊281
发布网站：云起书院
作品简介：现代美食杂志编辑，出身厨艺世家的叶佳瑶穿越到北宋年间扬州同知叶秉怀的长女叶瑾萱身上。穿越当天就成了黑风岗三当家夏淳于的新娘子。为了生存，叶佳瑶委曲求全，她秉承着既来之则安之的心理，但是她古灵精怪的言行和精湛的厨艺渐渐征服了夏淳于的心，几番波折后，两人的感情越发深厚，彼此珍惜。

叶佳瑶确定了自己的目标，她要弘扬中华饮食文化，让老祖宗留下的珍贵财富得以更好地传承，她办培训班，开设甜品屋，事业做得有声有色。太子登基，念及叶佳瑶的功劳，欣赏她的宏大理想，特赐她天下第一厨的称号，而叶佳瑶撰写的中华美食大全，被所有大厨奉为宝典。叶佳瑶用她的厨艺，用她的聪慧和坚韧，终于赢得了美满人生。

作品：《长姐难为》

作者：长白山的雪

发布网站：云起书院

作品简介：现代女子韩雪，意外穿越到一个名为大周的朝代，成为大周朝东北农村一户放排人家的长女。不成想父亲出门放排，意外身亡，母亲得知消息后也难产死去，留下韩云雪和一家弟妹。

为了养活弟弟妹妹们，云雪毅然决定走上父亲的老路，山场子伐木，水场子放排，经历九死一生，挣钱回家与弟妹团圆，带领弟妹过上好日子。云雪放排途中，意外救下了国公府世子沈鸿骏，之后更因为各种因缘与沈鸿骏接触。韩云雪坚强勇敢、乐观豁达的个性，引起了沈鸿骏的关注，渐生好感，两个人克服了身份地位等鸿沟，最终走到一起。

时值大周朝皇位更替，更有东夷人入侵，韩云雪帮助未婚夫和义弟平定叛乱，立下无数功劳，最终得到了皇帝和天下人的赞赏，风光嫁给沈鸿骏为妻，并且辅佐沈鸿骏驻守边疆，成为人人敬仰的闺中传奇。

科幻类

作品：《地球纪元》

作者：彩虹之门

发布网站：起点中文网

发布网站：从第一个文字出现在人类文明之中开始，伟大的人类文明就开始了传承，并发展出了光辉灿烂的文化。但这个宇宙不是为了人类而生的，人类文明注定会遇到一个又一个的挑战，遭遇一个又一个的危机。当太阳系发生危机，太阳逐渐暗淡，地球彻底陷入漆黑后，人类文明终于被迫踏出了恒星航行的第一步，主角乘坐百分之一光速的宇宙飞船前往比邻星，预计在一千年后回到地球，等待人类的将是神秘而浩瀚的宇宙世界。

　　总体来说，2016 年的网络文学创作未出现大的突破，作品上线数量仍保持在较高水准，网站已将目标转向对 IP 的开发，网生代作家正在积蓄能量，新的网络文学形态呼之欲出。业界普遍意识到，仅仅靠更新量作为杀手锏吸引读者的方法已经不能适应目前网文发展的大趋势，工匠精神、出精品，正在成为文学网站和网络作家的基本共识。

　　（本章执笔　马　季　中国作家协会中国作家网副主编）

B.10
理论批评：在自省中创新，在裂变中调整

摘　要：　2016 年的理论批评，总体上呈现出在自省中创新，在裂变中调整的基本状态。理论批评界在学习习近平重要讲话中走在前边，在学科发展、理论建设和批评实践上，以自省为创新的前提，以创新为自省的目的，在文学和社会高速裂变中迅速调整自身，积极以实践性引领社会。在建设原创命题、系统研究文学史和热点作品、以批评实践引领社会等方面，取得了扎实的成绩。

关键词：　习近平讲话　原创命题　批评实践

　　2016 年中国理论批评界深入贯彻习近平同志系列讲话精神，根据当代文学学科的特点，以自省为创新的前提，以创新为自省的目的，在文学和社会高速裂变中迅速调整自身，积极以实践性引领社会。在建设原创命题、系统研究文学史和热点作品、以批评实践引领社会等方面，取得了扎实的成绩。

一　习近平重要讲话引起学习热潮

　　2016 年 11 月 30 日，中国文学艺术界联合会第十次全国代表大会、中国作家协会第九次全国代表大会在北京开幕。习近平总书记出

席大会并发表重要讲话。他在讲话中强调，文运同国运相牵，文脉同国脉相连。广大文艺工作者要坚持以人民为中心的创作导向，高擎民族精神火炬，吹响时代前进号角，把艺术理想融入党和人民事业之中，推出更多反映时代呼声、展现人民奋斗、振奋民族精神、陶冶高尚情操的优秀作品，努力筑就中华民族伟大复兴时代的文艺高峰。为此，他给广大文艺工作者提出四点希望：第一，希望大家坚定文化自信，用文艺振奋民族精神；第二，希望大家坚持服务人民，用积极的文艺歌颂人民；第三，希望大家勇于创新创造，用精湛的艺术推动文化创新发展；第四，希望大家坚守艺术理想，用高尚的文艺引领社会风尚。

习近平总书记《在中国文联十大、中国作协九大开幕式上的讲话》发表之后，随即在中国文联十大、中国作协九大会上引起热烈反响，广大文艺家深受鼓舞，倍感振奋。来自不同界别的文学艺术领域的与会代表，用学习讨论、撰写文章、接受访谈等形式，畅谈自己对于讲话的感受与体会，普遍认为继 2014 年 10 月主持召开文艺工作座谈会并发表重要讲话后，习近平总书记又一次就文艺工作发表重要讲话。这充分体现了以习近平同志为核心的党中央对文艺工作的高度重视、对文艺规律的深刻把握、对广大文艺工作者的亲切关怀和殷切希望。《人民日报》、《光明日报》、《求是》杂志、《文艺报》、《文学报》、《中国艺术报》、"中国作家网"、"中国文联网"等重要报刊和网站，自 12 月 1 日起，连续发表评论员文章、综合报道和署名文章，一些著名文艺家、文艺理论批评家和专家学者通过这些平台，发表并交流了自己学习讲话的体会与收获。

在《人民日报》张江主持的"文艺观象"专栏，四位文学家围绕"文脉与国脉紧密相连"的话题，从不同的角度发表了自己的看法。张平以《文学都属于一定的时代》为题，指出：文艺都属于一定的时代，作家艺术家就需要对自己所处于的时代，所置身的社会，

有自己的清醒的认识与强烈的意识。"文运同国运相牵，文脉与国脉相连"，如果没有中国国力的日益强大，没有中国社会的不断进步，世界文坛对中国文学的关注和重视绝不会像今天这样强劲和有力。作为这个时代的作家艺术家，我们既是改革开放历史进程的参与者，也是社会进步历史变迁的见证者。因此，"随时代而行，与时代同频共振"，关注现实、关注改革，贴近生活、贴近人民，为我们的民族复兴的伟大事业歌吟，为我们的国家的改革开放和繁荣昌盛喝彩，这是一个知识分子的无可推卸的责任，更是一个当代作家艺术家的神圣使命。党圣元认为：一部文学史就是民族的精神史。习近平在讲话中讲到："中华民族生生不息延绵发展、饱受挫折又不断浴火重生，都离不开中华文化的有力支撑。中国文化独一无二的理念、智慧、气度、神韵，增添了中国人民和中华民族内心深处的自信和自豪。"这是对中华民族精神的一个既有历史深度又有现实观照的简明扼要的阐述。中华民族在数千年的发展演进中，无论是繁荣昌盛之时，还是艰险困顿之际，无不体现出一种或修文进德、光泽四海，或坚毅刚勇、不惧强暴的内力。这种内力，就是我们中华民族精神之集中体现，并且成为中华民族的一个标识、徽印，在几千年历史行程中一脉相承，从无断绝。梁晓声指出：刘勰的："文变染乎世情，兴废系乎时序。"是说文学随着时代的推移和世情的演变，都会在内容和形式上发生一定的变化，并打上这个时代的烙印。实际上，文艺的整体形态是这样，文艺的个人表现大概也会是这样。文情染乎世情——若只有技的展现，只有娱的满足，只有利的追求，其"染"便是一句空话，甚至可能走向反面。白烨在《文艺要以反映时代精神为使命》的文章里指出：文学属于一定的时代，一部中国文学史实际上也是中国社会历史演进的文字记录。中国当代文学发展演进的近70年，也充分证明文学的发展变化，与一定的社会状况内在牵连，其起伏的情形与时代的发展密切相关。他还认为：改革开放以来的文学艺术，总的来说，是与时代同频，与现实同行的。但仔细检视起来，真正以改革开放的壮阔历程和由此引发的人民精神巨变为表现对象的小说写作，尤其是长篇小说力作，数量既不很多，质量也明显不高。摆在作家艺术家面前的，确实有一个亟待解决的问题，那就是如何"努力创作同我们这个文明古国，我们这个蓬勃发展的国家相匹配的优秀作品"。

在文化自信的话题上，文学家们从不同的角度，论说其内涵，解读其意义。铁凝在《坚定文化自信，攀登文艺高峰》的文章中说：雄浑充沛的文化自信，这是我聆听习近平总书记在中国文联十大、中国作协九大开幕式上的重要讲话时的强烈感受。这是对中华文化发自肺腑的热爱，对中国社会主义文艺方向与道路的深思熟虑和坚定选择，对广大文艺工作者的高度尊重与殷切期待。她特别指出：文化自信从根本上是价值观的自信，文艺创造是在价值观指引下的创造。张江在《坚定文化自信》的文章里指出：习近平总书记在讲话中，深刻阐述文化自信是更基础、更广泛、更深厚的自信，是更基本、更深沉、更持久的力量，把我们党对社会主义文艺发展规律的认识提升到新的境界。我们要从全局和战略高度，深刻认识坚定文化自信的重大意义，坚守文化理想、强化文化担当，努力筑就中华民族伟大复兴时代的文艺高峰。文章从坚定文化自信是推动我国文艺繁荣发展的重要前提、坚定文化自信的底气源于中华文明、坚定文化自信必须始终坚持以人民为中心、坚定文化自信必须大力弘扬中国精神、勇于创新创造是坚定文化自信的必然要求等五个方面，具体论述了文化自信应有的基本要义与主要内涵。

董学文在《文化自信：增强精神力量的源泉》的文章里，谈到了提出文化自信的深意所在。他指出：其一，习总书记把"文化自信"放到"面向未来，面对挑战""不忘初心、继续前进"必须坚守的思想制高点来加以重视和强调，而且把"文化自信"放在了与

"道路自信、理论自信、制度自信"同等重要的位置，充分看到"文化自信"对推动社会历史进步的巨大作用。其二，习总书记对"文化自信"中的"文化"概念内涵，实际上作了明确的区分和界定。这种可以"自信"的文化，一是指"在5000多年文明发展中孕育的中华优秀传统文化"；二是指"在党和人民伟大斗争中孕育的革命文化"；三是指"社会主义先进文化"。其三，习总书记对坚定"文化自信"理由的阐释，有理有据，让人感到了充分的说服力。因为这样的文化"积淀着中华民族最深厚的精神追求，代表着中华民族独特的精神标识"。其四，习总书记对"文化自信"特点的把握，凸显了"文化自信"的极端重要性。

刘醒龙在《自信如青铜重器》的文章里，谈到了高度的文化自信，需要对博大精深的中华文化有深刻的理解，指出：文化自信不能仅仅仰仗往日的辉煌，文化自信与深入生活、扎根人民有着深刻而强大的逻辑关系。21世纪的中国，在十几亿人民的勤奋努力下，出现数百年来罕有的巨变，民族复兴的梦想距离真正实现已近在咫尺。现实生活中但凡对国家建设成就妄自菲薄的，其根源就在于习惯不愿承担责任的浮华，将道听途说、捕风捉影的传言当作事物的真相，甚至误以为发现了真理。

吉狄马加在《坚定文化自信，抒写中华民族新的伟大史诗》的文章中，着意体现了一个民族作家的特有角度，他认为：习近平总书记在讲话中指出，中华文化独一无二的理念、智慧、气度、神韵，增添了中国人民和中华民族内心深处的自信和自豪。对此，我们深刻地认识到，独一无二的中华文化版图，正是由56个民族共同构成的；源远流长的中华文脉，正是由56个民族的人民同心合力、缔造延续的；博大精深的中华文明，正是由多元、缤纷、不同特质的56个民族文化相互融合、彼此促进而形成的。富有包容性、创造性的中华文化，是我国56个民族作家们取之不尽、用之不竭的创作源泉，是生长在中华大地上各民族作家的宝贵精神财富。我们应该自信而自豪地弘扬优秀传统文化，对本民族的优秀文化传统要心存敬畏之情和历史自豪感，要给予自己的民族文化以充分的自信。特别是在今天全球化的背景下，国家间围绕文化影响力而展开的竞争日趋激烈。

二　建设理论批评的原创命题

习近平在讲话中强调了文艺工作要有创新性："当代中国正经历着我国历史上最为广泛而深刻的社会变革，也正在进行着人类历史上最为宏大而独特的实践创新。这种伟大实践必将给文化创新创造提供强大动力和广阔空间。"① 响应习近平的号召，中国理论批评界始终坚持对原创命题进行发掘与探讨。张江、王杰、丁国旗、段吉方、高建平等人围绕这一话题，提出"建设文艺研究的中国话语"的初步看法②。

发掘中国理论批评的原创命题，准备工作是首先开启对西方文论及当下文学理论批评状况的反思。张江在《理论中心论——从没有文学的文学理论说起》③ 中进一步指出，西方文艺理论思潮及流派变迁的后果，是形成一套"没有文学的文学理论"。具体展现在：一是放弃对象。文学理论不讨论文学，而是讨论自身，骨干线索远离文学。二是关系错位。文学理论和文学的关系发生颠倒，在具体批评中，立足理论现成的一套框架，而非文学自身的文本事实来形成判断。三是消解对象。文学理论将"文学"进行消解，生成符合自证需要的空洞的对象。尽管后现代主义、解构主义试图脱离笛卡儿以降

---

① 习近平：《在中国文联十大、中国作协九大开幕式上的讲话》，2016 年 11 月 30 日。引自新华网：http://news.xinhuanet.com/politics/2016–11/30/c_1120025319.htm。

② 张江、王杰、丁国旗、段吉方、高建平：《建设文艺研究的中国话语》，《人民日报》（文艺评论）2016 年 1 月 8 日，第 024 版。

③ 张江：《理论中心论——从没有文学的文学理论说起》，《文学评论》2016 年第 5 期。

的西方理性中心主义，却重蹈了黑格尔的老路，将理性（理论）凌驾于现实之上。最终，文学理论的中心词，不是"文学"，而是"理论"。为了避免这种"理论中心论"所造成的"强制阐释"，中国文学理论从业者应当处理好三个方面的问题：一是自在与自觉；二是边缘与中心；三是溯及既往。完成必要的理论清场，中国文学理论批评开始了对原创命题的探索。

1."回到文学本体"讨论的开展

建设中国自身的原创理论命题、摆脱西方"没有文学的文学理论"的桎梏，势必涉及对基本观念的重新定义。首要的就是重新设想"文学"。《文艺报》组织了何平主持的"回到文学本体"笔谈，对这一自"人文精神讨论"以来就开启却并未有效展开的话题进行探讨。南帆在《博弈场中的文学视角》①为讨论打开了不同于80年代、90年代的空间：其实没有一个真空状态的纯净化的"文学本体"或"文学"，每一种话语类型都会预设自己的"文学本体"，因此，我们提出"回到文学本体"就是对各种话语类型进行比较，最终还原到以活体存在于"关系"网络的"文学"。"回到"这一标题，具有了清理和再出发的创新意味。周新民的《存在之由与变迁之故》②清理了"回到文学本体"作为源自80年代的历史根源和从工具论、本体论到价值论的变迁轨迹，提出应当重视"讲好中国故事"的理论倡导。刘大先的《当代小说的赋形问题》③提出文学即为世界赋形。文学告知我们世界的应然状态，提供对世界的整体性和历史性的观照。"纯文学"对赋形的焦虑，说明了这种沦为类型化的文学正遭遇困境；而过去认为不严肃的类型文学（比如科幻文学）正试图担当对世界进行"赋形"的职责。对此，我们应当打破"雅俗"文学

---

① 《文艺报》2016年5月25日，第003版。
② 《文艺报》2016年6月20日，第003版。
③ 《文艺报》2016年6月27日，第002版。

之分的历史定义。许诗焱的《翻译中的"文本批评"》[1] 提出，"翻译"也可视为一种围绕文学本体的文学批评。"文学批评"包含阅读对象到形成审美感知、价值判断，再以一定的修辞、语体、形式组织文字。翻译包含着丰富的文学批评"细节"。译者在原文本的选择、译文文本的生成、译本的传播与接受等环节中进行的工作，就是文本批评。汪政的《文学，让我们"文学"地对待》[2] 重提以文学的方式来谈论文学，寻求文学研究与批评的多样化、科学化与内外研究的相对平衡。项静的《必须言说之事会创造自己的形式》[3] 提出：写作者、现实、形式和语言等在我们每一个写作者流动不居的当下此刻是什么？文学能不能想象和重建一个秩序感的新世界？无论作家还是批评家，都需要创造"自己的形式"。

刘琼的《回到本体批评抑或本本批评》[4]、樊星的《重返文学史现场：关于作家的"双面人"现象》[5]、陈晓明的《用十年重建文本细读的批评方法》[6]、赵德鸿的《新时期文学本体论的思考》[7] 等，都从各自角度为"文学本体"的基本命题提供了思考。

2."中国故事"话题的再延续

"中国故事"是近年中国文学理论批评提出的又一原创话语。所谓"中国故事"，是指凝聚中国人共同经验与情感的故事。中国故事话语的提出，可以看出理论批评界试图走出近代"启蒙与救亡"主题、五四新文学传统，超越80年代"个人叙事""日常生活""私人生活"等思想/文学视野的思考过程。与"回到文学本体"一样，围

---

① 《文艺报》2016 年 8 月 19 日，第 003 版。
② 《文艺报》2016 年 6 月 6 日，第 002 版。
③ 《文艺报》2016 年 9 月 2 日，第 002 版。
④ 《文艺报》2016 年 7 月 18 日，第 002 版。
⑤ 《文艺报》2016 年 8 月 1 日，第 002 版。
⑥ 《文艺报》2016 年 9 月 9 日，第 002 版。
⑦ 《文艺报》2016 年 10 月 10 日，第 002 版。

绕"中国故事"的探讨，凝缩了中国理论批评家对于当代中国的社会、历史、主体精神结构的思考轨迹。

陈晓明在《如何讲述当代中国大故事》① 中提出，中国文学擅长讲述大故事，这些作品往往有着大的历史时间跨度、宽阔的社会背景和地域背景、剧烈的矛盾冲突以及强大的悲剧感。"当代中国大故事"就是能表现中国当代社会深刻变化及其艰巨性、复杂性；能塑造出走在时代前列的人物形象；能表现出当今中国人丰富复杂的精神世界；能在现实境遇中看到未来希望和光芒的故事。要讲好当代中国大故事，则要探求当代性，展现多样性，寻求引领性，善于以小见大，讲述追求创新性。谢有顺在《如何完成中国故事的精神》② 中强调打开中国故事的"精神层面"：好的小说，不仅要写人世，还要写人世里有天道，有高远的心灵，有渴望实现的希望和梦想。那些能在废墟中将溃败的人性重新建立起来的写作，才是有灵魂的、值得敬重的写作。要讲好中国故事，必须看到这一精神大势的变化，也唯有如此，在中国故事中所创造的中国形象，才是健全的、成熟的、真正有中国气派的。张屏瑾在《当代文学中的当代历史与"中国故事"》③ 中强调历史观的维度。在她看来，当今中国并不缺讲故事的人，缺乏的是具有历史观的故事。叶子在《曾经的中国故事》④ 中，强调了传播"中国故事"时的国际视野和与西方版"中国故事"进行博弈的历史经验。方岩在《全媒时代的身份识别："中国故事"与当代文学史重述》⑤ 中，将"中国故事"命题引入文学史研究，提出了作为当下中国故事历史起点的"改革文学"。

---

① 《人民日报》2016 年 1 月 12 日，第 023 版。
② 《人民日报》2016 年 2 月 19 日，第 024 版。
③ 《文艺报》2016 年 9 月 19 日，第 007 版。
④ 《文艺报》2016 年 9 月 19 日，第 007 版。
⑤ 《文艺报》2016 年 1 月 22 日，第 006 版。

这一命题在当下长篇小说研究中引起回响。白烨在《精彩的中国故事　动人的中国旋律——从长篇小说创作看二〇一六年文学概貌》① 中指出，作家既高度重视紧贴时代的深层变异，感应生活的脉动，以使作品更接地气，更具生命力，又密切注意切合广大读者的阅读口味，以使作品更有人气，更具辐射力。作家越来越重视以自己的方式讲述精彩的中国故事。当下的文学创作，也越来越在独特的中国故事中回荡着动人的中国旋律。贺绍俊同样将"中国故事"命题放置在对 2016 年中国长篇小说的审视中。他在《讲述中国故事且讲出深度》② 中认为中国故事和中国经验为当代长篇小说创作提供了最新鲜、最独特的养分。

《人民文学》和《南方文坛》在 2016 年 6 月 4 日召开"中国故事与青年写作——第四届青年作家批评家主题峰会"，组织青年批评力量对这一话题进行讨论。张燕玲认为，一个民族的历史、精神、形象是由这个民族的写作者讲述和表现的，这种讲述与表现在当下新的现实境况和时空背景下，变得更加复杂。复杂性对作家想象力的挑战，倒逼我们直面这个时代，深入世道人心，在更高层次上去直面世界，继承中国文学的传统，借鉴国外的写作经验，用艺术的方式讲述出新一代人的中国故事。黄德海、金赫楠、马兵、李云雷、丛治辰、饶翔、徐刚、项静等也都对此发表了看法。③

三　围绕经典与热点作品的系统研究

2016 年，中国理论批评以理论和历史视野介入当代文学史和文

---

① 《光明日报》2016 年 12 月 27 日，第 005 版。
② 《人民日报》2016 年 11 月 29 日，第 015 版。
③ 《中国故事与青年写作——第四届青年作家批评家主题峰会纪要》，《南方文坛》2016 年第 5 期。

学现场，发掘和重评经典作家作品，跟进和聚焦当下创作实践，取得较大成果。

1. 柳青研究

习近平在2014年文艺工作座谈会上的讲话中强调，文艺创作要扎根人民、扎根生活，并特别举出了柳青深入农民群众，集中精力搞创作的例子。讲话之后，柳青研究重新成为热点。2016年恰逢柳青诞辰的一百周年，出现了一批纪念文章和研究论文。

"深入生活"作为研究柳青的重要视角，不仅仅是宣传口号，其背后勾连一整套可争辩的理论命题，例如作家主体、文学性、文学的实践性、社会主义现实主义、文学的政治性、作家写作立场、50~70年代文学体制、反思80年代"纯文学"、农业合作化经验等等。李星在《广大文艺工作者学习的榜样——读〈人民作家柳青〉》[1] 强调柳青创作"扎根生活"的情况。吴进的《"柳青现象"与"深入生活"》[2] 从文学体制入手，他认为柳青的"皇甫十四年"是当代文学"深入生活"无出其右的典范，但其意义不仅在于他的牺牲精神，更反映了20世纪中国文学生态的变化，即伴随着革命意识形态成为主流和当代文学体制的建立，"深入生活"成为作家带有时代特色的文学之路。李云雷强调"扎根"之举的艺术雄心，他在《柳青精神及其启示》[3] 中谈到，柳青参与的是数千年中国历史变化的一个重要节点，也是中国农民改变自身命运、重塑新的形象的历史性时刻。唯有"扎根"，我们可以看到时代最真切的变化和最深层的奥秘，《创业史》因此具有罕见的整体感和创造性。在这个意义上，柳青深入生活的动力，不是来自外部，而是来自内在的召唤和艺术创造的冲动。

---

① 《光明日报》2016年5月23日，第013版。

② 《中国文学批评》2016年第3期。

③ 《文艺报》2016年7月8日，第003版。

王干《柳青是一座桥梁》① 强调柳青勾连了赵树理和王汶石、路遥、陈忠实、贾平凹、张炜等乡土作家，另一方面创作了"正剧的农民形象"，这样的创作成就，背后就是如何成功处理"深入生活"的问题。贾平凹的《柳青文学道路的启示》② 同样暗示了"深入生活"的复杂性和难度。

贺绍俊《一座坚固的文化堡垒——对柳青〈创业史〉的一种理解方式》③ 把国际共产主义运动纳入视野，强调柳青的人民性和政治情怀。阎纲《柳青创造了两个奇迹》④ 强调柳青创作的人民性立场。徐军义《现实主义叙述话语的历史价值——〈在延安文艺座谈会上的讲话〉精神下的〈创业史〉》⑤ 强调《创业史》对延安讲话精神的实践。陈福民的《〈创业史〉的"史诗性"再议》⑥、杨辉《再"历史化"：〈创业史〉的评价问题——以洪子诚〈中国当代文学史〉为中心》⑦、罗蕾《文学陕军的现实主义开掘》⑧ 也都从不同角度围绕《创业史》展开讨论。

文学期刊方面，《小说评论》连续两期设下"柳青研究"专栏。首先发表周燕芬《20 世纪中国文学视野中的〈创业史〉研究》、韩伟《文学何为与柳青文学创作的启示》、胡小燕《论〈创业史〉的革命叙事与"陌生化"效果》、邱晓的《论〈创业史〉的原型结构》⑨ 一组文章；下一期发表段建军的《柳青的社会参与意识和生存探索

---

① 《文艺报》2016 年 7 月 8 日，第 002 版。
② 《文艺报》2016 年 7 月 8 日，第 002 版。
③ 《文艺报》2016 年 7 月 8 日，第 002 版。
④ 《文艺报》2016 年 7 月 8 日，第 003 版。
⑤ 《社会科学论坛》2016 年第 2 期。
⑥ 《文艺报》2016 年 7 月 8 日，第 003 版。
⑦ 《西北大学学报》（哲学社会科学版）2016 年第 1 期。
⑧ 《现代文学研究丛刊》2016 年第 3 期。
⑨ 《小说评论》2016 年第 2 期。

精神》和邢小利的《柳青晚年的读书与反思》①。

这一年柳青研究重点围绕"深入生活"的创作方式和文本《创业史》打开空间，但仍有较大研究潜力。邢小利《柳青晚年的读书与反思》、仵埂《乡村传统伦理与阶级意识的博弈——论柳青的中篇小说〈狠透铁〉》② 将研究视野拓展到《创业史》之外，对未来将柳青创作、生平作为整体去研究具有启发意义。另外值得一提的是，柳青之女刘可风的《柳青传》③、研究者邢小利的《柳青年谱》④ 和仵埂、邢小利、董颖夫主编的《柳青纪念文集》⑤《柳青研究文集》⑥相继出版。这批资料为未来研究提供了相对可靠且丰厚的材料。

2. 陈忠实研究

当代重要作家陈忠实于 2016 年 4 月 28 日逝世。伴随陈忠实逝世，一系列纪念文章和研究论文随即发表。例如雷达《〈白鹿原〉的经典相》⑦、白烨《他与〈白鹿原〉一起活着——悼念亦师亦友的陈忠实》⑧、张志忠《白鹿原上风搅雪，令人长忆陈忠实》⑨ 等等。

陈晓明《现实主义的完成》⑩ 从生逢其时的《白鹿原》、标举文化的价值、瘦硬雄奇的西北风格三个方面肯定了陈忠实对乡土中国的现实主义书写。梁鸿鹰在《陈忠实对当今的启示意义》⑪ 中，借陈忠实创作分析文学与人生、时代要求与作家志向的关系。李建军《〈白

---

① 《小说评论》2016 年第 3 期。
② 《西北大学学报》（哲学社会科学版）2016 年第 1 期。
③ 刘可风：《柳青传》，人民文学出版社，2016。
④ 邢小利：《柳青年谱》，人民文学出版社，2016。
⑤ 仵埂、邢小利、董颖夫编《柳青纪念文集》，西安出版社，2016。
⑥ 仵埂、邢小利、董颖夫编《柳青研究文集》，西安出版社，2016。
⑦ 《人民日报》2016 年 6 月 17 日，第 024 版。
⑧ 《文艺报》2016 年 5 月 4 日，第 002 版。
⑨ 《文艺报》2016 年 6 月 13 日，第 003 版。
⑩ 《文艺报》2016 年 5 月 6 日，第 002 版。
⑪ 《文艺报》2016 年 6 月 13 日，第 003 版。

鹿原〉的美学价值和艺术旨趣》① 对《白鹿原》高度评价：这是一部继往开来的现实主义巨著，深刻理解所叙写的历史与人；这是一部伦理现实主义作品，写出我们民族道德伦理中永远不灭的善；这是一座将人物置于中心位置的文学高峰，同时体现出作家智者与仁者的形象。李国平《伟大的作家都是思想家》② 强调陈忠实受到新文学传统的滋养。何平《探寻陈忠实的现实主义法度》③ 中肯定陈忠实对现实主义文学传统的反思和深化。他认为陈忠实的写作呼应了80年代现实主义理论反思，形成了可再生的文学原型和母题，而这种成功源于批判和反思的主体意识。何启治的《〈白鹿原〉是怎样诞生的》④ 一文，从编辑角度讲述这一文本发表经过。牟利锋《在陕西发现"历史"：陈忠实的意义》⑤ 突出了陈忠实对陕西地域文化、关学传统的发现。

以下文章从各自视角丰富了对陈忠实创作的讨论。房伟的《传统的发明与现代性焦虑——重读〈白鹿原〉》⑥ 指出《白鹿原》的思想局限。这部20世纪90年代以"儒学复兴"为背景的标志性作品对儒家化宗法文化的弘扬，恰是在"文化复兴的现代中国"的新民族国家叙事下的一种"传统的发明"。但我们只看到一次悲壮艰难的"突围表演"。不能在真正的现代意义下清醒理性而又充满悲悯地认识"革命叙事"与"现代历史"，不能形成真正现代的"人性价值观"，也就无从真正地实现"传统的发明"。陈黎明的《经典的生成与衍化——〈白鹿原〉接受史考察》⑦ 对经典文本的形成路径做了梳

---

① 《人民日报》2016年11月8日，第014版。
② 《文艺报》2016年6月13日，第003版。
③ 《人民日报》2016年7月15日，第024版。
④ 《文艺报》2016年6月13日，第002版。
⑤ 《艺术评论》2016年第6期。
⑥ 《天津社会科学》2016年第4期。
⑦ 《甘肃社会科学》2016年第5期。

理。一方面，陈忠实严谨的创作态度和强烈的经典意识决定了《白鹿原》经典性的内在与原初素质；另一方面，在最初的接受过程中也出现了多重话语的冲撞与交锋。《白鹿原》的经典化，有赖于接受过程中的获奖和研讨会，普通读者、专业研究者和文学史认可以及跨文化与跨语言的传播与接受等几个基本路径。崔明路的《〈白鹿原〉的女性迷思》[①] 通过描述女性迷思，将《白鹿原》视为一部充满原力的民间神话。宋海婷、陈思广的《〈白鹿原〉研究二十二年（1993～2015）述评》[②] 对《白鹿原》研究的成就及局限做了梳理。

3. 当下作品的跟踪研讨

文学批评很大程度上的工作，就是对当下作品做初步筛选，以备后来者做进一步的文学史研究。2016 年批评界及时跟进重点长篇作品，围绕贾平凹《极花》、王安忆《匿名》、东西《篡改的命》、迟子建《群山之巅》、格非《望春风》、吴亮《朝霞》、李庆西《大风歌》、袁劲梅《疯狂的榛子》、陈谦《无穷镜》、梁鸿《神圣家族》、张悦然《茧》等形成了一定规模的评论与研讨。

《文学评论》杂志不定期推出"新作批评"栏目，在 2016 年对艾伟、王安忆、吴亮、徐则臣、贾平凹近作进行跟踪。《中国文学批评》的"当代作家聚焦"专栏，对于关仁山《日头》和王安忆《匿名》各设专辑。《小说评论》杂志对东西《篡改的命》、迟子建《群山之巅》、格非《望春风》、贾平凹《极花》都设了专辑，并以"小说家档案"形式关注邱华栋、张楚、蒋韵、雪漠等中生代和"70 后"作家的创作。《当代作家评论》则设贾平凹《极花》和孙惠芬《后上塘书》的评论专辑以及东西《篡改的命》、格非《望春风》、叶炜"乡土中国三部曲"、次仁罗布《祭语风中》的评论小辑。在《南方

---

① 《小说评论》2016 年第 6 期。
② 《学术论坛》2016 年第 12 期。

文坛》杂志，陈谦《无穷镜》、梁鸿《神圣的家族》、袁劲梅《疯狂的榛子》受到了格外关注。

具体作品方面，贾平凹的《极花》曾经引起较大讨论和反响。何平在《中国最后的农村——〈极花〉论》[1] 高度肯定作品的价值：作品反映地方传统文化和权威如何削弱和瓦解、乡村基层格局和配置如何变化、农村知识青年如何遭受现实与精神挤压、善良怯懦的底层如何成为施暴者和看客、最终缺少精神和信仰看护的中国农村如何成为涣散之乡并难怯暴力。与之相对，在《警惕"男才女貌"的叙事之"窑"——关于〈极花〉的意象、女性形象及现实意义的讨论》[2]，申霞艳等人提取贾平凹小说的传统意象，指出贾平凹对传统的迷恋、对"男才女貌"叙事模式的依赖，削弱了现实问题的沉痛度。王春林《乡村书写与艺术的反转——关于贾平凹长篇小说〈极花〉》[3]，强调小说结尾是开放性的，具有先锋实验色彩。这种结尾反映了主人公胡蝶（作家贾平凹）对圪梁村的矛盾心理。王晴飞在《把两件事说成了一件事——读贾平凹长篇小说〈极花〉》[4] 中认为：《极花》引起争议的原因，在于把两件事说成了一件事。《极花》有两个交织在一起的主题，一是作为情节主线的被拐卖妇女胡蝶的命运问题，一是作为其原因和背景的黑亮等乡村男性的日常生活和婚姻问题。作者在二者之间建立了一个等级关系，使前者的重要性低于后者。小说叙事的扞格，体现的是思维的混乱和作者视女性为物品的男性中心主义观念，他对一个虚幻的乡村共同体的维护，也体现出对乡村和农民采风所采取的度假式的赏玩目光。吴义勤在《贾平凹与

---

① 《文学评论》2016 年第 3 期。
② 《创作与评论》2016 年第 8 期。
③ 《小说评论》2016 年第 4 期。
④ 《名作欣赏》2016 年第 7 期。

〈极花〉》①中进行了一定的辩护。读者对贾平凹往往既夸张肯定又尖锐批评，这背后有对真实性的幻觉、禁忌思维的原因。理解《极花》则应从坚硬与柔软、简单与丰富、现实与文学的对照关系出发，将小说超越现实、不受现实标准拘束的面向首先纳入考量。

格非在"江南三部曲"获得茅盾文学奖之后立即出版《望春风》，也得到广泛关注。徐勇的《先锋尽处是温柔——论格非的〈望春风〉及其文学转型》②、项静《时间索引与折返之光——格非〈望春风〉》③、林培源《重塑"讲故事"的传统——论格非长篇小说〈望春风〉的叙事》④、韩松刚《桃花依旧笑春风——从〈望春风〉等看格非长篇小说创作的局限》⑤等论文都各有亮点。

杨庆祥《罪与爱与一切历史的幽灵又重现了——由张悦然的〈茧〉再谈80后一代》⑥、徐刚《从张悦然〈茧〉看"80后"长篇小说的历史叙事》⑦、祁春风《爱欲的衰败与"八〇后"的成长——张悦然论》⑧、项静《秘密先于感情存在：张悦然〈茧〉》⑨从张悦然的《茧》谈开，触及"80后"写作风格与转向问题，也值得注意。

四　紧贴现实、引领社会的批评实践

不可否认，文学批评具有社会实践的性质。批评家主体借助一定的专门知识，围绕文本对世界发表见解，建立与读者对话关系，最终

① 《华中科技大学学报》2016 年第 6 期。
② 《南方文坛》2016 年第 5 期。
③ 《上海文化》2016 年第 11 期。
④ 《当代作家评论》2016 年第 11 期。
⑤ 《名作欣赏》2016 年第 12 期。
⑥ 《南方文坛》2016 年第 5 期。
⑦ 《文艺报》2016 年 12 月 30 日，第 008 版。
⑧ 《当代作家评论》2016 年第 1 期。
⑨ 《上海文化》2016 年第 5 期。

潜移默化地形塑读者的主体精神。这就要求文学批评不受限于专业学科或精英主义的壁垒，将对象边界拓展到与人们日常生活紧密相关的文学类型之中，才能更好地完成社会实践赋予其的责任。2016 年文学理论批评，与社会现实紧密勾连，在如下方面成果斐然。

1. 非虚构文学

近年来，非虚构创作和研究蔚然成风，这一方面可看作 80 年代以来的"纯文学"传统遭遇危机的症候性表达；另一方面可以看做作家和批评家对中国现实发声、引领社会的主观要求。2016 年理论批评界的研讨进入了较深层次，对其概念、现实动机、文学传统、政治性及局限性都进行了冷静的审视与自省。

刘琼在《从非虚构写作勃发看文学的漫溢》[①] 中说到，非虚构写作围绕"真实"这一核心观念，表面上是文学边界的打开、文学的漫溢，但她更愿意将非虚构视为文学中现实主义态度的回归。洪治纲在《论非虚构写作》[②] 中认为，"非虚构"以鲜明的介入性姿态，直面现实和还原历史，呈现创作主体的在场性、亲历性和反思性，这种重建真实的写作伦理，既质询了仿真文化，又冲击了文坛现状，突破了文学内在的规定性。但他也从限制创作主体的艺术想象力、叙事资源的利用、艺术性偏弱三个方面，指出了现存非虚构写作的限度。孙桂荣《非虚构写作的文体边界与价值隐忧——从阿列克谢耶维奇获"诺奖"谈起》[③] 强调，非虚构在以文学笔法报道事实的同时必须承受"跨界"的代价：倘若只以记述事实为依据，就无法像历史与新闻那样明确和清晰；而以感人程度论，则又因受制于自身的文体限制而难以放飞想象的翅膀。因此，非虚构写作所拥有的似乎永远都是与社会、政治、经济、历史等领域相联系的交叉、边缘身份。孟庆澍在

---

① 《文艺报》2016 年 3 月 14 日，第 003 版。
② 《文学评论》2016 年第 3 期。
③ 《文艺研究》2016 年第 6 期。

《非虚构写作的几个理论问题——以 70 后作家为素材的札记》①中，对非虚构写作的分析进入了实际文本层面。他认为，文本内部非虚构与虚构之间的关系是政治性的，而对于叙事者"我"亦不应赋予绝对的权威。项静在《村庄里的中国：城乡二元结构中的"返乡"文学——以近年人文学者的非虚构写作为例》②中，以黄灯的《一个农村儿媳妇眼中的乡村图景》，王磊光的《一位博士生的返乡笔记》，以及梁鸿的《中国在梁庄》《出梁庄记》等文本为例，探讨返乡观察、返乡日记的非虚构写作形式。返乡文学是知识分子反哺乡村、介入现实的重要实践。尽管作家焦虑地表达"农村的未来在哪里""城市如何回馈乡村"的关怀，却也不可避免地陷入了"农村凋敝"叙事与当下现实状况、个人局部经验与普遍性结论、观察者与观察对象之间的错位。更进一步说，这种叙述相比于 90 年代以后的社会学调查（如温铁军《三农问题：世纪末的反思》、贺雪峰《新乡土中国》或吴飞《浮生取义》）一方面更具有文学感染力，另一方面又更具简单性和明确性，在经过媒体放大，是否会固化成一种理解城市－农村关系的结构性方式？

　　2016 年 1 月 27 日，中国艺术研究院马克思主义文艺理论研究所举办的主题为"重建文学的社会属性——'非虚构'与我们的时代"，对非虚构写作的缘起、背后的文学传统、发展状况、写作限度以及学界关于非虚构的各种观点进行了较为全面的梳理。李云雷在发言中强调，非虚构让我们得以重新反思"文学性"的概念，但也要看到当下非虚构缺乏宏大视野的局限。鲁太光进一步把"非虚构"缺乏宏大视野、越发琐细、活力衰退的问题，归纳为其在"现实性"方面的不足。刘大先提出，应当注意分析"真实性"争夺背后的话

---

①《山东青年政治学院学报》2016 年第 2 期。
②《南方文坛》2016 年第 4 期。

语政治和非虚构写作的伦理限度①。

除了理论层面的梳理辨析，对"非虚构文学"的探讨亦在具体文本层面扎实展开。王晖的《纪实文学的非虚构叙事及其主体诉求——以"故宫三部曲"为例》②、王春林的《"七〇后"长篇小说与非虚构》③、傅强的《在历史的还原中反诘与叩问现实——非虚构长篇〈一颗子弹与一部红色经典〉的思想精神建构》④、陈文斌的《双区隔理论解读"非虚构小说"的文本特征——以阿来〈瞻对〉为例》⑤、由婧涵的《梁鸿非虚构写作的乡土关怀》⑥、王向荣《回归诗性与真实性的非虚构书写——以张郎郎的作品为例》⑦ 等均将"非虚构"理论问题的辨析落实到文本细部。

2. 科幻文学

科幻文学曾经受到轻视，甚至被误置于儿童文学的分类之下。近二十年来，随着刘慈欣、韩松、王晋康的不懈耕耘，郝景芳、飞氘、夏笳、宝树等年轻作家大批崛起，中国科幻创作实绩有了巨大改观。自 2015 年刘慈欣《三体》获雨果奖，科幻文学"破壁"成功，已成为研究热点。加之 2016 年郝景芳《北京折叠》再获雨果奖，理论批评界对科幻文学给予了更高的关注度。

《文艺理论研究》组织"科幻小说研究"专栏⑧，刊登王峰的《〈三体〉与指向未来的欲望》、曾军的《〈三体〉的"Singularities"或科幻全球化时代的中国逻辑》、陈颀的《文明冲突与文化自觉——

---

① 李松睿等：《重建文学的社会属性——"非虚构"与我们的时代》，《文艺理论与批评》2016 年第 4 期。
② 《江苏社会科学》2016 年第 5 期。
③ 《长城》2016 年第 4 期。
④ 《光明日报》2016 年 4 月 6 日，第 011 版。
⑤ 《当代文坛》2016 年第 3 期。
⑥ 《文艺评论》2016 年第 3 期。
⑦ 《文艺评论》2016 年第 3 期。
⑧ 《文艺理论研究》2016 年第 1 期。

〈三体〉的科幻与现实》、苗思萌的《未完成的主体——〈仿生人会梦见电子羊吗?〉中的移情与主体建构问题》、陈丹的《乌托邦想象的解构:索拉里斯星寓言及其他》。这几篇文章多从中外科幻作家及经典文本出发,开拓出乌托邦、奇异性(singularity)、文明冲突论、主体理论、反人类中心主义等理论视域。《现代中文学刊》① 围绕作家刘慈欣组织研究专栏,刊发罗雅琳《新颖的刘慈欣文学:科幻与第三世界经验》、章颜《紧贴"地面"的"史诗性写作"——试论刘慈欣的科幻文学观》和王瑶的《铁笼、破壁与希望的维度——试论刘慈欣科幻创作的"惊奇感美学"》。身兼写作者和研究者双重身份的王瑶(夏笳)从刘慈欣创作的"新奇感"美学入手,探究背后不断突破"常识""常人"的高强度精神追求和超越当下现实的政治意味。《南方文坛》以"批评论坛:当下的科幻文学"栏目② 推出吴岩《神秘的金属钠》、任冬梅《从科幻现实主义角度解读〈北京折叠〉》、贾立元《"爱"在"末日"开花——梁启超与〈世界末日记〉》和姜振宇《现代性与科幻小说的两个传统》。吴岩在文章中借"金属钠事件"梳理,从钱学森谈话到科普界对科幻小说的两个定位(精神污染、政治偏离),不仅从理论上提取"科学 vs. 幻想"的内在悖论,更帮助读者回到了科幻小说自 1976 年勃兴到 1980 年代受挫的历史现场。 《探索与争鸣》同期发表③ 王德威《史统散,科幻兴——中国科幻小说的兴起、勃发与未来》和黄鸣奋《当代科幻创意中的伦理问题》。其中,王德威回顾了晚清以降中国科幻文学的兴起发展过程,将科幻小说纳入乌托邦、恶托邦、异托邦的三重理论构架,提出作为科幻小说最大贡献的"幽暗意识"的观点。《读书》杂

---

① 《现代中文学刊》2016 年第 5 期。
② 《南方文坛》2016 年第 6 期。
③ 《探索与争鸣》2016 年第 8 期。

志刊登"刘慈欣与科幻文学"笔谈①，其中霍伟岸的《〈三体〉中的政治哲学》援引施密特、霍布斯、休谟等人探讨小说中的道德、自然状态、平等、自由等政治学命题，王洪喆的《冷战的孩子》②透视小说背后的"冷战"背景。《文艺理论与批评》也有邵燕君、吴岩、赵柔柔、林品等人相关笔谈刊发③。

在规模讨论之外，王峰在《科幻叙事的乌托邦能量》④中，从跨越性想象、隐喻性关系、小对体（奇点）三个方面论述科幻叙事的乌托邦能量。这或可视为对科幻文学的乌托邦属性的较全面、较精准的把握。李欧梵和桥本悟的论文《从一本小说看世界：〈梦游二十一世纪〉的意义》⑤，从19世纪末荷兰科幻小说《AD 2065》及其中日译本来比较研究中日两国知识分子的不同接受，以作为一个"跨文化"翻译研究的案例。论文从该书的英译本和杨德森的中译本，对原作知识内涵进行文化史定位，确认其启蒙式"欧洲本位"的现代性意图，然后进入中日译文的比较，并将之置于两国不同的历史脉络：晚清的改良运动和日本的"兰学"传统之中。陈舒劼《想像的折叠与界限》⑥整体概括了90年代以来的中国科幻小说状况。在刘慈欣这一代表作家之外，王侃瑜的《"无类型"文学创作的追求》⑦和汤哲生《王晋康的科幻思维及"核心科幻"论——以〈逃出母宇宙〉为中心》⑧还分别关注王晋康、郝景芳的创作情况。刘媛《论中国网络科幻文学》将视野进一步拓展到以网络形态存在的科幻小说，如我吃西红柿的《吞噬星空》、猫腻的《间客》和zhttty的《大宇宙

---

① 《读书》2016年第3期。

② 《读书》2016年第7期。

③ 林品等：《中国科幻文艺的现状与前景》，《文艺理论与批评》2016年第2期。

④ 《南京社会科学》2016年第4期。

⑤ 《济南大学学报》（社会科学版）2016年第3期。

⑥ 《文艺研究》2016年第4期。

⑦ 《文艺报》2016年9月19日，第002版。

⑧ 《苏州教育学院学报》2016年第1期。

时代》、天下飘火的《黑暗血时代》等。

3. 儿童文学

2016 年儿童文学研究、批评的走势，与 2016 年 4 月 4 日作家曹文轩荣获国际安徒生奖的事件紧密相关。曹文轩的获奖提升了儿童文学作家、理论批评界的文化自信，说明中国文学已经成为世界读者阅读的一个不可或缺的选择，中国当代作家作品已是世界文学现实"构成"的一个关键部分。陈晓明在《曹文轩的肯定性美学》[①] 中认为，我们文学追求的深度和力度就主要依靠批判性，依靠对历史之恶和人性之恶的揭示来建立。曹文轩却独树一帜，他的可贵之处是敢于正面积极地肯定，肯定美、肯定善。贺绍俊的《曹文轩的文化姿态》[②] 提出曹文轩的三重文化姿态，即守成、自信和自觉。张颐武的《中国文学的"全球能见度"》[③] 指出了曹文轩的创作的"同""异""通"三个方面。徐妍在《曹文轩：逆流而上顺其自然》[④] 一文从古典主义美学、非典型儿童文学和审美主义的启蒙儿童观三个方面，较为深入系统地论述了曹文轩儿童文学创作的特征。

围绕曹文轩获奖形成的热潮，学术期刊迅速跟进。《现代文学研究丛刊》组织"曹文轩研究"专栏[⑤]，刊发王泉根、崔庆蕾、李东华、刘婧婧的文章。其中王泉根在《"曹文轩模式"与中西儿童文学两种形态》中认为，曹文轩儿童文学"模式"是一种现实型构架与幻想型元素、现实主义精神与浪漫主义情怀的有机融合。李东华《论曹文轩的文学选择——以〈草房子〉〈青铜葵花〉〈蜻蜓眼〉为

---

① 《人民日报》2016 年 5 月 6 日，第 024 版。
② 《文艺报》2016 年 4 月 15 日，第 002 版。
③ 《文艺报》2016 年 4 月 18 日，第 002 版。
④ 《文艺报》2016 年 4 月 11 日，第 002 版。
⑤ 《现代文学研究丛刊》2016 年第 9 期。

例》围绕曹文轩的长篇新作《蜻蜓眼》展开论述，认为曹文轩以悲悯情怀和优雅格调，把"向善""向美"作为向人类生存困境突围的根本路径——这种文学选择既是对当下某种创作倾向的反拨与抵抗，也是内在美学追求的必然归宿。《当代作家评论》推出曹文轩研究专辑①，收录朱自强、钱淑英、赵霞、王泉根相关文章。其中朱自强《"儿童"作为一种方法——论曹文轩儿童小说的特质》指出，正是将儿童作为小说创作的方法这一特质，使曹文轩成为中国大陆儿童文学作家中独特的"这一个"。作家通过抒写"儿童"，表达着作为成人的自我。《艺术评论》的"聚焦"栏目②，也刊登了蔡郁婉、雷雯、王利娟、孙海燕的一组文章。

对儿童文学创作现状、基础理论和文学史的研究也在展开。王泉根《现实主义：百年中国儿童文学的发展主潮》③、谭旭东《西方儿童文学理论谫议》④、张雨童《共和国初期对"苏联儿童红色经典"的改写》⑤、张梅《从"儿童的发现"到"童年的消逝"——关于"儿童"的概念及其相关问题的考察》⑥、周银银《病残儿童视角与新世纪介入"中国现实"的长篇小说》⑦、蔡洁《国难下的启蒙："儿童年"与儿童教育（1935～1936）》⑧ 等文章值得注意。《文艺争鸣》特别推出"儿童文学研究专辑"⑨，刊发朱利民《严既澄与现代儿童文学——基于1921年文学活动的考察》、胡丽娜《〈妇女杂志〉与中国现代儿童文学》、吴翔宇《儿童镜像与鲁迅"新人想象"的话语实

---

① 《当代作家评论》2016 年第 3 期。
② 《艺术评论》2016 年第 9 期。
③ 《河南社会科学》2016 年第 6 期。
④ 《文艺评论》2016 年第 4 期。
⑤ 《现代文学研究丛刊》2016 年第 12 期。
⑥ 《文艺争鸣》2016 年第 3 期。
⑦ 《文艺争鸣》2016 年第 3 期。
⑧ 《福州大学学报》（哲学社会科学版）2016 年第 2 期。
⑨ 《文艺争鸣》2016 年第 9 期。

践》、钱淑英《从梦的角度解读〈宝葫芦的秘密〉》、黄江苏《论汤汤童话中的现实关怀精神及其历史意义》、常立和严利颖《现代图画书的诞生与印刷术》，话题覆盖现代文学史经典作家、当代童书作者、文化研究等。

2016 年中国文学理论与批评成果斐然，除上文所述，如下话题值得留意。"先锋文学"作为对当下文坛影响巨大的思潮流派，对其重新认识、定义、清理和评价的行动，不仅关乎文学史的结论，也涉及对当下文学格局的判断。陈晓明的《先锋的隐匿、转化与更新——关于先锋文学 30 年的再思考》①，王晴飞的《先锋小说的常与变》②，张清华的《先锋的终结与幻化》③《关于先锋文学答问》④，李振的《我们庆幸先锋文学没被历史抹去》⑤，方岩的《作为历史遗产的先锋文学：局限与可能》⑥，贺仲明《先锋文学的余绪——一个被忽略和误读的文学群体》⑦、李建周《在非虚构写作弥漫的当下：延续先锋文学遗产》⑧、刘涛《先锋文学的发生、影响及在今天的副作用》⑨ 等文章从先锋派的起源经过、思想资源、历史遗产、转型更新、杂志阵地都做了有益探讨。张江在《人民日报》主持的"文学观象"栏目持续发酵，话题涉及现实主义、红色经典、魔幻叙事等重要专业论题。网络文学方面，邵燕君及其带领的北大中文系网络文学研究团队（薛静，王玉王、陈子丰、肖映萱、高寒凝等）也提供了较为扎实的研究成果。由于篇幅所限，仅仅管窥一斑。总之，在

---

① 《中国文学批评》2016 年第 2 期。
② 《中国文学批评》2016 年第 2 期。
③ 《文艺研究》2016 年第 4 期。
④ 《文艺争鸣》2016 年第 3 期。
⑤ 《文艺报》2016 年 2 月 29 日，第 009 版。
⑥ 《文艺报》2016 年 2 月 29 日，第 009 版。
⑦ 《文艺争鸣》2016 年第 3 期。
⑧ 《文汇报》2016 年 6 月 24 日，第 010 版。
⑨ 《文艺报》2016 年 2 月 29 日，第 010 版。

2016 年，中国理论批评界深刻领会习近平同志讲话精神，面对中国社会现实和文学版图快速裂变的局势，调整自身，时刻自省，敢于创新，对许多理论命题、现实问题和文学现象发出了自己审慎、理性而又坚定的声音。

（本章执笔　陈　思　中国社会科学院文学研究所助理研究员）

B.11
附录一　2016年度文学声音

王蒙：文艺不能单纯娱乐化

近年来，我们的文艺事业在各个方面都有了很大发展，包括满足各种不同层次的精神需要，以及文化服务的扩大与广大受众的参与。与此同时，也有一种现象令人担忧，就是好作品淹没在平庸、苍白、空心、浅薄以及炒作、消费化、单纯娱乐化的作品当中。

文学艺术当然有娱乐消费的功能，但它们更是一个时代一个民族的精神品质、精神瑰宝、精神能量的表现，它体现着也充实着、提升着受众的灵魂。我们应该有鲜明的、权威的、富有公信力的评论，这种评论能入情入理、立意高远、令人信服；它们应该告诉世人哪些文学作品是真正优秀的乃至杰出的。卖得最多的一定是好的吗？不一定。点击率和受到时人夸赞也不能一概而论。我们要有一套理论与价值标准，要有对于真正好作品的体贴与把握，热情与信心，要取法乎上，攀登精神生活的高峰，不能任由那些准广告式炒作式与跟风套话式的所谓评论大行其道。同时，还要告诉受众，有些作品其实不是最好的，但却是可以包容的；与此同时，评论家有权利也有义务指出：这些作品是有着相当令人遗憾的方面的，是可以讨论的，是可以提出与中国这样一个文明古国水准更加相称的要求与期待的。

传播在文艺推广方面的作用非常大，媒体不能带低俗这个头。现在传媒上有些说法是在跟着那些风格轻佻低下的"娱记"的风向走，接受了很多境外戛入的使严肃的文艺工作者相当反感的说法。尤其是电视节目里，许多都是计划好了的，到了某个地方，要让参与者和观众流泪。如果感情变成了兜售手段，怎么可能还有真诚的文艺呢？怎么可能还有真诚的眼泪呢？还有走光卖萌之类的，令人不齿。有的演员干脆在舞台上向观众要掌声，甚至以掌声能带来好运将观众的军，未免有失文艺的尊严与风度。我们的文艺不能浸泡在营销计谋、人云亦云与装腔作势的浑水里，传媒不能成为娱乐市场的附庸，不要与娱乐市场合谋，而要有一个正大光明、高尚庄重、对文学艺术与历史负责的态度，我们的传媒要去呼唤经典、呼唤真正的好的文艺作品。

现在外国人办一个奖，口气大、规格高、人气旺。法国的龚古尔奖、英国的布克奖、西班牙的塞万提斯奖，还有诺贝尔奖等等，这些评奖活动都有极高的规格。于是就有一些朋友、同行，把作品的评价寄托在国际奖项上，令人深思。党的十八大报告提出："建立国家荣誉制度，形成激发人才创造活力、具有国际竞争力的人才制度优势"。我们的文艺需要有国家主体的高端评奖，也要在条件成熟时举办世界性的至少是华文作品的评奖，形成我们自己在文艺方面的评价体系与全球影响力。说到底，这方面的推进有助于显现我们的理论自信与文化自信，有助于激发广大文艺工作者提高志向境界，激励创造力与精益求精精神，引导广大文艺工作者创作出更多无愧于时代的优秀作品。

（原载 5 月 11 日《人民日报》）

张炜：阅读不是"知道而已"

"我们应该尽可能回到遥远的过去，去享受那时候写作者曾经经历过的缓慢的写作。"近日，在山东教育出版社主办的《张炜文存》新书首发式上，山东省作家协会主席张炜，为到场读者带来了题为

"数字时代的文学阅读"专题讲座。在一个多小时的讲座中，张炜结合自己的阅读写作情况，用理性分析和文学语言呼吁读者回归纸质阅读。

看清数字时代的优势和缺陷

在数字时代，每个人都被数字内容所捆绑。一部智能手机，不仅占用了人们的阅读时间，还控制了很多其他的兴趣和时间。有些读书人对数字阅读非常排斥，张炜则认为没必要这样，任何事物都有两个方面。看清数字时代的优势和缺陷，个人的阅读生活才会有更好的计划、对策。

文学阅读能否被数字化、电子化？张炜认为，答案是肯定的。"我是特别痴迷、热爱新技术的人，是比较早用电脑写作和电子阅读器阅读的人。"但正因为数字阅读的时间很长，张炜越发感到它带来帮助的同时，也会带来一些负面影响。"我总觉得电子阅读器荧光屏过于冷漠，它缺少抚摩的温度，不能让我像对待纸质书那么亲近。"

网络表达的便捷，唤起了全民写作的巨大热情与空前的创造力。张炜认为，全民写作时代的到来，这是一个民族的幸福。但正因为大多数写作者不够专业，网络传播的便捷，使得个人创作变得轻易、即兴，甚至多少有点粗糙、廉价。"过去读到一本好书，我会忘记一切，沉浸其中，读上很久。数字时代的文字量巨大，太碎片化，让人有一种被包围和淹没的体会。"张炜说。

"知道而已"与"知道之上"有差异

"生活中有两种书，一种是知道就可以。文学阅读是另外一种，不是'知道而已'，是知道之上的那一部分，需要读者慢慢感悟，了解作者在写作中的内心波动。那种很微妙的感觉，如果体会不出来，你的阅读就没有幸福感。"张炜认为，如果文学阅读只是"知道而已"等于没有阅读。现在有个可悲的现象是，很多人忽略了"知道而已"和"知道之上"之间的差异。

网络上的海量文字，需要有很大胃口把它吞下去，你有这样的胃口吗？张炜向读者提出了这样的疑问。他认为，如果不停"吞食"网络上的内容，个人的阅读享受会大大降低。张炜提倡"狭义的阅读"——读经典作品。但大量"文字垃圾"在读者和经典之间，形成出一道很高很厚的墙。

"当那些快速形成的文字出现在我们面前时，我们会不自觉地认同这种表达方式，接受它的思想观点。"张炜分析说，数字阅读带来的威胁是它磨平了人们敏锐的思维能力，这是非常可怕的。人们生活在琐碎和快速的环境中，流向了低品质的阅读，没有精耕细作，没有等待、经营的耐心，变得浮躁。"这样一种生活，没有幸福可言。"张炜如是下结论。他向读者们提倡，尽可能回到遥远的过去，去享受写作者曾经经历过的缓慢写作，体会写作者曾经经历过的那种沉稳、个人、孤独和寂寞的思维状态。

回归纸质阅读和写作并不难

在数字时代回归纸质阅读和写作，对你来说困难吗？面对《中国新闻出版广电报》记者的提问，张炜的回答是："一点都不困难。一开始面临新技术出现，曾经心向往之，并且亲自实践、用电脑写作，在网上发表作品。但随着年龄增长、认识深入，我觉得纸质阅读与写作，能够取得更好的效果。"

张炜分享了自己写作时的"怪癖"。他把写字的笔分为3种——圆珠笔、签字笔和钢笔。"圆珠笔在纸上滚动很快，在有些文字需要速成的情况下，就用圆珠笔；当我觉得需要稍微郑重一点、用一点功夫，我一定选择签字笔；当我写长篇时，那些内容在我脑海中经营了10年、20年甚至更长时间，是一件非常郑重的事情，我一定把我攒

的最好的钢笔和墨水拿出来，正襟危坐，一笔一笔地写。"张炜说，钢笔写快了，会划破纸张。"工具和产品的质量是息息相关的。我一点儿也不想追求速度，想回到过去的、手工的、个人的写作。""作为写作者，我力求让自己回到那种相对保守、封闭的环境，去经营我个人的思想和艺术，阅读我也愿意如此。"张炜说，他永远相信，数字阅读不会替代传统阅读。

（原载 6 日 17 日 "中国新闻出版广电网"）

邢小利：我为什么写《陈忠实传》

4 月 29 日，陈忠实先生不幸逝世，我悲痛万分。有天南海北的记者采访，心中有许多话，却又不知说些什么。两天来，为先生的后事，忙得一塌糊涂，睡得很晚，夜里又突然醒来，无法入眠，想起很多关于先生的事。关于先生，许多我知道的都已写在《陈忠实传》里了，当然，也有许多还没有写出来。有许多残稿就存在电脑里。写出来的，有重要的，也有不那么重要的；没有写的，却还有很多我认为是重要的，甚至是特别重要的。随着时间的推移，我越来越认识到，陈忠实是一本大书。关于他的传，我还要续写下去。

去年 11 月，陕西人民出版社出版了《陈忠实传》。我还没有顾上送先生，就有热心人买来送他了。先生自己也买了一些书送人。2016 年 2 月 16 日，正月十五前，我在海南度假，下午正在酒店前边的海滩上散步，先生打来电话，谈了他读《陈忠实传》的感受："你写的那个我的传，早就看完了。原想春节当面和你谈读后的看法，因为一直在治疗中，没有找到合适的时间，今天电话中简单谈几点看法：一、写得很客观。二、资料很丰富，也都真实。有些资料是我写到过的，提到过的，也有很多资料是你从各处找来的，搜集来的，有些资料我也是头一回见，不容易，很感动。三、分析冷静，也切中我的创作实际。四、没有胡吹，我很赞赏。"

先生是 4 月 26 日开始大量吐血住进医院抢救的。27 日中午，负责接送先生的作协同事杨毅打电话给我，说完先生的病情后，他说先生让他转交两套人民文学出版社新出的十卷本《陈忠实文集》给我。当日下午我准备去医院看望先生，便顺路先到单位，见到杨毅，他把两套书给我，一套是先生送我的，一套是给白鹿书院陈忠实文学馆的，都写有赠送对象和他的签名，落款的日期是"2016.4.25"。杨毅后来告诉我这是先生在他作品上最后的签名和字迹——先生在住院急救的几天里，无法对前来探望他的人说话，就用笔在本子上写字。我明白，先生这套赠书是他对我的研究的一个支持。他每有新书出版，无论版本有多么稀罕，都会送给我，其中原因，一是我在研究他，写过评论他作品的文字，也写了《陈忠实传》；二是我负责陈忠实文学馆的工作，我编的他的作品目录，甚至比他自己掌握的还全还细。作品目录在文学馆里展示出来，占了整整一面墙，而且在不断更新，是了解、研究陈忠实创作的重要线索和资料。

我写《陈忠实传》，前后用了十五年时间。2000 年时，我就有写一部《陈忠实评传》的想法。但是先生不赞成。他对写他的一切带"传"字的东西都反对。他认为，"评传"也是一种"传"。他一贯低调，总认为了解他通过作品就可以了，没必要写一本传记。他还有一个理由："传"是个人的历史，"史传"的要点一是真实，二是要比较全面地反映一个人。但是，一个在世的作家，做到真实已经很难，人总是要避讳许多东西，不然会惹麻烦；要把一个人全部的真实历史都表现出来，显然更难。见他态度坚决，我也不好多说什么。

但是我一直在搜集资料。算起来，搜集资料和研究资料，大约用了十年时间。在这十年期间，成立了白鹿书院，在我的倡议下，还建了陈忠实文学馆。我掌握了关于先生的大量一手资料，还编了一本

《陈忠实集外集》，收集了先生从 1958 年至 1976 年发表的所有作品。这些数量不少的作品，先生在出版的近百部文集中，一篇都没有收录，他认为这些作品或者艺术上不成熟，或者作品主题受时代政治的影响有问题。但从研究和了解一个时代的文学的角度，这个"集外集"很有价值。所以，这本书虽然由白鹿书院内部印行，但广受读者特别是国内一些重要研究机构学者的重视。先生起初对我编这本书态度不积极，但见了书后，还是觉得惊讶，因为其中很多作品连他也找不见了，一些作品当年发表在哪里他也记不清了，有的作品当年以为被"枪毙"了，却不知被有心的编辑转投他刊而发表，所以他也是第一次见。但先生把这本书送人时，总要写一句"供批判用"。

2011 年，陕西人民出版社决定推出陕西几位重要作家的评传，出版社与先生沟通，也让我和先生沟通。我是一个顺其自然的人，但也觉得有必要跟先生讲一讲我的道理。我对先生讲，"评传"虽然有很多很强的"传"的成分，但还是一种研究，是对作家及其作品的整体性考察、分析和研究。即使研究作家的一部或一段时期的作品，也必须与作家在特定时期的生活境遇、性格、思想、趣味等方面都联系起来进行考察，还要把作品放在历史和时代的大背景中去分析和考量。先生说："像我这样经历的人很多，农村里一茬一茬的，农民出身，没有念过大学，当个民办教师业余搞点文学创作，而且有的人比我经受的苦难更多。写我没有什么价值和意义。"我说："历史总要选择一个人作为代表或者作为叙事对象，来呈现历史的面貌。在我看来，你就是一个典型代表。研究你，不只对你个人有意义，对中国当代文学史的研究也有意义。"

先生考虑了半个月，终于同意我写，还叮嘱说："放开写，大胆写。"

这本书从 2011 年写到 2013 年，前后三年。为写这本书，我先下笨功夫，编了《陈忠实年谱》，阅读大量资料，到省委组织部查看先生档案，访问与先生工作和生活有关的一切可以访问的人，当然，也随时询问先生有关问题，以期尽可能地还原先生生命的每一年每一月甚至每一天。在此期间，我应约把《陈忠实年谱》加上为《陈忠实评传》写的少量文字，再加上我多年来为陈忠实文学馆的建立和完善搜集和拍摄的图片资料精选，合为一体，2012年10月出版了《陈忠实画传》一书。2013年，《陈忠实评传》写完。

写完后请先生过目，他仔细看了，改了个别小问题，也提出有些内容可以删去。他对我说："写的都是事实。"但是，这部书没有马上出版。我要对作家负责，也要对历史和文学负责，所以在不断斟酌修改。我打磨了两年，又加进了最近两年的一些研究成果。书终于出版了。书名几经变化，我拟的书名是《陈忠实评传》，出版社认为传记的成分更大，便改为《陈忠实传》。

《陈忠实传》能在先生在世时出版，让他看到并得到他的肯定，我感到很欣慰。当然，这部书还有许多不足，这是我日后要尽力弥补的。

常有人问我：你为什么要写《陈忠实传》？我认为，陈忠实是当代文学代表性的作家。我有时甚至觉得，像他这样的作家，也许在文学史上"前无古人，后无来者"。从业余爱好到专业从事写作，他的成长道路和发展过程，极具时代特性。先生是农民出身，自学成才，业余发表习作，略有成绩被作家协会发现后调到省作家协会成为专业作家，受到作家协会体制的大力扶持和党的精心培养。自学成才、业余写作者古今都有，但受作家协会体制的大力扶持和党的精心培养，则为我们这个时代所独有。因自学成才而调入作家协会的业余作者，也非陈忠实一人，但能在一种集体性的写作环境中自觉认识到自身的思想局限和精神困境，从"我"的自觉到文学的自觉，不断反思，不断剥离，经过几次精神上的蜕变——既有被动的不得已蜕变，更有自觉的凤凰涅槃式的蜕变——终于完成精神和心理上的"洗心革面"

和"脱胎换骨",文学创作也面貌一新,从而写出《白鹿原》这样的代表一个时代文学高度的杰作,则更是凤毛麟角了。从这个意义上说,先生是"前无古人,后无来者"。认识到先生具有的文学史意义和价值,我觉得为他写评传很有必要。

先生五十岁以前一直生活在农村,即使在四十岁以后全家从农村搬到城里,他成为专业作家,也还是要居住在老家农村。他对农村生活极为熟悉,他为人一贯谦虚,但在说到生活体验时,曾把自己与柳青对比过,他说,他可能在思想认识高度和艺术表现能力上,不敢和柳青比,但在对农村的熟悉和对农村生活素材的占有上,绝不比柳青差。

从写乡村生活的文学特别是小说来看,以鲁迅、茅盾、赵树理、柳青等人为代表的写实派或称现实主义流派是主流。先生走上文学道路,完全靠的是自学,而他所学和所宗之师,前为赵树理,后为柳青。在数十年的创作实践中,先生在坚持现实主义创作方法的同时,艺术上也不断更新,注重吸收和融入了现代小说的魔幻、心理分析等艺术表现手法。从文学表现乡村的历史来看,先生的小说创作,既准确地表现了"自然的乡村",表现了北方大地的乡村民俗风物之美,也真实、深刻地展现了"社会的乡村",剖析了家族、宗法、政治、经济揉在一起的关系复杂的乡村社会,而其代表作《白鹿原》,更是表现了儒家文化积淀深厚的"文化的乡村",堪称这一领域的开创性作品和高峰之作。

基于以上认识,2006年底,由我倡议并策划,得到西安思源学院大力支持,在白鹿原上建起了陈忠实文学馆。算起来,这个文学馆从建立到现在,已经整整十年了。陈忠实文学馆面积有近五百平方米,整个一层楼是一个开放的大开间,经过几度改造,精心设计和布置,是陈忠实有关研究资料以及陕西关中地域历史与文化的专门的收藏与陈列、展示馆。由于先生生前大力支持,不断捐赠各种珍贵资料，再加文学馆人员的用心和努力，馆里收藏和展示的先生生活和创作各方面的资料非常丰富，先生的著作版本资料更是最全的，其他实物资料和图片资料也非常丰富，馆藏和展示资料经常被有关方面借用。文学馆对外开放，海内外的来访者和研究者络绎不绝，已经成为白鹿原上的一道风景。

先生不幸逝世后，我们当天下午就在文学馆前边设立了陈忠实吊唁灵堂。白鹿原大学城数万师生和白鹿原周围的村民、市民，纷纷前来吊唁。吊唁后再到馆内参观，进一步了解先生的创作生命。文学馆成为纪念先生的一个重要场所。

先生虽已离去，白鹿精魂永在！

（原载5月6日《光明日报》）

贾平凹：写胡蝶，也是写我自己的恐惧和无奈

贾平凹新作《极花》，发表于2016年第一期《人民文学》，即将由人民文学出版社推出单行本。他以为要写四十万字的篇幅，却只写了十五万字收笔。是故事并不复杂？还是与作家的年纪有关？总之，贾平凹在写作中用了减法，他似乎试图把一切过程隐去，试图逃出以往的叙述习惯。于是《极花》成了他最短的一个长篇，也让他收获了另一重经验。

《极花》中的极花，是冬虫夏草，它在冬天里是小虫子，而且小虫子眠而死去，在夏天里长草开花，要想草长得旺花开得艳，夏天正是好日子。

他喜欢在夏天里写作，他觉得自己如热气球般越热越容易飞起来。《极花》正式起笔于2015年的夏天，这个时候，先前他觉得不自在的文字变得得心应手，他曾经的激愤与悲哀变得从容平和。

《极花》讲述了一件发生在中国西北的妇女拐卖事件。小说的主人公胡蝶无意间落入人贩子手中，几经周折被卖到西北的一个小山村，她在那里经受种种折磨后，公安部门营救了胡蝶。然而胡蝶的命运因此彻底改变，她变得性格孤僻，少言寡语，她经受着周围人的冷嘲热讽，最终她选择继续回到被拐卖的地方……

中国现代文学研究会会长丁帆在阅读《极花》后提出问题：在长篇小说一步步远离社会和时代的今天，胡蝶们的悲惨遭遇固然值得我们深思，但是更加值得我们思考的问题却是：胡蝶们在文化巨变的时代潮流之中，她们能够蜕变成一个什么样的蝴蝶呢？我们从她们身上能够体验到现实的困厄吗？我们从她们的体味中能够嗅到未来文化与文明的胎动吗？

这也是我们迫切想知道的。

读书报：您对于农民进城的思考在《高兴》《天气》等作品中都有体现。那么在《极花》中，您的思考是否也有进一步深入？

贾平凹：现在的城乡在一起互动着，已经无法剥离，问题复杂得无法想象，你得不断地观察不断地思考，才能了解和看懂。这个时期的写作，如果还是写现实吧，材料极其容易，什么都可以写，主要是怎么写才能使你的心和笔得到自由，怎么写才能有你自己的声音和色彩。

读书报：《极花》的某些精神气质，和之前的《古炉》《老生》一脉相承。《古炉》中用剪纸艺术复活飞禽走兽的蚕婆，来到《极花》中成了剪纸上瘾的麻子婶。对于这些民间形态的表现，成了您作品的标签。除了生活中确有这样的人物，他们在作品中承担着怎样的使命？

贾平凹：陕西北部以及山西、甘肃一带的高原上，是这几年我喜欢去的地方，那里的剪纸是天下闻名的，无数的艺术家都去过，有了相当多的作品，我一直想弄明白为什么在那里能产生这些东西而形成他们的生活形态和精神形态，在那样的环境中人之所以代代繁衍，神的力量在如何支配作用？现在的城市被科技控制了。

读书报：那位半张脸被胡子窝住的老老爷，更是超乎一般的神人。他画的星相图，有什么格外的意义？

贾平凹：书中所写的老老爷，他是乡村的智慧，他的那些怪异，其实是人活着的原本的方法。

读书报：为什么在《极花》中，一再出现那么多笔画繁多的生僻字？从《老生》中的《山海经》，到《极花》里的禅语，中国传统文化的博大精深，有些被您直接植入作品，总担心对于读者来说太过高深。比如"天上的星空划分为分星，地下的区域划分为分野，天上地下对应着"——能谈谈您的用意吗？

贾平凹：农村的衰败已经很久了，而我这几年去那些山地和高原，看到好多村子没有了人，残垣断壁，荒草没膝，知道它们在消失。我们没有了农村，我们失去了故乡，中国离形乡下，中国将会发生什么，我不知道，而现在我心里在痛。我曾经取笑说，农村人死了，烧那么多纸钱，城市人死了，尸体立即送去了火葬场，而在家里设个灵堂，或者象征性地烧几张纸钱，那么在另一个世界或有托生的话，那城市人是最穷的。我在我的作品中，感情是复杂的又微妙的，我不知怎么才能表达清，我企图用各种办法去表达，但许多事常常是能意会而说不出，说出又都不对了。

读书报：胡蝶代表了千千万万从农村走出来的姑娘，有一点点文化，一点点姿色，一点对爱情朦朦胧胧的向往，和逐渐膨胀的虚荣……正如丁帆所言，从农村进入城市的少女胡蝶，哪怕是在收破烂的贫民窟里栖身也要追求现代物质文明的脚步，那一双从不离脚的高跟鞋，既是她对美的追求的象征，同时也是她试图摆脱农耕文明枷锁的一种仪式。我想知道的是，您写这些人物的心理，尤其是胡蝶，自己满意吗？

　　贾平凹：世上什么事情都在变，人的情感不变。不论是男人还是女人，内心最深处的波动是一样的。而且每个人都在为他人反映出整体的不同部分。看到了别人的善其实是我们的善，看到了别人的恶，其实是我们也有恶。《极花》中写那个叫胡蝶的女人，何尝不是写我自己的恐惧和无奈呢？

　　读书报：作品中的人物，无论是买了胡蝶的黑亮，还是被拐的胡蝶、訾米，竟没有一个人物特别令人生厌。看到后来，连我也爱上了这个村子，虽然它贫穷愚昧，却有让人割舍不断的东西。作品让人思考农村的凋敝，思考文明的社会仍然有如此荒唐野蛮的诸多事件发生，却没有激愤和尖刻。您是以怎样的心态写作？

　　贾平凹：当风刮来的时候你能怨怪树叶的飘零吗，能怨怪花草倒伏吗？写作是你能明白历史的整体又不明白你个人的具体，都知道人总是要死的，但当亲戚朋友突然去世又都悲痛不已。《极花》是一个关于拐卖的故事，但我并不单纯只写这个故事。

　　读书报："减法"式的写作，对您来说是否也有格外的体验？

　　贾平凹：《极花》是我最短的长篇吧，因它就集中写了一个女人被拐卖后的禁闭的情况，它不可能写得长，把事情说完就行了，虚张声势的东西没有必要。

　　（原载2016年2月24日《中华读书报》，记者舒晋瑜）

曹文轩：我的选择被世界认可

我的文学倾向押在"花瓶"上

　　文汇报：儿童文学中的好人和坏人，常常具有脸谱化特点，易于辨别，好和坏都非常绝对，似乎这样才比较符合儿童的认知。您笔下的人物却非常复杂：比如《草房子》里的桑桑，既有勇敢的一面，敢于和欺负秋月的坏孩子打架；又有懦弱的一面，不敢承认自己玩火引起了火灾。在《火印》中，河野和稻叶既是日本鬼子，又有爱护动物、充满人情味的一面。您这样对深层人性的书写，会不会让小读者困惑？

曹文轩： 儿童文学是笼统的说法，根据读者年龄可分为不同样态，比如低幼、高年级、初中生、准青年。低幼的孩子还没有非常复杂的思维，也没有很好的心理承受能力，对他们展示这个世界的时候，越简单越好。简单不等于浅薄，背后一样可以有丰厚的东西。

随着年龄的增长，孩子们渐渐看到了人性的复杂，这时的儿童文学，就应该正视人性的复杂性。你提到了《火印》里的河野和稻叶，两人情况不一样：河野品质恶劣，他生于养马世家，他对马的偏爱并不意味着对大千世界的怜悯，就像希特勒当年喜欢绘画、音乐，这并不意味着希特勒就是个高雅的、有文艺情怀的人；而稻叶是战争的受害者，他是被无辜卷到战争里来的。如果小读者对稻叶充满同情，这都是可以的，因为他本来就是个好人，他的手上从来没有沾过鲜血。

但相对于成人文学，儿童文学又不能过于复杂。我们不能在儿童文学里刻画陀思妥耶夫斯基笔下的形象，那种分裂的人格小孩子是不能理解的。儿童文学所谓的复杂性无非是好和坏之间的中间地带，有时呈现出两面性而已。

文汇报： 一方面，您在作品中展现人性的复杂，但另一方面，您好像又在回避过于沉重的现实，比如在《草房子》，您让桑桑活过来了，而谢冕先生（编者注：文艺评论家、诗人）曾从他的人生经验判断，桑桑得的是绝症；再如，秃鹤虽然用一场演出赢得了同学的尊重，但他未来的人生里也许不会再有这样的演出，现实依然残酷。您如何掂量儿童所能承受之重，在写作时会做哪些过滤？

曹文轩： 当我们向儿童书写这个世界的时候，有些东西要适当遮

蔽，比如暴力、情色、绝望……儿童不宜嘛。儿童文学的判官永远是父亲、母亲，而作家首先就是父亲或母亲。这种场面、这种描写适合孩子看吗？选择是不复杂的。父亲或母亲有着天生的直觉和至高无上的判断能力。

文汇报： 您说过，对您产生重大影响的不是儿童文学作家，而是鲁迅、沈从文、川端康成、海明威、普宁等成人文学作家。但您并没有在成人文学上发力，而是选择了更为单纯、更加阳光的儿童文学。您难道不觉得对阴暗的书写更容易震撼读者吗？您怎么看有些作家专注于阴暗面的写作癖好？

曹文轩： 现代主义兴起之后，文学基本上放弃了它的审美功能，唯一的目标就是一个词——"深刻"。文学就像羊群，被高高举起的"深刻"的鞭子，撵得满山野乱跑。

怎么实现"深刻"呢？我们在潜意识中形成了一个逻辑关系，那就是唯有把这个事情写得很恶、很残酷、很阴暗、很猥琐、很变态，才是"深刻"。所以现在出现了一种文学景观，里头不光没有好人了，连坏人都没有了，有的是变态的人、异常的人。

文学的标准一直在变，诺贝尔文学奖也是。我问过一个问题，假如川端康成和大江健三郎的年代颠倒一下，让大江生活在川端的年代去写大江式的作品，让川端生活在大江的年代去写川端式的作品，这两个日本人还会不会获得诺贝尔文学奖？我认为不可能，因为文学的标准改变了。川端的年代偏爱感觉，他的作品为读者供应了温暖与悲悯，为空虚的心灵开垦了栖息之地；大江的年代偏爱理性，他的作品常常在暴戾命运的背后，试图探摸人类的困境与不安。

生活本来就是多面的，有花瓶也有痰盂。我只是看到花瓶，或者说我的文学倾向押在花瓶上，难道不真实吗？但现在的文学更倾向于写痰盂。对于这类作品，我跟学生讲过："我已经活得很不好了，看了它会更好一些吗？只能感觉更不好。如果一部作品看了以后觉得更不好，你非得说它好，那你不是很贱吗?"我的文学观跟很多人不一样，这其实不是刻意的坚持，背后有我的美学思考。这次安徒生奖颁给我，我最深刻的感受就是慰藉，它让我知道，我的选择也是会被世界认可的。

只有艺术可以抵达明天和远方

文汇报: 在年龄分类日益细化的童书出版界，您的书却能做到儿童、成人通吃。您曾表示，您并不是一个典型的儿童文学作家，您写作的时候是不考虑阅读对象的。但我注意到，您的文风非常适合孩子阅读，绝不会用生涩的词，很少用长句，更不会用费思量的逻辑推理，由此我感觉，您写作时至少应该考虑过要让儿童读懂您的书。您还曾说过，《天瓢》是为成人写的，那这是否更印证了您其实考虑过阅读对象?

曹文轩: 我会在潜意识里有这么一个设定——我的读者主要是孩子，但并不都是孩子。当落笔写下第一个字开始，我首先想到的并不是阅读对象，而是怎样编织故事，怎样遣词造句，风景如何描绘，人物怎么出场……开头第一句我可能花很长时间琢磨，因为第一句是给作品定调的。举个例子:一开头如果是"我的妻子"，那说明叙述者是个有点儿文化的人;如果少一个字，变成"我的妻"，那这就是个有着小资情调、酸溜溜的知识分子;如果换成"俺老婆"，那可能是一位老农。总之，我把作品当作艺术品来对待，只有艺术可以穿越时间和空间，抵达明天和远方。这次国际安徒生奖，十个评委把票一致投给了我，我认为原因不是别的，正是作品中的艺术性。

文汇报: 十多年前您就说过，中国最优秀的儿童文学就是世界儿童文学的水准，您将此次获奖当作这一观点的有力佐证。但安徒生奖毕竟是一项个人奖，由个人的荣誉推及中国儿童文学创作的全貌，这会不会只是获奖之后惯有的谦虚表态呢?至少，我从来没看到您拿出

过具体的依据，用以说明为什么中国的儿童文学达到了世界水准。

曹文轩：我永远记住一个朴素的道理，一个人的高度是由平台决定的。中国文学的平台在一天天升高，有一两个人因为角度的原因被世界先看到了，我是其中一个，莫言也是。但我得奖和屠呦呦得奖、和运动员拿世界冠军还不一样，科技和体育是可以量化的，文学和艺术却做不到，所以我无法具体说出一二三，我只能大致讲，世界水准的儿童文学所具备的品质，中国儿童文学都有。

这并不是狂妄的、过于自尊的判断，我一直认为这是理性的、学者的判断。中国有一支超级巨大的翻译大军，这让我对英国、美国、德国、法国等各个国家的儿童文学非常了解，而我正好又是研究这个学问的。我发现，我们最优秀的部分和他们最优秀的部分是并驾齐驱的，我不比你弱，不比你小，不比你矮。我们要充满底气，把独特的中国故事讲给全世界听。

有些批评家不同意我的观点，我想回应的是：当我们谈论一个国家文学水准时，千万不要做错误的比较——你拿全世界最优秀的东西和一个国家的东西打拼，这怎么行？我们要单练，一个对一个，不能打群架。你们合伙对付我一个，我当然打不过了，这是最简单的道理。

和苦难结伴而行

文汇报：安徒生奖给您的颁奖词（编者注：颁奖词为"曹文轩的作品读起来很美，书写了关于悲伤和苦痛的童年生活，树立了孩子们面对艰难生活挑战的榜样，能够赢得广泛的儿童读者的喜爱"。）有两个关键词，"悲伤"和"痛苦"。这两个词凝结了您对儿童文学一个很重要的看法，即儿童文学不能只带来快乐，而是要带来快感，快感既包括喜剧快感，也包括悲剧快感，您举例说，安徒生的作品大部分是悲剧色彩。您在创作时对苦难的着墨很容易让人联想到当下提倡的挫折教育、苦难教育。

曹文轩：追求快乐无可非议，但如果一味追求快乐而忘却苦难，那就成了享乐主义，而不是乐观主义。乐观主义是一种深刻认识苦难之后的快乐，那才是真正的、有质量的快乐。

孩子们要学会和苦难结伴而行，培养对苦难的风度，就像美丽的宝石必经熔岩的冶炼。如果忽视苦难的必然性，就会忽视苦难对于我们生命的价值，当苦难来临时，就会变得叫苦连天、手足无措、不堪一击。

文汇报：您曾说过，饥饿穷苦的孩子想象力更丰富，比如"卖火柴的小女孩"，她在又冷又饿时才能在火苗中看到烧鹅、圣诞树和外婆。莫言和您恰好都有饥饿穷苦的童年。在后来的作品中，读者很容易看到你们童年的痕迹，比如莫言提到了"啃煤渣"，您提到了"啃石头"。可今天的孩子，物质条件相对丰厚，那是不是意味着他们的想象力会先天不足呢？

曹文轩：福克纳讲，我最大的财富在于我有一个苦难的童年。我是这么理解的：一，苦难童年向他提供了丰富的文学素材，比如无比绝妙的故事；二，苦难童年无意之中培养了文学创作必须具备的想象力。你什么都没有，怎么办呢，那就通过想象来弥补，没有书包就想象有个漂亮的书包，没有教室就想象有间宽敞的教室。无意之中，贫穷帮你操练了想象力。

但这话不能反过来说，不能说富有了，想象力就消失了。尽管物质上富有，但也有精神上的缺憾甚至痛苦啊，也需要想象力来弥补啊。托尔斯泰出身豪门贵族，不也很有想象力嘛。

文汇报：您刚提到苦难童年能为文学提供无比绝妙的故事，这让我想起《青铜葵花》中的一个故事：葵花没有项链，青铜就给她做了一条"冰项链"。这个故事光凭想象是无法编出来的，我猜您小时候应该做过"冰项链"。

曹文轩：小时候，我们把屋檐下的冰凌敲成小块儿，嘴里衔一根细细的芦苇管，一头对准小冰块，吹出一个小小的、圆圆的洞，然后用线穿成一串儿，拎在手里玩儿。在《青铜葵花》中，我把这个情节做了发挥，写出了一条"冰项链"。

"经验"可以无限繁衍

文汇报：《草房子》的所有章节，都是在讲"转折"：秃鹤从被人捉弄到获得尊严，杜小康从"富二代"变成读不起书的孩子，细马想离开油麻地却又回来了，死守着那块地的秦大奶奶后来主动把地交出来了……您为这些"转折"安排了意料之外又意料之中的情节，悄悄拨动了读者情感的开关，通篇的"转折"读下来，竟然没有突兀感。

曹文轩：越是好的故事，越是存在状态的写照，人的整个存在就是在一个个转折过程中进行的。

我曾到中小学给孩子讲作文，我告诉他们，"得来回折腾，往前走、往前走……可是……再往前走、往前走……可是……"这个"可是"不是人为造出来的，就是你一天的样子。一个人从出生走到今天，如果有个路线图可以显示，那就是一张令人眼花缭乱的曲线图，有些曲线看似绕回来了，但并不是原点了，而是"螺旋式上升"了。文字背后是生活，生活背后是哲学。马克思分析世界，不是总结了几大规律么？对立统一、量变到质变、否定之否定……

文汇报：但文学不等于生活，否则干嘛要强调作家的想象力呢？

曹文轩：文学中写到的生活有两种：一种是生活本来的样子，叫"经历"；另一种是用逻辑或想象改造之后的生活，叫"经验"。

举个例子：一个人15岁时父亲去世，多少年后他写自传，把这件事写进去，这叫"经历"；他从这个"经历"中得到了一种"经验"，那就是失去父亲之后的悲痛、忧伤、孤独、从此没有根……

"经历"是有限的，但"经验"可以无限繁衍，幻化成他未来创作中的不同情境，比如一个5岁孩子失去父亲，比如一个老人失去孩子，甚至进一步形而上，上升到一个民族无父的记忆。好的作品是充满经验感的。

文汇报：您的很多作品，比如《草房子》《青铜葵花》《根鸟》……都带着苏北水乡的气息。可我发现，您最近的两部作品，《火印》和《蜻蜓眼》，却从那片水乡脱离开去，《火印》写了北方的草原，《蜻蜓眼》把目光投向了精致、优雅的城市生活。您过去一向强调您作品的独特性和"水"有关，可现在不是这个路数了，似乎在寻找一片更宽广的天地。

曹文轩：水参与了我的性格、人生观和美学情调，因为有水，我的灵魂永远不会干涸，我作品的独特性确实和"水"有关。作品独特性的背后是作家熟悉的生活：水乡我是最熟的；但我对张北一带的草原风景也很熟悉，这些年我时常驾车去度假，那儿差不多成了我的第二故乡；我对城市的熟悉就更不用说了。我从来都珍视我独特的经历和经验，从不去揣摩今天孩子的处境。对那些自以为是知音、很随意对今天孩子处境做出是非判断、滥施同情的做法，我不以为然。我自信能感动今天孩子的东西，和曾经感动过我的东西是一样的，无非是生离死别、悲悯情怀、厄运中的相扶、孤独中的理解、亲情、友情、爱情……这一切是永在的。

（摘自 2016 年 4 月 27 日《文汇报》）

李敬泽：在青鸟翼下回眸元写作

在《一个散文家如何进入历史叙事》的跋语里讲到新作《青鸟故事集》的来龙去脉："感谢布罗代尔。在他的书之后，我写了这本

书。1994年夏天，在长江三峡的游轮上，我第一次读布罗代尔，读他的《15至18世纪的物质文明、经济和资本主义》。夜幕降临，江水浩荡，汽笛长声短声，凭生远意。在那时，布罗代尔把我带向15世纪——'现代'的源头，那里有欧洲的城堡和草场、大明王朝的市廛和农田，我们走进住宅，呼吸着15世纪特有的气味，察看餐桌上的面包、米饭，有没有肉？有什么菜？走向森林、原野和海洋，我们看到500年前的人们在艰难地行进，我们注视着每一个细节……布罗代尔说，这就是'历史'，历史就在这无数温暖的细节中暗自运行。但这不仅是历史，也是生活。"

李敬泽的这一写作背景，使人不能不想到历史学家唐德刚提出的"历史三峡论"。他显然触及到了峡谷的陡岩与一些暗礁，他渴望在文学的视域里，以绝大的勇气与才学，将他心目中的历史与现实、东方与西方、宏大叙事与生活细节、传统与现代化、虚构与非虚构的复杂关系，来一次厘定和呈现。

"我提供的是一个散文家如何进入历史叙事的角度和方法。"

蒋蓝：你已经出版了二三十部著作，这本由译林出版社新近推出的《青鸟故事集》为什么显得特别重要？

李敬泽：我算是鲁迅的信徒。从小读大先生的书长大，我发现他是特立独行的，连书名也是，一字不能易，《呐喊》《彷徨》等等，戛金断玉。即使不断再版，他也不会另取一个书名，对此我一直是谨从的。而且我也学习大先生另外一个德性，那就是新书里不收录别的版本里的文章，货真价实，以示童叟无欺。但是，出版《青鸟故事集》却是一个"例外"。

蒋蓝：此话怎么讲？

李敬泽：在我看来，一本书是否值得再版，要看它的思想、观点是否过时。我至今认为，这本书的主要观点没有过时，而且对当下如何思考现实与历史、本土与西方、文学和思想等等，仍然具有启发意义。何况，《看来看去或秘密交流》出版至今满 16 年了。当下中国变化之巨大、思想更替之迅猛，历史上没有任何时代可以与之相提并论。16 年回首，我就有一种充分自信：两千年来，国人从未想到用这种言路来演绎历史。我提供的是一个散文家如何进入历史叙事的角度和方法，16 年弹指而过，你会发现有很多作者也按照这本书的言路在写作历史了。这本书对于我而言，不但是一个具有生命刻痕的纪念，而且是时间对我探索性写作的一个褒奖。从这个意义上而言，我不悔"少作"。

2016 年译林出版社找我，决定新出《看来看去或秘密交流》，我思考良久同意了。在原稿基础上，我修订了百分之二十的篇幅，主要是去掉了一些抒情过分的段落，另外补充了一些观点和少量新作。

蒋蓝：这就是《青鸟故事集》的由来。这本书在国外有译本吗？

李敬泽：2003 年，法国一家出版社决定出法文版。委托给法兰西学院的一位翻译家。不料这位年事已高的翻译家突然病故。出版社又请来一位双语翻译高人，商定一年半交稿。哪知道这位高人"突然失踪"了，全世界都找不到他了。这只能叫"祸不单行"。出版社只得委托第三位翻译家再接再厉。我只能祈祷，事不过三嘛。谢天谢地，这位翻译家终于完成了。这是 13 年的马拉松啊。看起来"福有双至"，《青鸟故事集》的法文版将与译林出版社的中文版于 11 月同步上市。呵呵，世界真奇妙。

蒋蓝：《青鸟故事集》的命名，你自然有考虑。

李敬泽：我当了多年编辑，书名命名自有"机巧"。开始本拟使用"飞鸟"，考虑到已经被人糟蹋，白白毁了这个好词，只好另辟途径。李商隐名句"蓬山此去无多路，青鸟殷勤为探看"，但我的"青鸟"里并没有多少这样的意思，反而是大师梅特林克的最著名代表作——六幕梦幻剧《青鸟》，在我的故事集里留下了它巨大的鸟影。

蒋蓝：梅特林克的《青鸟》是欧洲戏剧史上融神奇、梦幻、象

征于一炉的杰作。写兄妹迪迪和麦迪去寻找青鸟的故事。一路上他们经历了许多事情：夜宫的五道大门，恐怖的墓地之路，难以置信的青孩子的身世，以及幸福家园的见闻。种种经历都是为了让兄妹明白幸福的真正含义。

李敬泽：我在《青鸟故事集》里展示的我进入历史迷宫的历险。我们不应该再采用教科书的态度进入历史，而是自由地探索历史真谛：我强烈地感到，人的境遇其实并未发生重大变化，那些充满误解和错谬的情境，我们和陌生的人、陌生的物相遇时警觉的目光和奔放的想象，这一切仍然是我们生活中最基本的现实。我们的历史乐观主义往往是由于健忘，就像一个人只记住了他的履历表，履历表记录了他的成长，但是追忆旧日时光会使我们感到一切都没有离去，一切都不会消失，那些碎片隐藏在偏僻的角落，等待着被阅读、被重新讲述。

"文学尤其需要一种平民史观，只有这样才能审视不同时空里的许多问题。"

蒋蓝：在《沉水、龙涎与玫瑰》一章里，你展示了一种"博物学"式的旺盛趣味，考据了这些事物、植物的自然历史与人文历史。引用、考据、想象、思考穿插其间，其碎片拼接之书天衣无缝。尤其是你对玫瑰与蔷薇的考据，引人深思……东方人之于蔷薇，西方人之于玫瑰，各自的文化围绕花朵之杯倾注了完全不同的酒。

李敬泽：这恰恰就是东西方在文化上的差异，也是历史叙事里我最为看重的事物细节和事物在生活方式里的悲欢荣辱，花开花落。钱穆说过，要用"温情与敬意"去诠释历史，我尽力这么做了。有时，"掉书袋"也是必须的。问题在于我们不是枯燥、且无节制的引用，而又没有自己的独特观点。

蒋蓝：你为什么对历史如此感兴趣？

李敬泽：我父母均毕业于北京大学考古专业，所以我的童年玩耍的地点，基本上是在一些考古发掘现场。考古十分艰辛，父亲一年也不容易回一次家。我当时就想，历史、考古自然是高大上的，是宏大叙事，与寻常百姓根本没有关系。这种想法伴随自己阅历的增加，我最后彻底否定了这些看法。我从布罗代尔的著作里，看到了西方的平民历史，尤其是老百姓的生活方式，那就是我心目中可信的历史。在我看来，记载历代帝王将相的历史，远不及一部《红楼梦》伟大。

蒋蓝：你是以平民历史观来演绎、展开你的历史视域。也可以这样说，《青鸟故事集》也是一种文学的"微观史"。

李敬泽：要害在于：我们如何看待中华民族的历史？而文学尤其需要一种平民史观，只有这样才能审视不同时空里的许多问题。我在一篇文章里谈到，所谓一切历史都是当代史，什么意思？就是说随着每一代人的境遇、每一代人面临的问题的变化，我们需要重新回望我们的过去，在这个过程中，我们不仅丰富了对历史的认识，也扩展了对自身、对当下的理解。所以历史是需要不断重写的，每一代人都会重写，否则只有一部《二十四史》不就够了？在重写中人们会不断有新的发现，达到对我们民族历史更为真切、更为宽阔的认识。

蒋蓝：我印象里，你至少三次前瞻性地提出观点引起世人关注：一是2000年针对历史的平民史观写作；二是2008年你担任《人民文学》主编时力推"非虚构写作"；三是你对亚洲与欧洲、东方与西方的文学性想象的对比。

李敬泽：承蒙夸奖。我曾经说，人类一定是相互想象的，我们对西方的认识和理解，很大程度上也是通过文学作品。想象会有偏差，但偏差不能阻挡我们的相互想象和交流。比如对郑成功的认识，我们的印象基本上是他早期的抗清和后来的收复台湾，其实郑成功的业绩和意义远远不止于此。郑氏父子不是孤立偶然的现象，其实在明代禁海之后，民间的海上活动就非常活跃，这种活跃某种程度上是15、16世纪世界贸易发展的结果，所谓"白银时代"，明朝政府不让出

去，大量的民间商人出去，在正史叙述中这些人都是"海盗"，都是坏人。但现在看，当时的这些民间海商活动具有长时段的、深远的历史意义，甚至为后来我们的海上疆界的形成提供了强有力的历史依据。这是被正史遮蔽的大规模的历史活动，从中涌现出的最杰出的代表就是郑芝龙、郑成功海商集团。从日本到菲律宾，从东海到南海，我们的先民们，在当时的历史条件下，冒着巨大的压力、风险、困难，与日本、荷兰、西班牙等国家展开激烈的竞争，而且还占了上风，这是非常了不起的一段历史，真当得起波诡云谲、波澜壮阔。

"我向往的是一种朝向元典的元写作，这是一种精神，不是文体学问题。"

蒋蓝：你如何评价自己的写作？是一种由跨文体构成的"超级写作"吗？

李敬泽：从写作方法上我基本认可"超级写作"，但我未必是跨文体。准确说，我向往的是一种朝向元典的元写作，这是一种精神，不是文体学问题。中国历史上的所有问题，在《左传》里均可以找到踪迹。那是民族的元典，如此有力，展示出强有力的语言与强有力的精神。可惜的是，春秋时代斩钉截铁的问题，被当代人搞得非常复杂和暧昧。一个民族的价值观如果没有从元典里吸取滋养，它后来因为各种训令形成的价值观就是可疑的。

如果说柏拉图的《会饮篇》展示了人类的基本问题，并且得到了可贵的延续和发展的话，那么中国的元典并没有得到一流头脑的诠释，既然如此，弘扬与继承就更无从谈起了。《青鸟故事集》是对异质经验的涉入与旁出，其现实意义可能要高于16年之前。尤其是在一个面临中华民族复兴的时刻，我们就必须深入研究汉唐作为伟大帝国的高标，它如何与西方发生关系？

蒋蓝：你如何看待文学与吟唱？

李敬泽：我不大相信口述实录。一个人口才再好，笔头很烂，这两者没有关系。但吟唱不同。走在天地之中，心中有歌要唱。这就是文学，这就是荷马，这就是元典精神，这就是鲍勃·迪伦给我们的启示：我们需要不断返回元写作。

蒋蓝：你目前工作如此繁忙，如何来面对自己的写作？

李敬泽：2000 年前后，我的写作十分流畅。后来写作时间就不够用了。这也没有办法，我只好采取冲刺性写作。近年我在《收获》《十月》开设了个人专栏，让专栏编辑挥舞鞭子赶着走。有时太忙竟然忘记了交稿，干脆最后一天交稿。这也好，一年也完成不少作品。

蒋蓝：你说过，一个作家要让傻瓜与天才都能服气很难。

李敬泽：是的。首先是反省自己：在价值向度上，我必须知道好与坏。然后，在文本上等着别人来挑毛病。对此，我又有把握地说，我有"吊花腔"的本事。书，好看！

蒋蓝：你是非常敬重才华的。

李敬泽：一个有才华的人需要得到最大敬重。才华是一种气息。才华在任何正常时代都是珍稀资源。

（原载 2016 年 12 月 30 日《文学报》）

格非：《望春风》的写作，是对乡村作一次告别

好比攀援在墙上的常春藤，格非在讲述《望春风》的过程中，被缠绕，被依附，被过往的青葱岁月召唤，被古朴的民风和纯粹的人情深深地打动。

尽管每一次写作都会开启新的经验，但《望春风》的写作，对格非而言仍是一次独特的体悟。他没想到情感的聚集如此浓厚，以至于写作时常常一坐五六个小时，心跳加速，始终处于亢奋之中。

他曾经将故事起名为《浮生余情》，但感觉流于直白。台湾作曲

家邓雨贤的《望春风》带给他一些启发，这是作曲家青睐的词名，却十分契合格非写作这部小说的心境。

一个具有传统文化意味的村庄消失了，那些曾和他一起生活过的人物消失了，几千年来是建立在乡村伦理的基础上的中国乡村社会，突然间只剩下了废墟。站在废墟上时，格非想到了什么？

"一边看废墟在倒塌，一边匆匆在废墟中记录下你所看到的一切；有生之年你已经死了，但你却是真正的幸存者。"或许本雅明解读卡夫卡的一段话，最能概括他此时的心情。

艾略特笔下的《荒原》，英文原意是"被荒废的土地"，是被遗弃的"荒原"，但艾略特没有放弃对圣杯的寻找，或者说，废墟的存在同时也暗示了她的复苏。

舒晋瑜：写作《望春风》的缘起是什么？

格非：这部作品我想了很多年。过去村子里有河流、有庄稼，每次回到村庄，感觉村子是永远不会变的，它的存在不断印证着家的感觉。村庄拆掉后变成荒原，和丘陵地带连在一起，没有任何标属。

有一次我弟弟开车带我回老家。当时下着小雨，我一个人在村子里待了两个小时，想了很多。我想起《诗经》里"不知我者谓我何求"，心里很难过。先民们从北方来到江南，寻找栖息地，家谱里曾详细记录了这一支，我祖父也曾经不断地给我讲述这个故事。现在村子突然被拆掉了，成为一片平原。

又过了两三年，我问我父母，老家拆房后是否建了工厂。他们说因为资金链断了，一直荒着。我又回去看了一趟，发现原来生产队里开辟出来的新田，全部长满了树，植被茂密，只有池塘里的荷花还在。（艾略特笔下的《荒原》，英文原意是"被荒废的土地"，是被遗弃的"荒原"，但艾略特没有放弃对圣杯的寻找，或者说，废墟的存在同时也暗示了她的复苏。）

我决心要写一部小说，就从五六十年代写起。如果不写，用不了多少年，在那片土地上生活的人也许不会知道，长江腹地曾经有过这些村子，有过这些人，这些人和这片土地曾有过这样一种关系。从那之后我每次回家都做一些笔录，主要是找父母、以及他们同一时代的朋友们聊。

舒晋瑜： 您确定要写的人物，有来处吗？

格非： 曹雪芹说，他写《红楼梦》是因为记忆中的女子，不想让她们消失。我要写的就是村子里的人物，他们的存在不可辩驳。可是突然之间这些人都在面临消逝或湮灭的命运。我父母那一辈的人，至少已经有一半已不在世上了。有时想想挺恐惧的。

我不是可惜村子不见了。沧海变桑田，历史的变换不是特别奇怪的。奇怪的是一个有历史感觉的地方突然终结，一些重要的记忆，它们仍然鲜活地呈现在我眼前，可眼下遭到人为的、轻浮的忽略。这一巨变对我而言到底意味着什么？这才是思考的重点。我小时候所接触的那些人，他们有才华、有性格，他们的一举一动、一颦一笑，在记忆里都还闪光，犹如昨日。现在他们大多已衰老，或者说正在死去，表情木讷，蹲在墙角跟人聊天。他们曾经做过的事，说过的话，都随青烟散去。不过无论如何，他们的一生需要得到某种记述或说明。

舒晋瑜： 是不是写作时还有一种责任感驱使？

格非： 说一句高调的话，我真正觉得对这个地方有责任感。我突然觉得有一种冲动，想要把正在消失的这些人记录下来。他们的存在，对于解释我的生活和生命，仍然非常重要。最近一个时期，我只要闭上眼睛就能想起他们。

我不是作为一个文化人记录这个地方。我自己就是从这里走出来的，这块土地养育了我；我从事写作，我来写这个地方是最合适、也是最可能的。我不会追溯一个村庄的历史，写一个地方志式的乡村生

活画卷。我要写的故事是我亲历的；和我一起生活过的那些人，有形有貌，多年后他们说的话还能穿透时间，回到我的耳边。他们的过往和今天的状态构成极大的反讽和巨大的变异。他们代表着一个正在衰歇的声音，这声音包含着非常重要的信息。

舒晋瑜：写作《望春风》，和过往的写作有何不同的感受？

格非：写这些人物，我很难控制自己。这些人会用记忆中的语调和你说话。我写的人物是虚构的，和我的记忆没有关系，但是我的那些邻居们，童年时的伙伴们，父母、亲戚和朋友，这些人会有直观的图象，都能和小说中的人物对上号。每次写作时，小说中的人物和真实的人物构成一种复杂的关系，带给我强烈的情感上的刺激和震动。

舒晋瑜：作品中的父子情感人至深。父亲的形象在作品有何独特的意义？

格非：儒家文化中"三纲五常"讲"父为子纲"，在中国的文史作品里，父亲的形象是极为重要的文化符号，但我觉得奇怪的是，到了近代以来，母亲形象的重要性在显著上升。一旦我们要追述自己的本源，我们首先想到的象征之物，便是母亲的形象。

在我个人的经历中也是如此。我父亲是个沉默寡言的人，家里的事都是母亲掌管——这样的事在中国乡村很普遍。父亲似乎是可以忽略的人。但是我直到中年以后，才会慢慢发现在成长过程中父亲的影响。

也就是说，我自己有了孩子以后，才重新发现了"父亲"。小说里的"父亲"和我的父亲有一点关系：很少说话，但是很细腻，情感丰富。

舒晋瑜：作品中的很多细节非常感人，也许是非常朴素的感情，但是很有人情味。

格非：这种朴素的感情，可以是父母和孩子，可以是生产队社员之间，也可以发生在陌生人之间。当年大量逃荒的人会来到我们村庄——南方的村子即使再穷，也还有鱼虾，有野菜和野萝卜。所以我们那个地方，成为安徽等地逃荒人的聚集地。

有一次我弟弟发烧，母亲给他煮好粥后就出门了。这时冲进来一帮难民，一看锅里有粥，拿着碗就扑上去抢。那是我第一次看到饥饿的情景。每次有逃荒的人到我家，母亲总会想方设法找东西给他们吃，过年的话还会送一点馒头。家里做了好吃的，也都会挨家送去给邻居们尝尝。那个年代，乡村的互助关系，在我的记忆里印象很深。如果说，那个时候的乡村社会和今天有什么不同，大概就是浓郁的人情。我很反感"人情味"这个词——似乎人情是一种表演。我记忆中的人情是一种坚固的伦理关系，寄托着乡人对于生存最朴素的理解。

舒晋瑜：作品中的几个女性角色，让人过目不忘。尤其是美艳无比的妓女王曼卿，一直让村里大小男人魂牵梦萦。我觉得古今中外优秀的男作家写女性，一点儿不亚于女性作家。您认为自己对女性了解吗？

格非：小时候我接触最多的女性是母亲。我没有姐妹。我母亲和我的关系非常亲密，她干活、赶集、看戏、看电影都会带着我，我16岁之前，几乎所有的道德教育都来自母亲。她成了无数女性形象最重要的源头。在现实生活中我和女人打交道比较害羞。也许正因为如此，我在与她们接触时，反而会对她们的言行和心理更为敏感。这可能对写作有些帮助。

舒晋瑜：《望春风》里，是否也延续了《江南三部曲》的一些情绪？

格非：《人面桃花》讲述晚清末年、民国初年的故事，《山河入梦》的故事是五六十年代的江南农村，《春尽江南》讲述的是主人公近二十年的人生际遇。《春尽江南》写完以后，我很长时间被结尾处的悲伤气氛所笼罩。鲁迅先生曾说过，如果说希望是虚妄的，那么绝望同样是虚妄的。差不多同一时间，我开始考虑用一种新的视角来观察社会，那就是重新使绝望相对化。

舒晋瑜：《望春风》中，您对乡村的情感是否得以充分表达？

格非：简单化地对中国社会生存状况的加以观察，不管是歌功颂德，还是审视批判都没有意义。我的整个童年记忆告诉我，生活中有时充满暴力、倾轧和欺骗，但也有美好情感的流露。

《望春风》可能是我最后一次是大规模地描写乡村生活。乡村已边缘到连根端掉，成无根之木，无源之水。我的家乡仅存在我记忆之中。日本学者柄谷行人说，只有当某个事物到了它的终结之时，我们才有资格追述它的起始。我想，即便中国的乡村生活还远远没有结束，但它对我来说，是彻彻底底地结束了。这一点没有什么疑问。换句话说，我个人意义上的乡村生活的彻底结束，迫使我开始认真地回顾我的童年。不过，这部小说从内容上来说完全是虚构的，你当然也可以把这种追溯过程理解为我对乡村的告别。

（选自 2016 年 7 月 4 日《中华读书报》，记者舒晋瑜）

吕新：我记忆中的历史与世人不同

长篇新作《下弦月》正是吕新熟悉且喜欢的题材，他在小说中回到故乡雁北小城讲述记忆中的乡土经验，而历史时间倘若不仔细分辨的话并不容易看清，直到主角因为各种原因的害怕而出走，读者或许能猜到其所在的特殊历史时期。从表面上看，《下弦月》依然不提供一个足够清晰的情节链，现实世界里的人际接触、背景环境的虚化、人物内心独白的涌现等等，让阅读多了些障碍的同时无法忽视的是语言带来的美感以及人物内心带出的紧张感，事实上，在他今年发表的另一个中篇《雨下了七八天》里，下雨意象的抒情和人物等待审判的内心纠缠，也被书写得淋漓尽致。这正是吕新不曾变化的方式，他看待历史与世界的视角是非逻辑非理性的，他对待文学的方式也是不轻易跟风的先锋精神。

无限夸张夸大所写对象是浅薄的

记者：《下弦月》中的乡镇世界有种晦暗不清的感觉，文革背景、人物独白、自然意象组成了一个个梦呓般的场景，故事的起因是林烈提了意见怕被报复而出走，引出了众人的困境，但在那个时代逃亡对主人公而言是更威胁到生命的方式。

吕新：其实提意见只是他在最初的时候、年轻的时候，一次不知深浅的生猛之举，其中既有年轻的真诚，也不乏一定的任性。他后来遭遇了一系列的变故，在不同的时期，不同的地点，很少有过安稳和自由。而导致他最终踏上逃亡之旅的，则是一次次直接危及到性命的现实，有些和他一样的有着相同境遇，甚至境遇好过他的人，在他的面前和周围不断地消失，他感到了害怕。他也是一个有着很多毛病的人，并非时代的英雄，更不是神，他有什么理由不怕死。

记者：每一个新人物的出场都会打开新的秘密和世界，比如黄奇月，就像下弦月这般"如淘米水一样的月光"照射人间，混沌的是世事，明朗的是草木，这是否是对某个历史时期抽象化的归纳？

吕新：对于黄奇月的出场，我在写作的过程中也曾心生期待，他的出场，确也是一个秘密的打开，人世间还有那样的地方。不只是那个时期，任何一个时期，混沌的永远都是世事和人心，明朗的也只能是草木和自然。人为什么看见自然就会情不自禁地激动、亲切、心旷神怡？不用说大多数的人，即使是真正的所谓的坏人，在他们的内心深处也是愿意亲近自然的，因为只有在没有算计和利益之驱的自然面前，人才会得到一种清洁或放松。他需要对一棵树、一只野兔保持警惕么？完全不需要。会担心头顶上面的一片云彩掉下来，直接把他砸死么？也完全不会。

记者：或许小说可以更明显地处理那些历史观念，比如文中对物质诱惑、权力关系、紧张害怕等描写虽涉及了但很快掠过，你是否刻

意避免那种过于直接的历史讨论？

吕新：有很多人都描述过他们各自眼里或者观念中的历史。但是，我眼里或者记忆中的历史却并不像很多人观念中所以为的，或者他们在别的书里所看到的那样，我只是想尽可能地叙述一段相对真实的岁月。今天的人们，喜欢不负责任地夸张，喜欢把一切都妖魔化，无论好的方面还是坏的方面，一概都要推向极致，喜欢把一个人或一件事情说得一惊一乍，鲜血淋漓，似乎只有那样说了，写了，才是所谓的真实。我真的觉得很轻薄也很浅薄。

另外，无论怎样的事实，很快都会过去。就我们的生活而言，轻轻掠过才是真正的常态和事实。而不轻轻掠过，在一个点上长久地停留，反复纠缠，甚至无限地夸张和夸大，都是不对的，为了把一个描写推向极致，而置事实于不顾，我不想做那种事情。

记者：小说到中间时涉及供销社岁月的叙事很精彩，围绕售货员因糖而生乱、民众对供销社的情感，阐述了许多历史看法，像这样饱满的集中的叙事在小说里不算多，这是否也与你曾经的亲身经历或观察有关？

吕新：不只是我，供销社，曾经是整整几代人共同的记忆，尤其是对于农村或者偏远山区的人们来说，其意义完全超越一个广场对于某一个城市的意义。它不仅仅是一个单纯的销售食品和人们日常用品的地方，而更是一个新闻、政治、情感、视野、故事、文化、家长里短、天下大事等等事物的集散地。供销社可以让你能够以物易物，解决你甚至你们一家人的燃眉之急，即使你手里没钱也没关系，只要相应的东西就行。你是外地人，你迷路了，站在供销社门口的那些人会告诉你准确的方向。当然，你得意洋洋地骑着崭新的自行车，带着你们孩子他妈或者未过门的对象，在结了冰的河面上摔倒的时候，人们也会哄堂大笑。

很难想象，如果没有供销社，我们这些偏远山区长大的孩子，我们的童年该是多么的黯淡而无味。我对于供销社的记忆和感知，远远不是整整一本书能够说完的。

记者：《仿佛林教头风雪山神庙》这一章里主人公在雪夜里获得了自由和勇气，你在后记中说你也曾在相似场景里获得新生，这里面存在一种呼应。

吕新：一个人，其立场，世界观，价值观，生死观，有的很可能一贯到底，终其一生也不会改变。有的改变起来很难。但是，也有的时候，彻底的改变甚至颠覆，也几乎就是一瞬间的事。不过，这中间必须有因，有一定的前提和必要的铺垫，还要有特定的场景和氛围，温度不到，也很难发生质变。

我并不刻意坚持先锋写作，只是自然而为

记者：你的作品在语言上的美感是很明显的，抒情化诗化的意象比比皆是，最近看了你的一个新中篇《雨下了七八天》，仅针对雨本身就有非常好的描述，《下弦月》自然容纳了更多类似描写，然而一些评论者还是会认为长篇小说的故事叙事更为重要。

吕新：我用吃饭来做个比喻。我们平时吃饭，喜欢在什么地方吃呢？当然都希望周围环境很好，洁净，安静，有的喜欢更豪华一点，富丽堂皇；有的希望更多一些自然的内容，比如有花，有葱郁的草木，有流水，有蓝天，甚至还有雪山草地和大海。即使这些条件都无法达到，那就更朴素一些，面前的小方桌至少也应该是干净的。如果连一个小方桌也没有，一块能够放碗的石头，或者一片平地，也应该多少洁净一些吧，总不能把碗放在垃圾堆里吧。

如果按照某些人的观点，人们吃饭其实完全可以在厕所里吃，因为在他们看来，重要的只是吃，而不是在哪里吃。

记者：如果比较你的中篇和长篇的话，前者在语言和叙事上有种平衡感和满足感，而后者在阅读中的确会让读者中断情节的连贯性和

前后逻辑，你是否同意一种看法即长篇《下弦月》可以被容纳进一个中篇的体量里？

吕新：恰恰相反，我认为篇幅还不够。我们每天过的生活，所经历的事情，都是逻辑性极强的么？生活、人生，可以用逻辑性来衡量和判断么？

记者：应该说你的写作是有连贯性的，对乡土经验执着的发现提取，对现实的个人经验改写，对文字美感的保持等等，相比早期作品，当下作品感觉多了些阅历上的成熟，对历史有了更综合的看法。

吕新：更多的应该是年龄或者阅历上的差异。一个中老年以上的人，和一个年轻人，想的问题会一样么？永远不一样，不可能一样，也不应该一样。

记者：之前在某次研讨会上有个观点说如今先锋写作更多是作为艺术不妥协的象征，我想不妥协本就是先锋精神的一部分，但还应该有更多原因可以解释为何你坚持这种风格写作？

吕新：很多人以为我在坚持一种什么，我其实并未坚持什么，我只是尽可能地按照自己的意愿，一年一年地这么过着，这么写着。我从没有刻意地做过什么，不仅在外在上是这样的，内里也是这样的。

记者：似乎现实主义和先锋写作之间被认为是不可调和对立的两种，但在你的作品里，你一直在书写自己熟悉的雁北小城，这也是《下弦月》的故事场景，只是你以自身乡土经验提取了实体，诉诸更自由的时空，这其实也是现实世界的文学表达，我们可能太强调不同主义之间的划分了。

吕新：各种什么主义，更是麻烦，我更是从来不想。我只是按照自己的意愿和所谓的审美标准去写我自己喜欢并想写的内容。很多人在文章里反对二元对立，但是在具体的生活中，又总是用二元对立的习惯和方法去看待一切，评判一切。就像过去，很多人嘴上时刻喊着反封建的口号，但是血管里却依然流着锈得发绿的血。

记者： 现在许多写作会有意识地纳入最新发生的事情，但有时候看似如实呈现了某些社会热点进入小说，却是容易被读者看后忘记，反而以象征的隐喻的方式能够提取当时时代和社会的核心东西，这里面最大的原因或许还是考验作家如何处理素材的能力。

吕新： 人各有志，每个人都有权选择自己喜欢并感兴趣的内容。如果写作连这一点也做不到，那也真的很无趣了，不仅没有相对的自由可言，甚至只能沦为一种苦役。至于能否很好地处理或者驾驭什么，那就是另外一个问题了。

（选自 2016 年 12 月 19 日《文学报》，记者郑周明）

李凤群：寻找那些乡土世界的游魂

江心洲是一个四面环江的小岛，沿江有堤坝，内围种玉米、油菜和棉花，岛上有小卖部、小学和初中，江水是天然屏障，隔开江心洲人与世界。除了水，这里什么都缺。意味着单调、贫穷，白天冗长，夜晚暗黑，江心洲就是风起浪打，夏长冬短。

生活在这里的人，绝大多数在童年和少年时代都没有机会离开江心洲。有一只渡船连通向邻近的小镇，但是除了油盐酱醋，没有出门的理由。逃避江心洲是江心洲人共同的理想。

李凤群也一样。

她离开了故乡，且越离越远。先是在常州，后来去了南京，现在又居美国。但是，"江心洲"在她不同的作品中反复出现。她说，故乡是来处，也是去处。"她养育过我，我嫌厌过她，因为她偏远、落后闭塞、不为人知。但是，现在，她是我最熟知的地方，她在我心里，将永远在我笔下，没有她，我什么也不是。"

读书报： 从最初的爱情小说、网络小说，到后来的《大江边》

《颤抖》《大风》，你的每一部作品都会有很大的突破。能谈谈你是怎样从最初浓重的自叙色彩中走出来，走向社会与人性的开掘，走出更为广阔的格局的？

李凤群：如果说有变化，风格不好说，格局上是有些变化的。最初是有点自叙色彩，小说里的故事和情绪，围绕自身经历的痕迹很明显的，自我的原始面貌和围绕着主人公的情感和生活奔闯的线索，是最初写作的基本格局，这一点，和很多人起步时没什么差别。我身上的某种诚实的东西，或者在不经意中形成的某种执拗。后来的长篇小说《颤抖》就有此种延伸，只是在格局上有了多重性，除了成长的困境，家乡家庭的元素以及时代中精神的症候等等。所以看起来尖锐些复杂些也对质疑与和解的关系有了新的认识。

《大江边》是目前为止我的最长的长篇，跨度广度人物的繁多度，还有社会与人性复杂的呈现程度，都是达到了我可能的写作容积的最大值，我自己回头想，说实话也有点吃惊。《大风》在容积上其实不比《大江边》弱，小说的流动感漂泊感，几代人男女老幼的个性更鲜明，格局也不止于青少年和老年的矛盾、乡村与城市的对立、男权和女性的争斗、社会阶层之间的对峙等等，我想实现更亲切的艺术化叙事，自然的把这些藏在其中，让读者看到"我"，看到家，看到国，看到世道人心，看到任何人都在盼望的、都在为之挣扎奋斗的东西。

如果说起因，写作本身就是吧，是写作让我看到自己和周边，接着看到历史和现实，看到复杂和单纯，看到小说所能抵达的所有地方以及小说无法触碰的地方。

读书报：20年前，70后作家的起步，多是从私小说开始备受关注，比如卫慧、棉棉，那个时候，你的写作是怎样的？

李凤群：20年前，我还没有写。我发表了处女作之后，就不怎么写了，即使写，也只是写点儿散文，那批作家风靡的时候，我在小城市的写字楼里打工谋生。有一次我在街上做市场调研，看到一个地下商场的书店里摆满了卫慧、棉棉的书，我写字楼里的同事都在谈论她们，我心里的某块地方被触动了，我心想，哦，小说可以这样写。我于是开始写我的第一个长篇的开头，后来这个开头被舍弃了，因为有点黄，但这是开端。我受她们激发。

读书报：《颤抖》是一部小长篇，写了一个乡村女孩的精神成长史。我觉得这部作品是你的成长中不可缺少的一部。小说对于母亲的描写，颠覆了我们对母亲的印象。为什么选择了第一人称？如此无情地揭露母亲的粗俗、恶毒，有何用意？

李凤群：你读到的是母亲的粗俗和恶毒，但其他人读到了母亲身上的其他特质。比如邵丽在评论中说："其实，这个母亲几乎是所有母亲的化身，她的爱藏在恨的表象下面，她对女儿的狠毒，其实是一种博大的爱，她要在一个严酷的世界里训练自己单纯而又笨拙的女儿，这是她在这个冷漠的世界学到的方法论，来自于用爱与死都换不来同情之后的决绝。比如她编瞎话，让女儿对'性'恐惧，这可能是那个时代的母亲多多少少都会做的事情。"

我的理解是，世上不会只有一种母亲，母亲也决不能只有一种性格，那就太单调了。我认为小说的人称不决定小说的品质。小说就是小说，当然小说也不是空穴来风。

读书报：看《颤抖》时，我忍不住拿这部作品和70后作家写自我的小说比，觉得写得节制，有对光明和善良的渴望。我不知道你怎么评价？

李凤群：70后小说家的确大有不同，有些人的光明和渴望更容易被你感知，还有一些人，走在寻找光明的路上，用新的形式表达对善良的渴望，或者不渴望什么就是他们自我的独特的标志。说到这部作品，我现在感到遗憾，它有许多缺点，写法和想法都太老实了，但它的优点是诚实。《颤抖》的完成，使我学会了轻装上阵。人人都被

迫背负铠甲，但卸除铠甲的方式各有不同。

读书报：为什么能够较早地摆脱自我，转向乡土小说？是有意识的吗？还是受到什么影响？

李凤群：摆脱自我，也可以说是摆脱某种文学形式，这种文学形式是学习写作的必经之路，我在许多优秀作家的作品里看到他们自己，甚至成熟的作家最成熟的作品里都有他自己的影子，在对自我的探索完成之后，作家会本能地逃避自我，那是对"已知"的逃避，更是对"未知"的探询，有时候，作家知道自己要写什么，有时候，会在写的过程中发现真相。对于我而言，乡土是我的来处，我不过是从关注"我一个人"转向关注"我一类人"，诚实点说，我以为我是自己的时候，我接近了属于我的一类人。我在完成审视自我的过程中，体悟到某种血脉相连，我沉湎其中，不敢离去。

读书报："寻祖"是《大风歌》的主题，作品中的四代人其实都漂浮着，他们内心何尝不渴望有个根基扎牢的定海神针。"寻祖"是在第三代张文亮开始的，离开江心洲是为了寻祖，过上好日子之后一直仍在寻祖，能谈谈你写作背后的深意吗？

李凤群：寻祖并不是从张文亮开始，从张广深开始，不，张长工本人也无时不刻不在寻祖。张长工一直在虚构，无论是先前虚构的悲惨家世，以及后来整夜炫富耀贵，无不在推扯自己的儿孙回归祖上的荣光；张广深童年时候一直在挖洞，这是他的寻祖大法；子杰也在寻找，他从七岁开始，从跨上那条渡船之时起，他就在寻祖，直至灵魂出窍，也是一路返回；子豪也在寻祖，他对陌生男子的身世如此孜孜不倦的探询，也正是他潜意识里寻祖之念的发端。

他们四代其实都漂浮着，他们内心何尝不渴望有个根基扎牢的定海神针。祖宗，大概就是这样的力量。大风让这一切徒劳，也让这一切更坚定。

读书报：整部作品，从开始"天象有异、世道太坏"到后来文亮之妻孟梅也开始想家，"想的又不是具体的什么地方、什么人"，中国社会乡村的凋敝、环境污染的加重、教育等等各种弊病在作品中呈现出来——"这是个没有天也没有地的城市"。这部作品包含了太多的信息。你是要写一部怎样的作品呢？我觉得，这部作品容纳了你太多的观察和思考，也融入了你对国家发展中涌现出的诸多问题的忧思。

李凤群：这是一个复杂的时代，处于高速度发展当中，许多家庭聚少离多、各个阶层都在冲锋陷阵。你看城市一天比一天繁华，可是我们的道德已经溃败不堪。为了钱，无所不用其极，奶粉可以致命，疫苗也可以。人的尊严在哪里？人的信仰在哪里？以前我还看到个新闻，一个包子店用纸箱子掺在肉里做馅，我们这一代人，处于这个状态之中，既有自己的价值判断，又要经受巨大的诱惑。原本非常纯粹的价值观都被撕碎、质疑，从张文亮身上体现出这些东西。他带着复杂的身世，爷爷和父亲二人累积到他身上的重负，从青年向中年游走，成为家庭和社会的顶梁柱，虽然带着疼痛，胶着和混乱，他已经有了自主意识，从找祖宗开始，虽然对情感有过沉醉，但所有的目的都是为了出人头地，他身上积攒了非常多的压力，寻根问祖的意识，出人头地的欲望，种种压力，致其非常扭曲，理想根本无法实现，又把希望寄托到下一代身上。下一代张子豪和子杰，明显分化，一个踩在父母的肩膀上，已经脱离基本需求，想要活出自己；另一个人由于从小被遗弃，成为乡土世界的游魂，这就形成了一个游荡在外部世界，一个游荡在故土的局面。我就是想把这种状态表现出来，我觉得如果我们心里有方向，有敬畏，有期许，我们的行为会受到制约。我们一定要有个某个类似于"家"的地方，一个终生寻找的所在。这个问题很容易想清楚，你渴望把什么带回家？"爱"、"美"和"安宁"是不是？你不会把凶器带回家，你不会把生意场上的谋略带回家，你不会把仇恨带回家，你凡是不想带给亲人的东西，丢弃掉，你

就不会感到羞愧，这个世界也肯定会好得多。我就是抱着这个简单的想法，希望我们内心有指引生活的准则，有方向，有责任感，我觉得人有了这些信念，就不会做出那些骇人听闻的事。

读书报：相比之前的《大江边》，这部作品体积小了，但是更为厚重。能谈谈自己的变化吗？

李凤群：写《大江边》的时候，我三十三四岁，很有蛮力，也很有热情，但我缺乏节制，但也可以说，我打开了一扇记忆之门，门里的那些人争先恐后地出来，个个都是我的亲人，我没有办法取舍，我还爱热闹。我喜欢他们在一起，所以，难免使你觉得嘈杂，到了现在，我知道体力和能力都有限，需要必要的节制和忽略。

但是，我前面说过，我觉得不是容量小了，是所包含的东西不那么生硬了，也不那么容易分析出子午卯酉了，或者说我想让它们化开了。

（原载 2016 年 8 月 3 日《中华读书报》，记者舒晋瑜）

B.12
附录二　2016年文坛大事记

1月

第二届人民文学诗歌奖颁奖　1月9日，第二届人民文学诗歌奖颁奖典礼暨武汉诗教推进咨询会在武汉举行。此次活动由《人民文学》杂志社和江汉大学联合举办，中国作协副主席吉狄马加、江汉大学校长李强、《人民文学》主编施战军出席并为获奖者颁奖。人民文学诗歌奖每年评选一次，在2015年度评选中，诗人叶舟以组诗《白雪草原》获得年度诗人奖，诗人石头、郭建强分别以组诗《无所诗》《青海诗篇》获得年度诗歌奖，诗人夏午、黄智扬、徐晓分别以组诗《唯有满目星辰》《夜行者》《大雪之夜》获得年度新锐奖。

中国作家协会召开第八届主席团第九次会议　1月11日，中国作家协会第八届主席团第九次会议在北京召开。中国作家协会主席铁凝主持会议。会议深入学习贯彻习近平总书记在文艺工作座谈会上的重要讲话精神，贯彻落实《中共中央关于繁荣发展社会主义文艺的意见》，学习贯彻全国宣传部长会议精神，审议了《中国作家协会2015年工作总结》和《中国作家协会2016年工作要点》，同意提交中国作家协会第八届全国委员会第六次全体会议审议。

会议提名白庚胜同志为中国作家协会第八届全国委员会副主席候选人，提名吴义勤同志为中国作家协会第八届全国委员会主席团委员候选人，提交中国作家协会第八届全国委员会第六次全体会议选举。

会议推举吴义勤同志为中国作家协会书记处书记。

著名民间文学专家贾芝逝世 1月14日，中国作家协会会员，中国社会科学院民族文学研究所原所长、研究员贾芝同志，因病医治无效在京逝世，享年103岁。

贾芝为中国社会科学院荣誉学部委员、中国文联第八届荣誉委员、中国民间文艺家协会名誉主席。20世纪30年代开始发表作品。著有《民间文学论集》《新园集》《播谷集》《贾芝诗选》《贾芝集》《拓荒半壁江山》等。2007年获中国民间文艺终身成就奖，2014年获中国文联文学评论特等奖，2015年获中国人民抗日战争胜利70周年纪念章。

2015年度中国网络小说排行榜揭晓 1月23日，由中国作协网络文学委员会主办、中国作家网承办的2015年度中国网络小说排行榜揭晓。《奥术神座》《回到过去变成猫》《木兰无长兄》等10部作品入选精品榜，《原始战记》《诛砂》《修真四万年》等10部作品入选新书榜。2015年第四季度中国网络小说排行榜经过网上投票、预审、专家终审等环节，也在同日从147部参选作品中选出20部上榜作品。

加强与改进文艺批评研讨会在京召开 1月27日，由光明日报社和文艺报社共同主办的"加强与改进文艺批评"专题研讨会27日在京召开，近20位文艺批评家认真学习领会习近平总书记关于文艺批评工作的重要论述，共同探讨文艺批评的本质与规律。中国作家协会副主席何建明、光明日报总编辑何东平出席会议并讲话。《文艺报》总编辑梁鸿鹰主持研讨会。仲呈祥、雷达、白烨、王一川、丁亚平、张清华、彭程、胡军、徐忠志、刘琼、马建辉、丁国旗、郭艳、张莉、李云雷、刘大先、刘涛、傅强等批评界人士参加了研讨。

中国作家协会迎春茶话会在北京举行 1月27日，2016中国作家协会迎春茶话会在北京首都大酒店举行。中国作协主席铁凝出席迎春茶话会并致辞。中国作协党组书记、副主席钱小芊主持迎春茶话会。茶话会上，中国作协党组书记处同志同300余位在京的老作家、老同志代表——握手，互致问候，送上对丙申新春的真挚祝福与问候。茶话会气氛热烈，务实简朴，其乐融融，暖意浓浓。

2月

全国政协来中国作协进行专题调研 2月18日，全国政协教科文卫体委员会副主任、北京市原副市长、北京奥运城市发展促进会常务副会长刘敬民，全国政协副秘书长、机关党组成员、党委书记张秋俭率全国政协教科文卫体委员会有关同志一行专程来中国作协调研。中国作协副主席吉狄马加出席调研座谈会并讲话。中国作协书记处书记阎晶明主持座谈会。与会同志就当前条件下，如何为文学营造出人才、出精品的良好环境、作协体制机制改革、文学事业资金保障、文学对外推介等问题深入交换了意见。对近年来文学界普遍关注、文学界政协委员反复提出的稿酬个税、著作权保护、文学奖项设立等议题进行了探讨。

中国作家协会发出定点深入生活项目申报的通知 2月22日，中国作家协会发出2016年定点深入生活项目申报通知。通知指出：为落实习近平总书记在文艺工作座谈会上的重要讲话精神，坚持以人民为中心的创作导向，催生文学精品力作，2016年，中国作家协会将进一步深化"深入生活、扎根人民"主题实践活动，继续开展实施定点深入生活项目。定点深入生活的地点为城乡基层、改革开放和生产建设一线，尤其是革命老区、民族地区、边疆地区、贫困地区，时间为4至6个月。2016年定点深入生活选题自行确定。2016年特设立"纪念中国共产党建党95周年、红军长征胜利80周年"选题方向，以鼓励挖掘红色题材富矿，弘扬红色文化，传承红色精神，努

力使新鲜的中国红色故事深入人心。

著名作家张笑天逝世 2 月 23 日，中国作家协会会员，中国作家协会第八届全国委员会名誉委员，吉林省作协名誉主席、文联名誉主席张笑天同志，因病医治无效在北京逝世，享年 77 岁。

张笑天，曾任中国作家协会第六届、第七届全国委员会主席团委员，中共十六大、十七大代表。1961 年开始发表作品。1980 年加入中国作家协会。著有《刘铭传》《永乐大帝》《叶挺将军》《沉沦与觉醒》等，出版《张笑天文集》（30 卷）。中篇小说《前市委书记的白昼和夜晚》获 1985～1986 年度全国第四届优秀中篇小说奖；由其担任编剧的电影《末代皇后》获第四届巴西国际电影节特别奖，电影《开国大典》《重庆谈判》曾获多项大奖。

"弘扬现实主义精神"研讨会在京召开 2 月 27 日，文艺报社与人民日报文艺部联合召开研讨会，专题研讨在新的时代如何在文艺创作中弘扬现实主义精神。中国作协副主席何建明，《人民日报》副总编辑杜飞进，《人民日报·海外版》原总编辑丁振海出席会议并致辞，周大新、何向阳、胡平、冯小宁、王丹彦等 20 位名作家、艺术家、批评家参加了本次会议。与会专家学者围绕"现实主义新的探索与可能性"、"如何用现实主义精神和浪漫主义情怀观照现实生活"、如何理解"用光明驱散黑暗，用美善战胜丑恶"、"创作题材与现实主义创作精神"、"现实主义创作的真实性与个性化"等话题展开讨论。

2016 年新旧诗论暨中国诗歌网恳谈会在京召开 2 月 27 日上午，2016 年新旧诗论暨中国诗歌网恳谈会在北京举行。本次会议由中国作家出版集团中国诗歌网、中国作家协会诗歌委员会主办，中华诗词学会、中华辞赋社等多家单位协办。中国作家协会副主席、中国作家出版集团管委会主任何建明到会发表讲话并介绍了中国诗歌网创建一年来的发展运行情况。著名诗人、学者郑欣淼、屠岸、叶延滨、周笃文、郑伯农、闽凡路、吴思敬、曾凡华、殷之光九人在会上被聘为中国诗歌网顾问。

3月

"2016：中国报告"中短篇报告文学专项工程征集启事发布 3月1日，中国作家协会重点作品扶持办公室、中国作家协会报告文学委员会、中国报告文学学会、文艺报社、人民文学杂志社、中国作家杂志社、民族文学杂志社联合发布"2016：中国报告"中短篇报告文学专项工程征集启事。"启事"中说："2016：中国报告"中短篇报告文学专项工程，定向公开征集反映在坚持全面建成小康社会、全面深化改革、全面依法治国、全面从严治党，践行创新、协调、绿色、开放、共享发展理念，推进经济建设、政治建设、文化建设、社会建设、生态文明建设和党的建设过程中涌现出的新人、新事、新风尚、新气象，讴歌人民创造历史的伟大实践，讲述中国故事，彰显中国道路，弘扬中国精神等方面的选题及作品。

刘锡诚先生民间文学藏书资料入藏中国现代文学馆 3月9日，刘锡诚先生民间文学藏书资料捐赠仪式在中国现代文学馆举行。捐赠仪式上，刘锡诚先生介绍了自己与夫人马昌仪在当代文学和民间文学领域工作60年来所积累的专业藏书情况，此次捐赠给中国现代文学馆的近万册图书资料，包含了中外神话学作品与学术著作；中外民间文学作品、民俗志与研究著作；民俗学、文化学、社会学、民族学、考古学、原始艺术、民间信仰方面的理论著作；以及20世纪80年代我国民间文学三套集成部分省卷本及县卷本、21世纪十年来非物质文化遗产作品和研究等。

中国作协举行稿酬个税立法调研座谈会 3月17日，中国作协举行稿酬个税立法调研座谈会，作家代表与财税法专家就稿酬所得个税

缴纳问题进行探讨。"稿酬个税起征点过低"一直是广大作家反映强烈的问题。近几年中国作协不断呼吁有关部门尽快解决该问题。2016年初，中国作协权保办委托全国律协知识产权委员会及财税法委员会开展"稿酬缴纳个税立法建议"的课题研究，希望从法律专业角度展开调研，形成关于稿酬所得个税缴纳改革的立法建议。此次座谈会主要由财税法专家听取作家代表对稿酬所得个税缴纳改革的意见和建议。

深入学习贯彻习近平总书记文艺工作座谈会重要讲话第一期培训研讨班开班　3月24日，由中宣部、中国作协共同举办的深入学习贯彻习近平总书记文艺工作座谈会重要讲话第一期培训研讨班在京开班。中宣部副部长景俊海、中国作协主席铁凝先后在培训研讨班授课。中国作协党组书记、副主席钱小芊作了开班讲话。为期两年的中国作协系统文学骨干和管理干部培训活动由此全面启动。

本次培训研讨班采取集中授课和分组讨论、自学相结合的方式。根据安排，在这期培训研讨班上，还将由中国作协副主席吉狄马加、何建明围绕不同主题授课，中国作协副主席白庚胜作培训研讨小结。中国作协主席团成员、全委会委员，各团体会员单位和中央军委政治工作部宣传局有关同志，中国作协机关、直属单位负责同志，以及部分作家参加培训研讨。

2016《民族文学》重点作家培训班在京举办　3月26日，由民族文学杂志社主办的2016《民族文学》重点作家培训班在京开班。中国作协党组成员，书记处书记、副主席吉狄马加、白庚胜，中国作协党组原副书记玛拉沁夫，中国作协主席团委员、中国少数民族作家学会常务副会长叶梅，《民族文学》主编石一宁等出席了开班典礼。培训班为期5天，共邀请了来自十几个民族的近30位作家。这些作家带来了最新创作的小说、散文、诗歌作品，将与编辑面对面坦诚交流、相互启发，以期共同推出一批弘扬中国精神、凝聚中国力量，无愧于时代和民族的精品力作。

4月

曹文轩荣获国际安徒生奖　4月4日，2016年国际安徒生奖在意大利博洛尼亚国际童书展揭晓，儿童文学作家曹文轩获奖。这是该奖项设立60年来，第一次颁给中国作家。中共中央政治局委员、中央书记处书记、中宣部部长刘奇葆委托中国作协党组书记、副主席钱小芊向曹文轩获得国际安徒生奖表示祝贺，感谢他多年来为中国儿童文学事业做出的贡献。中国作协主席铁凝向曹文轩发去贺信。

重走长征路追寻中国梦中国作协"重走长征路"主题采风活动在江西启动　4月7日，中国作协"重走长征路"主题采风活动启动仪式在江西于都中央红军长征出发园举行。中国作协党组书记、副主席钱小芊，江西省政协副主席、省委宣传部部长姚亚平，赣州市委常委、宣传部部长胡雪梅，中国作协办公厅主任李一鸣，来自全国各地的采风团成员，以及赣州本地的作家参加了启动仪式。

2016年是中国共产党建党95周年、红军长征胜利80周年。为将中国作家深入生活、扎根人民的主题实践活动引向深入，中国作协将组织100多名作家组成四个采风团、多个小分队，分期分批沿当年红一方面军、红二方面军、红四方面军和红二十五军团等四条不同行军路线采访创作，接受灵魂洗礼，讴歌时代巨变，创作反映红军长征精神及长征沿线地区发生翻天覆地变化的文学作品。

中国现代文学馆第四届客座研究员离馆暨第五届客座研究员聘任仪式在京举行　4月10日，中国现代文学馆第四届客座研究员离馆暨第五届客座研究员聘任仪式在北京举行。中国作协副主席李敬泽，中国作协书记处书记阎晶明，以及梁鸿鹰、白烨、陈福民、李洱、高秀芹等出席仪式。仪式由中国作协书记处书记吴义勤主持。

客座研究员制度是中国现代文学馆为加快研究中心和学术中心

的建设而设立的。第五届客座研究员的招聘对象仍为"70后""80后"的青年批评家。经过各省作协推荐和中国现代文学馆学术委员会的严格评审,唐翰存、晏杰雄、刘永春、刘波、杨辉、张屏瑾、张丛皞、张涛、颜水生、韩松刚、李德南、叶子等12位优秀青年批评家入选。

"传承和弘扬中华美学精神"研讨会在京举行 4月16日,文艺报社在京召开"传承和弘扬中华美学精神"研讨会。中国作协副主席廖奔、中央文献研究室副主任陈晋,以及20多位作家、艺术家、评论家与会研讨。研讨会由《文艺报》总编辑梁鸿鹰主持。与会专家学者们围绕"中华美学精神的历史发展与内涵""中华文化传统与当代表达""当代文艺创作中如何体现中华美学精神""如何在全球化时代坚守中华文化立场"等议题展开热烈的讨论。

《人民文学》杂志日文版《灯火》出版暨中日文学翻译研讨会在京举行 4月21日,《人民文学》杂志日文版《灯火》出版暨中日文学翻译研讨会在北京日本文化中心举行。中国作协副主席李敬泽、日本驻华大使馆公使山本恭司、《人民文学》及《灯火》主编施战军、中国作协外联部主任张涛、外文出版社副总编辑胡开敏出席会议。《灯火》杂志于2015年11月创刊,目前已出版第二期。施战军介绍说,《灯火》的翻译和编辑,是一件漫长和艰辛的工作。为了集中展现中国当代文学的优秀作品,中日双方都付出了极大的努力,终于使得这本杂志以最佳的状态呈现出来。这是一扇让日本人民了解中国文学的窗口,以后会打开更多的窗口,让世界的眼睛看到更多的中国文学。

著名作家、中国作家协会副主席陈忠实同志逝世 4月29日7时45分,中国作家协会副主席、陕西省作家协会名誉主席陈忠实同志,因病在西安逝世,享年74岁。

陈忠实同志1942年6月出生于陕西西安,是我国当代著名作家,中国作家协会第六届、第七届、第八届副主席，曾任陕西省作家协会主席，中共第十三大、十四大代表。陈忠实同志1965年开始发表作品，1979年加入中国作家协会，著有小说、散文、报告文学等多种，作品多次获全国优秀短篇小说奖、全国报告文学奖等。长篇小说《白鹿原》获第四届茅盾文学奖。《白鹿原》曾多次再版，并被改编成多种艺术形式，在读者和全社会中具有广泛影响。

陈忠实同志病重住院期间和逝世后，中央领导同志，中央宣传部、中央组织部领导同志，中国作家协会主席铁凝同志等表示慰问和悼念，中国作家协会党组书记、副主席钱小芊同志专程前往医院看望。

5月

《2015年中国文学发展状况》在京发布　5月3日，署名"中国作协创研部"的《2015年中国文学发展状况》在《人民日报》发表。《2015年中国文学发展状况》分文学创作、文学理论批评两大部分，概述了2015年间的各类文学创作成果与理论批评状况，在"结语"中说道：2015年的中国文学，为讲好中国故事、传播好中国声音、弘扬好中国精神做出了积极的贡献。中国梦激励着广大作家，伟大的时代、伟大的人民召唤着中国的文学。在习近平总书记《在文艺工作座谈会上的讲话》的指引下，中国作家、评论家和广大文学工作者将以更加充沛的激情，深入生活，扎根人民，与人民同心，与时代同行，创作出更多更好的精品力作，为中华民族的伟大复兴提供强劲的精神能量！

陈忠实遗体告别仪式在陕西西安举行　5月5日上午8时，中国当代杰出作家、中国作家协会副主席、陕西省作家协会名誉主席、第四届茅盾文学奖获得者陈忠实遗体告别仪式在陕西省西安市殡仪馆举行。数千名文艺界人士和各界群众参加了仪式。中国作家协会主席铁

凝，中国作协党组成员、副主席、书记处书记李敬泽专程来到西安，代表全国文学界，与陈忠实深情作别。陕西省副省长姜锋主持遗体告别仪式，中共陕西省委常委、宣传部部长梁桂介绍了陈忠实生平。中央有关部门，陕西省委、省政府及有关方面负责同志马中平、韩勇、郭永平、魏民洲、毛万春、胡悦、白阿莹、孟祥林、黄道峻、贾平凹等参加了告别仪式。

《人民文学》杂志意大利文版《汉字》出版暨中意文学翻译研讨会举行 5月5日，《人民文学》杂志社在意大利驻华使馆文化处举行《人民文学》杂志意大利文版第二期《汉字》发布会暨中意文学翻译研讨会。会上，中国作家协会副主席吉狄马加、意大利驻华使馆文化处参赞史芬娜，中国作协外联部主任张涛，鲁迅文学院副院长邱华栋，《人民文学》副主编宁小龄、徐坤，翻译家李莎、吴正仪，作家宁肯、林白、刘琼、刘汀等，就中意文学的交流、影响和翻译的相关问题进行了研讨。

据悉，意文版第二期《汉字》以"时间"为主题，选择了小说、诗歌、散文等不同文体有代表性的中国作家作品，注重中意文学交流中的审美共通性，邀请意大利翻译家担纲翻译。

第四届冯牧文学奖揭晓 5月7日，第四届冯牧文学奖在北京揭晓，作家魏微、徐则臣、批评家杨庆祥获奖。中国作协副主席陈建功、高洪波、李敬泽出席颁奖仪式并为获奖者颁奖。颁奖仪式由中国作协书记处书记吴义勤主持。束佩德、徐怀中、谢永旺、杨匡满、崔道怡、张守仁、雷达等近20位作家、批评家共同见证了这一时刻。高洪波、李敬泽、陈建功先后宣读获奖评语并为获奖者颁奖。

"21世纪文学之星丛书"2016年卷入选作品出炉 5月9日，"21世纪文学之星丛书"2016年卷入选作品揭晓，李清源的小说集《走失的卡诺》、徐广慧的小说集《小鲶鱼》、祁媛的小说集《我准备不发疯》、杨莎妮的小说集《七月的凤仙花》、张忠诚的小说集《翠衣》、臧海英的诗歌集《出城记》、秦羽墨的散文集《通鸟语的人》、唐瀚存的评论集《一对青白眼》、范党辉的评论集《〈茶馆〉再解读及其他》榜上有名。

中国作协举办行业作协会员培训研讨班 5月10日至13日，中国作协在京举办"深入学习贯彻习近平总书记文艺工作座谈会重要讲话培训研讨班"，来自中国石油作协、中国国土资源作协、中国水利作协、中国石化作协、中国化工作协的83名中国作协会员参加培训研讨。本期培训班以集中授课与分组讨论、自学与大会交流相结合的方式进行，中国作协副主席白庚胜、书记处书记吴义勤，评论家白烨为培训班授课。在小组讨论和大会交流中，作家们结合自己的行业特点和创作情况，从不同角度畅谈学习讲话的体会。

柳青与中国当代现实主义文学学术研讨会在西安召开 5月15日，"纪念柳青诞辰一百周年暨柳青与中国当代现实主义文学学术研讨会"在西北大学召开。中国作协副主席李敬泽、陕西省宣传部副部长陈彦、西北大学校长郭立宏、陕西省作协党组书记黄道峻、中国当代文学研究会会长白烨等出席开幕式。研讨会主题包括柳青精神及其当代价值、柳青与中国当代现实主义文学谱系、柳青文学与中国当代文学道路等。

6月

"陈忠实的创作道路"研讨会在京举办 6月6日上午，由中国作家协会主办的"陈忠实的创作道路"研讨会在中国现代文学馆举行。中国作协主席铁凝，中国作协党组书记、副主席钱小芊，中国作协副主席李敬泽出席会议，二十余位作家、评论家参与研讨。会议由钱小芊主持。研讨会上，雷达、阎纲、何启治、李国平、白烨、贺绍俊、梁鸿鹰、张志忠等专家先后发言。大家深情回顾了与陈忠实同志

的生平交往，分析探讨了陈忠实创作的道路、成就与风格，深入思考了其带给中国文坛的现实影响和深刻启示。与会者表示，此次研讨会的意义，不仅是对陈忠实同志的追思与纪念，更在于对其高远的创作追求和崇高的人格精神的学习与传承。

湖南省作家协会第八次代表大会召开　6月14日至16日，湖南省作家协会第八次代表大会在长沙召开。中国作家协会党组书记、副主席钱小芊，湖南省委书记、省人大常委会主任徐守盛在开幕式上作重要讲话。中共湖南省委常委、宣传部部长张文雄在闭幕式上讲话。

大会选举产生了由127人组成的湖南省第八届全委会和15人组成的主席团，聘请了从省作协第七届主席团退下来的7位同志为本届名誉主席。王跃文当选为湖南省作协主席，龚爱林当选为省作协常务副主席，万宁、马笑泉、刘清华、汤素兰、何顿、余艳、沈念、胡丘陵、莫傲、龚旭东、阎真、彭东明、谢宗玉当选为副主席，王艳当选为秘书长，邓宏顺、何立伟、欧阳友权、姜贻斌、陶少鸿、梁瑞郴、蔡测海被聘为本届名誉主席。

"柳青纪念馆"在西安开馆——西安市举办柳青诞辰100周年系列活动　6月23日，西安市举行了"柳青纪念馆"开馆仪式及"深入生活、扎根人民"——纪念柳青诞辰100周年座谈会。中国现代文学馆副馆长梁海春，西安市委常委、宣传部部长吴键等出席了活动并为纪念馆揭牌。中国文联、中国现代文学馆分别发来贺信。

开馆仪式上，柳青的女儿刘梅风向柳青纪念馆捐赠了柳青生前使用过的物品，中国现代文学馆与柳青纪念馆签署了共建协议。仪式结束后，文艺界代表、柳青家属和市民群众参观了柳青纪念馆。

柳青百年诞辰纪念座谈会在京举行　6月29日，柳青百年诞辰纪念座谈会在京举行。中国作协主席铁凝出席座谈会并讲话。中国作协党组书记、副主席钱小芊主持座谈会。中共陕西省委常委、宣传部部长梁桂，陕西作协主席贾平凹，陕西省委宣传部副部长陈彦，陕西作协党组书记黄道峻，柳青家人，近20位专家学者，鲁迅文学院第29届高研班学员及中国作协各单位负责同志与会。与会专家学者围绕柳青的人生和创作道路展开了探讨，一致认为：这位杰出的现实主义作家与世长辞，给我们留下了一部未完成的《创业史》和远未终结的纪念与探讨。

中国作协网络文学工作交流会召开 6月29日，中国作协在北戴河召开网络文学工作交流会。中国作协副主席李敬泽，新闻出版广电总局数字出版司网络监管处副处长程晓龙，中国作协创研部副主任李朝全、中国作协全国网络文学工作联席会办公室副主任肖惊鸿，全国部分省、市作协及网络作协相关负责人以及全国网络文学重点园地工作联席会的代表等出席交流会。王跃文、何弘、邓子强、王忠琪、吴正峻、夏烈、周西篱、李智明、李伟长、袁锐等介绍了各省市网络作协的工作开展情况。大家表示，目前关于网络文学的理论研究仍然有所欠缺，需要研究网络文学生态下应该如何开展网络文学理论和评论工作，加强最基本的理论和现象研究，并形成舆论场。网络文学领域竞争与机遇同行，尤其需要良好的"生态系统"。

7月

首届"茅盾文学新人奖"颁奖典礼在桐乡举行 7月3日，由中华文学基金会、桐乡市人民政府发起主办的首届"茅盾文学新人奖"进行了颁奖典礼，付秀莹、马娜、弋舟、颜歌、江非等10位青年作家、评论家获奖。中国作家协会副主席、中华文学基金会理事长、"茅盾文学新人奖"组委会主任何建明说，文学需要一代一代来接替，优秀的青年文学家代表着中国文学的未来，这个新人奖随着时间的推移，会产生不可估量的影响。

此奖以弘扬中华民族优秀文化，推动和繁荣当代中国文学创作，

奖励已经取得相当文学成就的青年文学家，从而促进中国文学事业发展为宗旨。其奖励对象是年龄在 45 周岁及以下，系中国作协会员及所属团体会员单位的会员，近年来在文学创作和文学评论中成绩特别优异的青年作家、评论家。此奖每两年颁发一次，每届奖励 10 名。

中国作家协会公布 2016 年新会员名单 7 月 18 日，中国作协在《文艺报》公布了经过本人申请、专家评审和书记处等程序通过的中国作协新会员名单，共有 454 人在 2016 年成为中国作家协会新会员，会员分布于各个省、自治区、直辖市和行业作协系统。

"中国著名作家影像库"工程项目正式启动 7 月 18 日，由中国作家出版集团具体实施的"中国著名作家影像库"工程项目正式启动。"中国著名作家影像库"工程项目旨在抢救、挖掘、收集、留存当代作家的影像资料，为当代作家研究和当代文学研究丰富史料，弥补文字和图片资料的不足，使优秀作家的生动形象和文学贡献得以在影像中展现与永久保存。此项工程得到了中央有关部门和中国作家协会的大力支持。

网络文学行业自律倡议书新闻发布会在京举行 7 月 20 日，网络文学行业自律倡议书新闻发布会在中国现代文学馆举行。中国作协副主席李敬泽、陈崎嵘出席会议。国家新闻出版广电总局数字出版司司长张毅君，中国作协创研部副主任李朝全，以及 50 余家文学网站负责人、网络作家等参加发布会。发布会由国家新闻出版广电总局数字出版司网络监管处副处长程晓龙主持。活动由中国作协网络文学委员会、中国音像与数字出版协会数字阅读工作委员会共同发起主办。全国网络文学重点园地工作联席会办公室副主任肖惊鸿宣布了倡议书。网站代表侯庆辰、傅晨舟，网络作家代表天蚕土豆、骁骑校、红九先后发言。

第十一届全国少数民族文学创作"骏马奖"评奖委员会第一次全体会议在京举行 7 月 21 日，第十一届全国少数民族文学创作

"骏马奖"评奖委员会第一次全体会议在京举行。中国作协主席、第十一届"骏马奖"评奖委员会名誉主任铁凝出席会议。中国作协党组书记、副主席钱小芊，国家民委副主任、第十一届"骏马奖"评奖委员会主任李昌平，出席会议并讲话。中国作协副主席、第十一届"骏马奖"评奖委员会主任吉狄马加主持会议。中国作协副主席、第十一届"骏马奖"评奖委员会副主任、评奖办公室主任李敬泽就《全国少数民族文学创作"骏马奖"评奖条例》和细则作了讲解和说明。中国作协副主席、第十一届"骏马奖"评奖委员会副主任白庚胜，中国作协书记处书记、第十一届"骏马奖"纪律监察组组长阎晶明出席会议。

中国延安鲁艺校友会第六届代表大会召开 7月30日，中国延安鲁艺校友会第六届会员代表大会在北京现代文学馆召开。大会选举了新一届理事会，完成了新老交替工作。理事会选出由鲁艺校友子女和从事鲁艺研究的学者构成的常务理事以及会长、副会长。布赫、贺敬之、傅庚辰任名誉会长，马海莹任会长，刘嘉绶、古安村、江文和凌飞担任副会长。

8月

中国作协创联工作会暨作家维权工作经验交流会召开 8月5日至7日，中国作协创联工作会暨作家维权工作经验交流会在京举行。中国作协副主席白庚胜出席会议并讲话。中国作协创联部主任彭学明作了工作报告。来自各省（区、市）及产业、系统作协负责创作联络工作的60余人参会。交流会上，来自45个团体会员60余位代表会议主要围绕如何延伸服务手臂，深化新形势下的服务与管理工作；如何团结、服务和培养青年作家、网络作者、自由撰稿人等新兴文学群体；开展"深入生活，扎根人民"文学实践的经验与做法；开展

少数民族文学工作的经验与做法；促进作家维权工作交流，提高各地作协维权工作水平；如何增强创联工作的联络协调服务能力等议题展开讨论。

上海纪念茅盾诞辰 120 周年暨抵沪 100 周年　8 月 5 日上午，由上海市作协、中共虹口区委、华东师范大学、中国茅盾研究会联合主办的系列纪念活动在中共四大纪念馆举行启动仪式。《弥满着生命力的人——茅盾诞辰 120 周年暨抵沪 100 周年纪念展》在中共四大纪念馆同时开幕。金炳华、朱咏雷、吴义勤、汪澜、童世骏、管维镛、钱振纲、沈韦宁等出席展览开幕式。来自各地的百余位专家学者以及茅盾长孙沈韦宁等亲属参加活动。"茅盾抵沪百周年纪念暨第十届全国茅盾研究会年会"同期举行。年会还选出新一届理事会，杨扬任会长。

第三十二届青春诗会助推新人成长　8 月 11 日至 16 日，由诗刊社、大兴安岭地委宣传部和漠河县委、县政府联合主办的第 32 届青春诗会在黑龙江漠河举行。中国作协副主席吉狄马加，中共大兴安岭地委书记贾玉梅、地委宣传部部长王利文，《诗刊》常务副主编商震、副主编李少君等出席开幕式。曹立光、辰水、方石英、林火火、林子懿、陆辉艳、沈鱼、王琰、小葱、肖寒、严彬、臧海英、张远伦、祝立根、左右等 15 位青年诗人参加此次诗会。诗刊社邀请谢冕、刘立云、李琦、李元胜、霍俊明等诗人、评论家担任本届诗会的辅导老师。参会诗人分为 4 组，每组由一位辅导老师和一位诗刊编辑带队，对提交的诗歌稿件进行详细讨论。

首届全国传记文学创作会在京举办　8 月 13 日，首届全国传记文学创作会在京举行。首届全国传记文学创作会由中国作家出版集团、中国报告文学学会主办，《作家文摘》报社承办。中国国际战略学会原会长熊光楷、中央文献研究室副主任陈晋、军事科学院军事历史和百科研究部部长曲爱国以及近 60 位来自全国各地的传记作家、报告文学作家、评论家、学者出席会议。会议由张陵、董保存主持。熊光楷、陈晋、高建国、李炳银、梁鸿鹰、万伯翱、忽培元、江永红、薛庆超、黄宾堂、徐剑、白烨、张亚丽、李朝全、杨晓升、郭启宏、陈歆耕等先后就当代中国传记文学的成就及存在的问题、传记文学的发展及展望、传记作家的诉求和评论家的眼光等议题进行讨论。会上还宣布成立了全国传记文学创作与研究专家指导委员会，何建明、陈晋担任主任。

延边作协庆祝成立六十周年　8月19日至22日，纪念延边作家协会成立60周年暨全国知名作家走进延边活动在延吉举行。吉林省委常委、副省长、延边州委书记庄严出席并致辞。中国作协主席团委员张胜友、吉林省委宣传部副部长张志伟、吉林省作协主席张未民参加活动。延边州委常委、宣传部部长金基德主持庆祝仪式。延边作协常务副主席郑风淑作工作报告。其间，来自全国多地的十多位作家先后到延边博物馆和龙市金达莱村等地采访创作，并与延边各民族作家座谈文学创作经验。与会作家期待延边文学能够以此为契机，绽放出更加夺目的光彩。

中外文学出版翻译国际专家座谈会举行　8月22日，由文化部、国家新闻出版广电总局与中国作家协会主办的2016中外文学出版翻译国际专家座谈会在北京举行。文化部副部长董伟、中国作家协会副主席李敬泽与巴西文化部第一副部长沃内出席座谈会并致辞。本次座谈会是"2016年中外文学出版翻译研修班"的重要部分。来自阿根廷、比利时、巴西、保加利亚、白俄罗斯、埃及、法国等近30个国家的50余位译者、作家、出版界人士参加座谈。

座谈会上，7位海外代表分别发言，交流了对中国文学出版翻译的认识与体会。"2016年中外文学出版翻译研修班"活动设三大主题，分别是"中外畅销书国际写作翻译营""中外文学出版翻译工作坊""BIBF – CCTSS翻译咖啡馆"。研修班将持续至8月29日，其间

将举行近 20 场专项活动，相关活动系第 23 届北京国际图书博览会的重要内容。

中国作协在延安召开部分省级作协负责人和行业作协负责人座谈会 8 月 30 日，中国作协在陕西省延安市召开部分省级作协负责人和行业作协负责人座谈会，研究中国作协第九次全国代表大会工作报告起草和《中国作家协会章程》修改等工作，听取对筹备开好第九次作代会的意见建议。中国作协党组书记钱小芊主持会议，中国作协副主席、书记处书记白庚胜，中国作协书记处书记吴义勤出席会议。河北作协关仁山、山西作协杜学文、吉林作协张未民、上海作协汪澜、江西作协刘华、山东作协杨学锋、湖南作协王跃文、陕西作协黄道峻、国土资源作协陈国栋、电力作协潘飞等参加会议。在延安期间，与会同志参观了延安革命纪念馆，到鲁艺、枣园、杨家岭等革命旧址进行了参观学习。

9月

中国艺术研究院马文所纪念建所三十周年 9 月 9 日，中国艺术研究院马克思主义文艺理论研究所建所暨《文艺理论与批评》创刊 30 周年纪念研讨会在京举行。中国作协名誉副主席、诗人贺敬之出席。中国艺术研究院院长连辑出席并致辞。中国艺术研究院马文所历任领导、前辈学人与来自全国各地的文艺理论家、评论家等 60 多人参加了研讨会。研讨会由中国艺术研究院马文所所长祝东力主持。在回顾所、刊发展历程时，与会者还联系现实，对所、刊的未来发展进行展望，希望很好地学习、贯彻、落实习近平总书记在文艺工作座谈会上的讲话精神，为繁荣发展社会主义文艺做出新的贡献。

"毛泽东诗词与中国共产党的伟大精神"学术研讨会在山东召开
9 月 21 日，由中国毛泽东诗词研究会主办的"毛泽东诗词与中国共产党的伟大精神"学术研讨会暨中国毛泽东诗词研究会第十六届年会在山东枣庄学院召开。中央文献研究室原主任、中国毛泽东诗词研究会顾问滕文生，中央文献研究室副主任、中国毛泽东诗词研究会会长陈晋出席会议。来自全国各地的研究、宣传毛泽东诗词的70多位专家学者和诗词爱好者参加研讨会。与会专家围绕"毛泽东诗词与中国共产党的伟大精神"这一主题，结合毛泽东同志在各个历史时期创作的诗词特别是围绕"毛泽东诗词与长征精神"展开了深入研讨。

山西纪念赵树理诞辰110周年　9月22日，中国赵树理研究会举行第五届全国会员代表大会。中国作协副主席白庚胜，山西作协党组书记、主席杜学文等出席会议。大会审议通过了《中国赵树理研究会工作报告》等相关报告，选举产生了中国赵树理研究会新一届领导机构，赵魁元当选为会长，傅书华、赵二湖、刘洁、郝雨、赵勇、萨支山、贺桂梅、刘旭当选为副会长，李金山当选为秘书长。活动期间举行了纪念赵树理诞辰110周年座谈会。陆建德、杜学文、杨占平、傅书华、贾克勤、赵魁元、赵沂旸等专家学者及赵树理家属代表参加座谈会。与会专家学者从不同角度，缅怀了人民作家赵树理卓越的文学成就、崇高的精神境界和坦荡的胸襟情怀。

江苏作协在京举办系列活动　9月24日，由中共江苏省委宣传部、江苏省作协、人民文学出版社等单位主办的"江苏当代作家与中国当代文学研讨会暨《江苏当代作家研究资料丛书》首发式"在京举行。中国作协主席铁凝，中共江苏省委常委、宣传部部长王燕文出席并致辞。中国作协书记处书记阎晶明、吴义勤，江苏省作协主席范小青、党组书记韩松林，人民文学出版社社长管士光等出席会议。与会江苏作家分别发表了感言，与会批评家分别就范小青、赵本夫、黄蓓佳、苏童、叶兆言、周梅森、储福金、毕飞宇、鲁敏、叶弥等10位江苏当代作家的作品进行了研讨。大家以这些小说家的创作轨

迹、代表作品与中国当代文学发展的关系为切入点，研讨江苏当代文学30多年来走过的历程，在中国当代文学与江苏当代文学的坐标系里，考量江苏当代作家所取得的创作成就，同时也提出了一些中肯的意见。

"第二届中国网络文学论坛"在广东举行　9月25日至26日，由中国作家协会主办、广东省作协承办的"第二届中国网络文学论坛"在佛山举行。中国作协副主席李敬泽，中国作协副主席、网络文学委员会主任陈崎嵘，广东省副省长蓝佛安，中共广东省委宣传部常务副部长郑雁雄，广东省作协党组书记张知干等出席论坛，李敬泽于26日作闭幕式总结讲话。杨克、欧阳友权、张威（唐家三少）、白烨、邵燕君、刘旭东等逾百位网络作家、专家和业界代表与会参与研讨。论坛共设立网络文学引导管理、网络文学业界动态和网络文学理论评论三个板块进行研讨。

第十一届全国少数民族文学创作"骏马奖"在京颁奖　9月27日晚，第十一届全国少数民族文学创作"骏马奖"颁奖典礼在北京中国现代文学馆举行。中国作协主席铁凝，中国作协党组书记、副主席钱小芊，出席颁奖典礼并分别致辞。中国作协副主席李冰，中宣部副部长景俊海，国家民委副主任李昌平，中国作协名誉副主席丹增，中国少数民族作家学会名誉会长玛拉沁夫，以及在京参加中国作协八届十次主席团扩大会议的全体同志，出席颁奖典礼。

全国少数民族文学创作"骏马奖"是由中国作家协会、国家民族事务委员会共同主办的国家级文学奖，旨在贯彻落实党和国家的民族政策和文艺政策，推动少数民族文学的繁荣发展和各民族文学的交流与融合，促进中华民族的大团结，是我国目前最重要的文学奖项之一。在本届"骏马奖"的评选中，共有24部作品和3名译者获奖。

中国作家协会第八届主席团第十次（扩大）会议在京召开　9月27日至28日，中国作家协会第八届主席团第十次（扩大）会议在京举行。会议的主要任务是：传达学习贯彻中央关于召开中国作家协会第九次全国代表大会的指示精神，研究部署九次作代会有关筹备工作，为换届做好各项准备。中国作家协会主席铁凝主持会议，中国作家协会党组书记、副主席钱小芊讲话。会议认真传达学习了中央关于召开中国作家协会第九次全国代表大会的指示精神，传达了中国作协第八届主席团第十次会议审议通过的《关于召开中国作家协会第九次全国代表大会的决议》《中国作家协会第九次全国代表大会代表条件、分配原则及推选产生办法》以及其他有关工作方案，研究部署了九次作代会的筹备工作。

10月

刘白羽百年诞辰纪念座谈会在京举行 10月9日，中国作协在中国现代文学馆举行刘白羽百年诞辰纪念座谈会。中国作协主席铁凝出席会议并致辞。中国作协党组书记、副主席钱小芊主持会议。中国作协名誉副主席金炳华、中国作协副主席李敬泽出席活动。来自军队和地方的部分作家、评论家代表，以及刘白羽同志的家属、亲友，中国作协机关各部门负责人等70余人参加座谈会。

李祯盛、金炳华、王丽、张炯、范咏戈、周明、胡世宗、宋学武先后在会上发言。刘白羽女儿刘丹代表家属发言，向中国作协对父亲的关心和支持表示由衷感谢。

北京十月文学月活动在京启动 10月12～31日，由北京市委宣传部、市新闻出版广电局、市网信办、北京市文联主办，北京出版集团、北京发行集团、北京作协、北京新媒体集团、千龙网承办，多家实体书店、网络文学网站等单位共同参与举办首届北京十月文学月系列活动拉开序幕，系列活动有"主题活动"、"讲座沙龙"、"经典诵读"、"读者见面"、"少年文学"、"网络文学"及"阅读惠民"七大

板块共 70 余场活动。地点主要集中在十月文学院（佑圣寺）、北京出版集团大厦、北京图书大厦、王府井书店等大型书城以及三联韬奋书店、涵芬楼书店、雨枫书馆、第二书房、甲骨文阅读空间等特色书店。活动期间，还举办了十月文学院开院仪式，"呼唤北京文学的高峰时代"文学论坛等数场重要活动。

《西部》创刊六十周年纪念座谈会在乌鲁木齐举行　10 月 15 日上午，新疆文联《西部》杂志社在乌鲁木齐成功举行了创刊六十周年纪念座谈会。新疆文学界的老、中、青几代作家、编辑家七十余人欢聚一堂，共话《西部》的过去、现在与未来。在座谈会上，自治区党委宣传部文艺处副处长张太保受部领导的委托宣读了自治区党委宣传部的贺信，《西部》杂志主编沈苇介绍近几年刊物的现状和取得的成绩，并对今后的办刊思路进行了梳理和展望。与会的作家、编辑家陈柏中、吴连增、周涛、朱旭、丰收、董立勃、叶尔克西、赵光鸣、秦安江、熊红久、蒋林、郭晓力、于文胜、郑兴富、陈漠、周军成、都幸福等同志纷纷发言，从各自的角度，对《西部》曾经的扶助表示感谢，对《西部》六十华诞表示了祝贺，并对刊物的发展提出了诚恳的意见和建议。

中国当代文学研究会第十九届学术年会在西安举行　10 月 22 日至 23 日，由中国当代文学研究会主办、西北大学文学院和中国文艺评论西北大学基地联合承办的以"中国故事与中国精神——从新时期到新世纪的文学"为总议题的中国当代文学研究会第十九届学术年会在西安举行。中国社会科学院副院长张江、中国当代文学研究会会长白烨、陕西省作协主席贾平凹、西北大学校长郭立宏、西北大学文学院院长段建军以及孟繁华、程光炜、贺绍俊、吴思敬、包明德、张清华、陈福民、张志忠、赵树勤、陈思广、周燕芬、红柯、松村志乃等人以及来自海内外各大高校、科研院所的 350 余名专家学者出席开幕式。与会的学者从多个角度探讨了如何在新时代背景下讲好中国故事，讲出中国精神。

会议期间还进行了中国当代文学研究会理事会换届工作。白烨当选为新一届会长，程光炜、陈晓明、陈思和、陈福民、孟繁华、吴义勤、於可训、贺绍俊、阎晶明、张志忠、张清华、乔以钢当选为副会长，陈福民当选为秘书长。

中国作协召开"2016：中国报告"专项工程作品研讨会 10月24日，"2016：中国报告"专项工程作品研讨会在北京召开。中国作家协会副主席李敬泽，中国作协报告文学委员会主任张胜友等二十余位专家及作者代表出席研讨会。会议由中国作家协会创作研究部副主任李朝全主持。"2016：中国报告"专项工程由中国作协创研部、中国报告文学学会、文艺报社、人民文学杂志社、中国作家杂志社、民族文学杂志社共同主办，旨在以中短篇报告文学的形式，展示中国人民在实现中华民族伟大复兴中国梦过程中取得的重大成就和涌现的感人事迹。该专项工程于2016年3月启动后，得到了全国广大作家的热烈响应和踊跃参与，截至9月已征集到500余项申报选题。中国作协于2016年5月和9月，先后进行了两次评审论证，确定了两批共35项选题进行资助扶持。

纪念周克芹诞辰八十周年座谈会在成都举行 10月27日，由四川省作家协会主办的"纪念周克芹诞辰八十周年座谈会"在成都举行。中国作协副主席李敬泽出席并发言。省作协主席阿来主持，省作协党组书记、常务副主席邹瑾致辞。中国文艺评论家协会主席仲呈祥，南京大学新文学研究中心主任、教授、著名评论家丁帆等先后发言。省作协各部门负责人、巴金文学院签约作家代表、网络作家代表及周克芹先生亲属共50余人参加会议。与会评论家、作家深情追忆与周克芹交往的点点滴滴，高度评价周克芹的人品、文品和崇高风范，深入探讨周克芹的文学创作留给后人的宝贵启示，表达了对周克芹的深深敬仰和缅怀之情。

第十五届全国文学院院长联席会议召开　10 月 27 日至 29 日，由鲁迅文学院主办、江苏省作协承办的第十五届全国文学院院长联席会议在江苏南京召开。中国作协副主席、鲁迅文学院院长吉狄马加，中共江苏省委常委、宣传部部长王燕文出席会议并讲话。江苏省作协主席范小青、党组书记韩松林，鲁迅文学院常务副院长邱华栋、副院长王璇及全国各省区市文学院院长与会。会议期间，与会者围绕文学院工作广泛开展了经验交流，并进行了工作谋划。据悉，下一届全国文学院院长联席会议将在 2017 年由安徽省文学院承办。

叶圣陶教师文学奖在京颁奖　10 月 28 日，在教育家、文学家、编辑出版家叶圣陶先生 122 周年诞辰之日，第三届叶圣陶教师文学奖揭晓，并在叶圣陶先生的第二故乡——江苏省苏州市吴中区甪直镇举行颁奖典礼。北京大学中文系曹文轩的长篇小说《蜻蜓眼》、陕西师范大学文学院红柯的长篇小说《少女萨吾尔登》、江苏南京外国语学校余一鸣的中篇小说集《愤怒的小鸟》、江苏省东台市第一中学丁立梅的散文集《有美一朵，向晚生香》、江苏省盱眙县城南实验小学张佐香的散文集《亲亲麦子》、山东省威海市古寨中学李秀英的诗集《低处的生活》等 46 位大、中、小学教师凭借各自的力作获奖。

11月

中央第六巡视组专项巡视中国作家协会党组工作动员会召开　11 月 9 日下午，中央第六巡视组专项巡视中国作家协会党组工作动员会召开。会上，中央第六巡视组组长陈瑞萍就即将开展的专项巡视工作作了讲话，黎晓宏就配合做好巡视工作提出要求。钱小芊主持会议并作表态讲话。中央第六巡视组副组长陈毓江、黄河、文秋良及巡视组全体成员，中央纪委驻中央宣传部纪检组负责同志、中国作协党组、书记处全体同志出席会议，近期退居二线的老领导，各直属单位领导班子成员，机关各部门副局级以上干部，机关纪委和人事部副处长级以上干部列席会议。

据悉，中央巡视组将在中国作协工作2个月。根据巡视工作条例规定，中央巡视组主要受理反映中国作协党组领导班子及其成员、下一级党组织领导班子主要负责人和重要岗位领导干部问题的来信来电来访，重点是关于违反政治纪律、组织纪律、廉洁纪律、群众纪律、工作纪律和生活纪律等方面的举报和反映。其他不属于巡视受理范围的信访问题，将按规定由中国作协和有关部门认真处理。

《南方文坛》举行改版20周年座谈会　11月12日上午，"《南方文坛》改版20周年座谈会暨2016年度优秀论文奖颁奖会"在南宁举行。中国文联副主席、书记处书记郭运德，福建省政协副主席、福建省文联主席、福建社会科学院院长南帆，中国当代文学研究会会长白烨，中国人民大学教授程光炜，广西桂学研究会会长、自治区党委原副书记潘琦，广西文联党组书记、主席洪波，广西文艺理论家协会主席容本镇，广西作家协会主席东西，《南方文坛》主编张燕玲，以及优秀论文获奖作者、中国现代文学馆研究员、广西青年批评家及新闻媒体等参加了相关活动。在同时举行的题为"作为写作的文学批评"第七届"今日批评家"论坛上，与会者就文学批评应秉持的特质、界限、文学批评家的素养、作家与批评家关系等问题进行了讨论。

《冯雪峰全集》首次整理出版　12月25日，由中国作协、中国出版集团公司联合主办的《冯雪峰全集》出版座谈会暨新书首发式在京举行。中国作协副主席李敬泽，中国出版集团公司副总裁李岩，人民文学出版社社长管士光，以及聂震宁、屠岸、朱正、何启治、孙郁等专家学者与会，深入研讨《冯雪峰全集》的价值和意义，深切缅怀冯雪峰对文学事业所做出的巨大贡献。

《冯雪峰全集》共12卷540余万字，收录了冯雪峰文学创作、

理论评论和翻译作品，包括书信、日记、编务文稿、政务文稿函件和外调材料等。其中不少内容为首次整理面世，如60余篇的寓言遗稿、160余封书信，大部分是以前没有公开发表过的。这些材料涉及中国现当代历史上的很多重大事件和各类人物，具有重要的史料价值。

中国作家协会第八届主席团第十一次会议在京举行 11月28日，中国作家协会第八届主席团第十一次会议在北京举行。中国作协主席铁凝主持会议。中国作协党组书记、副主席钱小芊在会上讲话。会议审议了《中国作家协会第九次全国代表大会筹备工作报告（审议稿）》、《中国作家协会第八届全国委员会工作报告（审议稿）》及说明、《〈中国作家协会章程（修正案）〉（草案）》及说明、《中国作家协会第九次全国代表大会议程（草案）》、《中国作家协会第九次全国代表大会主席团组成原则及建议名单》、《中国作家协会第九次全国代表大会秘书长、副秘书长建议名单》和《中国作家协会第九次全国代表大会代表资格审查委员会建议名单》，同意将上述文件提交中国作家协会第八届全国委员会第七次全体会议审议。

中国文联十大、中国作协九大在京开幕 11月30日上午，中国文学艺术界联合会第十次全国代表大会、中国作家协会第九次全国代表大会在北京人民大会堂开幕。中共中央总书记、国家主席、中央军委主席习近平出席大会并发表重要讲话。中共中央政治局常委李克强、张德江、俞正声、刘云山、王岐山、张高丽出席大会。部分中共中央政治局委员，中央书记处书记，全国人大常委会、国务院、全国政协和中央军委有关领导同志出席大会。

中国文联主席孙家正致开幕词，共青团中央书记处第一书记秦宜智和中央军委委员、军委政治工作部主任张阳分别致贺词。中国作协主席铁凝主持开幕式。

中央和国家机关有关部门负责同志，全国文艺工作者代表，香港特别行政区、澳门特别行政区和台湾地区的特邀代表以及海外地区的特邀嘉宾约 3300 人参加会议。

12月

中国文联十大、中国作协九大在京闭幕 12 月 3 日，中国文学艺术界联合会第十次全国代表大会、中国作家协会第九次全国代表大会在京闭幕。会议期间，与会代表认真听取并学习了习近平总书记在中国文联十大、中国作协九大开幕式上的重要讲话精神。大会修订了《中国文学艺术界联合会章程》《中国作家协会章程》，选举产生了中国文联、中国作协新一届领导机构，铁凝当选中国文联主席，连任中国作协主席。

《当代作家评论》颁发优秀批评家和优秀论文奖 12 月 10 日，由《当代作家评论》杂志社、东北大学艺术学院主办的中国文艺论坛：走向经典的中国当代文学——暨第三届当代中国文学优秀批评家奖、《当代作家评论》年度优秀论文奖颁奖典礼在东北大学举行。来自全国的著名作家、评论家及辽宁省相关部门的领导参加。

自 2008 年，《当代作家评论》设立"当代中国文学优秀批评家奖"以来，每四年一届，遴选和表彰为中国当代文学与批评的繁荣做出杰出贡献的批评家，孟繁华、贺绍俊、施战军、白烨、黄发有获本届"当代中国文学优秀批评家"奖。南帆、李云雷、郜元宝、杨洪承、朱自强、孙郁、贺绍俊、朱向前、傅逸尘、朱德发、李建军的作品获《当代作家评论》2015 年度优秀论文奖。

中国文艺评论 2016 年度推优活动发布仪式在京举行 12 月 15 日，中国文艺评论 2016 年度推优活动发布仪式在北京举行。发布仪式上，中国文联党组成员、副主席，中国文艺评论家协会副主席郭运德宣读了《中国文联、中国文艺评论家协会关于表彰中国文艺评论

2016年度优秀作品、优秀组织单位的决定》。中国文艺评论家协会主席团成员为优秀作品的作者和优秀组织单位颁发了"啄木鸟"杯和荣誉证书。中国文联理论研究室主任、中国文艺评论家协会副主席兼秘书长、中国文联文艺评论中心主任庞井君主持仪式。

此次推优活动，通过初评、复评、终评三次评议，最终推选出年度优秀文艺评论著作9部，年度优秀文艺评论文章32篇，优秀组织单位10家。

北京老舍文学院挂牌成立 12月29日，北京老舍文学院在市文联挂牌成立。北京作家和广大文学爱好者又多了一个基地和家园。市文联党组书记沈强介绍了老舍文学院筹备和建设的相关情况，宣读了北京市文联对北京老舍文学院的聘任决定：聘任刘恒为北京老舍文学院院长；聘任曹文轩、毕淑敏、刘庆邦、徐坤、邹静之为北京老舍文学院副院长；北京作家协会驻会副主席、秘书长王升山担任北京老舍文学院常务副院长，主持日常工作。北京老舍文学院聘任陈晓明、孟繁华、张清华、陈福民、程光炜、贺绍俊、张柠、孙郁、李林荣、宁肯、祝勇、周晓枫、邱华栋、王泉根、白烨、徐小斌、格非、叶广芩、周大新等19位在文学创作和教研上成绩卓越的学者作家为客座教授。刘恒为他们颁发了聘书。

内蒙古作协第八次代表大会召开 12月26日至28日，内蒙古作家协会第八次代表大会在呼和浩特召开，150多名内蒙古作家和文学工作者代表欢聚一堂，共商推进内蒙古文学繁荣发展大计。中国作协副主席白庚胜，内蒙古自治区党委常委、宣传部部长白玉刚出席开幕式并讲话。内蒙古文联党组书记张宇等出席会议。

会议选举产生了内蒙古作协第八届委员会和领导成员，满全当选新一届内蒙古作协主席，王樵夫、白涛、庆胜、张凯、张天男、纳·乌力吉巴图、恩克哈达、海德才、萨娜、敕勒川、锡林巴特尔、额尔敦哈达当选为副主席。

四川省作家协会第八次代表大会召开 12月28日至29日，四川省作家协会第八次代表大会在成都召开。四川省委书记王东明出席开幕式并讲话，中国作协副主席李敬泽代表中国作协向大会召开致祝词。

会议审议通过了四川省作协第七届委员会工作报告，选举产生了新一届领导机构。马识途被推举为四川省作协名誉主席，阿来当选主席，侯志明当选常务副主席，伍立杨、杨红樱、罗伟章、贺小晴、骆平、袁野、格绒追美、俸伍拉且、龚学敏、梁平当选为副主席。

B.13
附录三　2016年度文学图书排行

一　"开卷"文学类图书销售排行

1.2016年实体书店文学畅销书排行榜前30名

排名	新书时间	ISBN	书名	出版社	定价(元)
1	2014.04	9787544270878	《东野圭吾作品·解忧杂货店》	南海出版公司	39.5
2	2006.04	9787208061644	《追风筝的人》	上海人民出版社	29
3	2013.01	9787544258609	《东野圭吾作品·白夜行》	南海出版公司	39.5
4	2015.05	9787550013247	《摆渡人》	百花洲文艺出版社有限责任公司	36
5	2008.01	9787536692930	《中国科幻基石丛书·三体》	重庆出版社	23
6	2014.01	9787549550173	《目送(插图新版)》	广西师范大学出版社集团有限公司	43
7	2013.10	9787540458027	《从你的全世界路过：让所有人心动的故事》	湖南文艺出版社有限责任公司	36
8	2015.08	9787535481108	《白说》	长江文艺出版社有限公司	39.8
9	2014.06	9787544267618	《东野圭吾作品·嫌疑人X的献身》	南海出版公司	35
10	2012.02	9787530212004	《平凡的世界(共三部)》	北京十月文艺出版社	79.8
11	2011.05	9787544253994	《百年孤独》	南海出版公司	39.5

续表

排名	新书时间	ISBN	书名	出版社	定价(元)
12	2008.05	9787536693968	《中国科幻基石丛书·三体II－黑暗森林》	重庆出版社	32
13	2016.07	9787540476892	《好吗好的》	湖南文艺出版社有限责任公司	39
14	2015.11	9787549237814	《龙族IV－奥丁之渊》	长江出版社	32
15	2010.11	9787229030933	《中国科幻基石丛书·三体III－死神永生》	重庆出版社	38
16	2016.03	9787508659442	《谁的青春不迷茫系列·向着光亮那方》	中信出版集团股份有限公司	42
17	2015.04	9787539971810	《岛上书店》	江苏凤凰文艺出版社	35
18	2005.08	9787500601593	《红岩》	中国青年出版社	26
19	2016.04	9787544762885	《查令十字街84号（珍藏版）》	译林出版社	35
20	2010.04	9787544246279	《老舍集·骆驼祥子》	南海出版公司	25
21	2012.06	9787540455958	《偷影子的人》	湖南文艺出版社有限责任公司	29.8
22	2010.06	9787506365437	《活着》	作家出版社	20
23	2013.06	9787020098095	《围城》	人民文学出版社有限公司	28
24	2015.07	9787540472238	《阿弥陀佛么么哒》	湖南文艺出版社有限责任公司	38
25	2014.01	9787549550159	《孩子你慢慢来（插图新版）》	广西师范大学出版社集团有限公司	29.8
26	2015.04	9787549564125	《亲爱的安德烈：两代共读的36封家书》	广西师范大学出版社集团有限公司	36
27	2011.09	9787530211267	《平凡的世界（普及本）》	北京十月文艺出版社	28
28	2014.09	9787540468798	《乖，摸摸头》	湖南文艺出版社有限责任公司	36
29	2015.12	9787539954707	《世界很大，幸好有你》	江苏凤凰文艺出版社	39
30	2014.08	9787551119832	《微微一笑很倾城（豪华典藏版）》	花山文艺出版社有限公司	29.8

2.2016年网上书店文学畅销书排行榜前30名

排名	新书时间	ISBN	书名	出版社	定价（元）
1	2015.05	9787550013247	《摆渡人》	百花洲文艺出版社有限责任公司	36
2	2013.10	9787540458027	《从你的全世界路过：让所有人心动的故事》	湖南文艺出版社有限责任公司	36
3	2006.04	9787208061644	《追风筝的人》	上海人民出版社	29
4	2014.04	9787544270878	《东野圭吾作品·解忧杂货店》	南海出版公司	39.5
5	2010.06	9787506365437	《活着》	作家出版社	20
6	2015.04	9787539971810	《岛上书店》	江苏凤凰文艺出版社	35
7	2013.01	9787544258609	《东野圭吾作品·白夜行》	南海出版公司	39.5
8	2016.07	9787540476892	《好吗好的》	湖南文艺出版社有限责任公司	39
9	2008.01	9787536692930	《中国科幻基石丛书·三体》	重庆出版社	23
10	2008.05	9787536693968	《中国科幻基石丛书·三体II－黑暗森林》	重庆出版社	32
11	2010.11	9787229030933	《中国科幻基石丛书·三体III－死神永生》	重庆出版社	38
12	2012.02	9787530212004	《平凡的世界（共三部）》	北京十月文艺出版社	79.8
13	2012.06	9787540455958	《偷影子的人》	湖南文艺出版社有限责任公司	29.8
14	2014.01	9787549550173	《目送（插图新版）》	广西师范大学出版社集团有限公司	43
15	2011.05	9787544253994	《百年孤独》	南海出版公司	39.5
16	2015.07	9787540472238	《阿弥陀佛么么哒》	湖南文艺出版社有限责任公司	38
17	2014.09	9787540468798	《乖，摸摸头》	湖南文艺出版社有限责任公司	36

续表

排名	新书时间	ISBN	书名	出版社	定价(元)
18	2014. 12	9787201088945	《皮囊》	天津人民出版社有限公司	39.8
19	2014. 06	9787544267618	《东野圭吾作品·嫌疑人 X 的献身》	南海出版公司	35
20	2016. 04	9787544762885	《查令十字街 84 号(珍藏版)》	译林出版社	35
21	2015. 08	9787535481108	《白说》	长江文艺出版社有限公司	39.8
22	2015. 06	9787556212743	《我不喜欢这世界,我只喜欢你》	湖南少年儿童出版社有限责任公司	29.8
23	2013. 06	9787020098095	《围城》	人民文学出版社有限公司	28
24	2011. 07	9787530211113	《三毛全集(02)·撒哈拉的故事》	北京十月文艺出版社	24
25	2014. 05	9787508645056	《谁的青春不迷茫(2)·你的孤独,虽败犹荣》	中信出版集团股份有限公司	39.8
26	2007. 10	9787506341271	《贾德名作系列·苏菲的世界》	作家出版社	26
27	2013. 08	9787550213524	《一个人的朝圣》	北京联合出版有限责任公司	32.8
28	2014. 01	9787549550159	《孩子你慢慢来(插图新版)》	广西师范大学出版社集团有限公司	29.8
29	2016. 03	9787510842344	《所有失去的都会以另一种方式归来》	九州出版社	39.8
30	2013. 06	9787540462642	《最好的我们》	湖南文艺出版社有限责任公司	55

3. 2016年实体书店小说畅销书排行榜前30名

排名	新书时间	ISBN	书名	出版社	定价(元)
1	2014. 04	9787544270878	《东野圭吾作品·解忧杂货店》	南海出版公司	39. 5
2	2006. 04	9787208061644	《追风筝的人》	上海人民出版社	29
3	2013. 01	9787544258609	《东野圭吾作品·白夜行》	南海出版公司	39. 5
4	2015. 05	9787550013247	《摆渡人》	百花洲文艺出版社有限责任公司	36
5	2008. 01	9787536692930	《中国科幻基石丛书·三体》	重庆出版社	23
6	2013. 10	9787540458027	《从你的全世界路过：让所有人心动的故事》	湖南文艺出版社有限责任公司	36
7	2014. 06	9787544267618	《东野圭吾作品·嫌疑人 X 的献身》	南海出版公司	35
8	2012. 02	9787530212004	《平凡的世界（共三部）》	北京十月文艺出版社	79. 8
9	2011. 05	9787544253994	《百年孤独》	南海出版公司	39. 5
10	2008. 05	9787536693968	《中国科幻基石丛书·三体II－黑暗森林》	重庆出版社	32
11	2015. 11	9787549237814	《龙族IV－奥丁之渊》	长江出版社	32
12	2010. 11	9787229030933	《中国科幻基石丛书·三体III－死神永生》	重庆出版社	38
13	2015. 04	9787539971810	《岛上书店》	江苏凤凰文艺出版社	35
14	2005. 08	9787500601593	《红岩》	中国青年出版社	26

排名	新书时间	ISBN	书名	出版社	定价(元)
15	2010.04	9787544246279	《老舍集·骆驼祥子》	南海出版公司	25
16	2012.06	9787540455958	《偷影子的人》	湖南文艺出版社有限责任公司	29.8
17	2010.06	9787506365437	《活着》	作家出版社	20
18	2013.06	9787020098095	《围城》	人民文学出版社有限公司	28
19	2011.09	9787530211267	《平凡的世界(普及本)》	北京十月文艺出版社	28
20	2014.08	9787551119832	《微微一笑很倾城(豪华典藏版)》	花山文艺出版社有限责任公司	29.8
21	2010.06	9787544711289	《经典译林·钢铁是怎样炼成的》	译林出版社	20.8
22	2014.11	9787535476890	《狼图腾(修订版)》	长江文艺出版社有限公司	39.8
23	2016.03	9787549240982	《哑舍(5)》	长江出版社	28
24	2012.07	9787020090006	《围城》	人民文学出版社有限公司	39
25	2015.09	9787530212837	《穆斯林的葬礼(2015版)》	北京十月文艺出版社	49.8
26	2010.06	9787544711203	《经典译林·简·爱》	译林出版社	22
27	2008.12	9787506344791	《俗世奇人(修订版)》	作家出版社	18
28	2008.08	9787530209455	《沈从文集·边城》	北京十月文艺出版社	29.8
29	2011.10	9787807407270	《盗墓笔记(1)(修订版)》	上海文化出版社	32.8
30	2015.03	9787201091884	《我与世界只差一个你》	天津人民出版社有限公司	36

4. 2016年网上书店小说畅销书排行榜前30名

排名	新书时间	ISBN	书名	出版社	定价(元)
1	2015. 05	9787550013247	《摆渡人》	百花洲文艺出版社有限责任公司	36
2	2013. 10	9787540458027	《从你的全世界路过：让所有人心动的故事》	湖南文艺出版社有限责任公司	36
3	2006. 04	9787208061644	《追风筝的人》	上海人民出版社	29
4	2014. 04	9787544270878	《东野圭吾作品·解忧杂货店》	南海出版公司	39.5
5	2010. 06	9787506365437	《活着》	作家出版社	20
6	2015. 04	9787539971810	《岛上书店》	江苏凤凰文艺出版社	35
7	2013. 01	9787544258609	《东野圭吾作品·白夜行》	南海出版公司	39.5
8	2008. 01	9787536692930	《中国科幻基石丛书·三体》	重庆出版社	23
9	2008. 05	9787536693968	《中国科幻基石丛书·三体II－黑暗森林》	重庆出版社	32
10	2010. 11	9787229030933	《中国科幻基石丛书·三体III－死神永生》	重庆出版社	38
11	2012. 02	9787530212004	《平凡的世界（共三部）》	北京十月文艺出版社	79.8
12	2012. 06	9787540455958	《偷影子的人》	湖南文艺出版社有限责任公司	29.8
13	2011. 05	9787544253994	《百年孤独》	南海出版公司	39.5
14	2014. 06	9787544267618	《东野圭吾作品·嫌疑人X的献身》	南海出版公司	35
15	2015. 06	9787556212743	《我不喜欢这世界，我只喜欢你》	湖南少年儿童出版社有限责任公司	29.8
16	2013. 06	9787020098095	《围城》	人民文学出版社有限公司	28

续表

排名	新书时间	ISBN	书名	出版社	定价(元)
17	2007.10	9787506341271	《贾德名作系列·苏菲的世界》	作家出版社	26
18	2013.08	9787550213524	《一个人的朝圣》	北京联合出版有限责任公司	32.8
19	2013.06	9787540462642	《最好的我们》	湖南文艺出版社有限责任公司	55
20	2015.11	9787549237814	《龙族Ⅳ - 奥丁之渊》	长江出版社	32
21	2014.08	9787551119832	《微微一笑很倾城(豪华典藏版)》	花山文艺出版社有限责任公司	29.8
22	2016.06	9787539992761	《孤独深处》	江苏凤凰文艺出版社	35
23	2015.03	9787201091884	《我与世界只差一个你》	天津人民出版社有限公司	36
24	2015.06	9787539982830	《无声告白》	江苏凤凰文艺出版社	35
25	2016.05	9787508650951	《S. 忒修斯之船(简体中文典藏复刻版)》	中信出版集团股份有限公司	168
26	2009.03	9787544244190	《牧羊少年奇幻之旅》	南海出版公司	25
27	2013.08	9787543067028	《边城(最新修订纪念典藏版)》	武汉出版社	35
28	2012.09	9787020090297	《白鹿原》	人民文学出版社有限公司	39
29	2011.10	9787807407270	《盗墓笔记(1)(修订版)》	上海文化出版社	32.8
30	2010.06	9787544711296	《经典译林·麦田里的守望者》	译林出版社	18

　　数据说明：本表主要数据均来源于开卷信息技术有限公司自 1998 年 7 月建立的"全国图书零售市场观测系统"。"全国图书零售市场观测系统"参照全国图书市场的分布和结构以及零售 POS 系统的使用情况，旨在通过收集全国主要图书市场（大中型城市）的主要零售门市的逐月零售数据，对图书零售进行科学的分析，以了解全国图书市场的整体状况及变动趋势，及时准确地反映图书的销售状况。

二 阅文集团2016年小说类图书排行

出版物 TOP30		
序号	书名	作者
1	《侯卫东官场笔记》	小桥老树
2	《大江东去》	阿耐
3	《明朝那些事儿》	当年明月
4	《寂寞空庭春欲晚》	匪我思存
5	《死亡通知单大全集》	周浩晖
6	《哈利·波特全集》	(英)J. K. 罗琳
7	《大秦帝国》	孙皓晖
8	《白鹿原》	陈忠实
9	《微微一笑很倾城》	顾漫
10	《民调局异闻录》	耳东水寿
11	《后宫如懿传》	流潋紫
12	《最好的我们》	八月长安
13	《民间山野怪谈》	潘海根
14	《橙红年代》	骁骑校
15	《太子妃升职记》	鲜橙
16	《欢乐颂》	阿耐
17	《原来你还在这里》	辛夷坞
18	《芈月传》	蒋胜男
19	《法医秦明》	秦明
20	《翻译官》	缪娟
21	《三体》	刘慈欣
22	《苗疆蛊事》	南无袈裟理科佛
23	《我不喜欢这世界,我只喜欢你》	乔一
24	《簪中录》	侧侧轻寒
25	《沥川往事》	施定柔
26	《古庙禁地》	湘西鬼王
27	《从你的全世界路过》	张嘉佳
28	《1 号重案组》	毛德远
29	《追风筝的人》	(美)卡勒德·胡赛尼
30	《麻雀》	海飞

网络原创小说 TOP30		
序号	书名	作者
1	《凌天战尊》	风轻扬
2	《邪王追妻》	苏小暖
3	《万古神帝》	飞天鱼
4	《最强兵王》	丛林狼
5	《校花的贴身高手》	鱼人二代
6	《早安,总统大人!》	南音音
7	《绝世神医》	夜北
8	《修真四万年》	卧牛真人
9	《Hello,继承者》	公子衍
10	《银狐》	孑与2
11	《斗破苍穹》	天蚕土豆
12	《择天记》	猫腻
13	《一念永恒》	耳根
14	《美食供应商》	会做菜的猫
15	《重生之都市修仙》	十里剑神
16	《一世倾城》	冷青衫
17	《龙王传说》	唐家三少
18	《傲娇男神住我家》	叶非夜
19	《太古神王》	净无痕
20	《不朽凡人》	鹅是老五
21	《我真是大明星》	尝谕
22	《神医弃女》	MS 芙子
23	《武道宗师》	爱潜水的乌贼
24	《放开那个女巫》	二目
25	《神藏》	打眼
26	《大官人》	三戒大师
27	《玄界之门》	忘语
28	《雪鹰领主》	我吃西红柿
29	《完美世界》	辰东
30	《赘婿》	愤怒的香蕉

权威报告·热点资讯·特色资源

皮书数据库
ANNUAL REPORT(YEARBOOK)
DATABASE

当代中国与世界发展高端智库平台

所获荣誉

- 2016年，入选"国家'十三五'电子出版物出版规划骨干工程"
- 2015年，荣获"搜索中国正能量 点赞2015""创新中国科技创新奖"
- 2013年，荣获"中国出版政府奖·网络出版物奖"提名奖
- 连续多年荣获中国数字出版博览会"数字出版·优秀品牌"奖

成为会员

通过网址www.pishu.com.cn或使用手机扫描二维码进入皮书数据库网站，进行手机号码验证或邮箱验证即可成为皮书数据库会员（建议通过手机号码快速验证注册）。

会员福利

- 使用手机号码首次注册会员可直接获得100元体验金，不需充值即可购买和查看数据库内容（仅限使用手机号码快速注册）。
- 已注册用户购书后可免费获赠100元皮书数据库充值卡。刮开充值卡涂层获取充值密码，登录并进入"会员中心"—"在线充值"—"充值卡充值"，充值成功后即可购买和查看数据库内容。

数据库服务热线：400-008-6695
数据库服务QQ：2475522410
数据库服务邮箱：database@ssap.cn
图书销售热线：010-59367070/7028
图书服务QQ：1265056568
图书服务邮箱：duzhe@ssap.cn

S子库介绍
ub-Database Introduction

中国经济发展数据库

涵盖宏观经济、农业经济、工业经济、产业经济、财政金融、交通旅游、商业贸易、劳动经济、企业经济、房地产经济、城市经济、区域经济等领域，为用户实时了解经济运行态势、把握经济发展规律、洞察经济形势、做出经济决策提供参考和依据。

中国社会发展数据库

全面整合国内外有关中国社会发展的统计数据、深度分析报告、专家解读和热点资讯构建而成的专业学术数据库。涉及宗教、社会、人口、政治、外交、法律、文化、教育、体育、文学艺术、医药卫生、资源环境等多个领域。

中国行业发展数据库

以中国国民经济行业分类为依据，跟踪分析国民经济各行业市场运行状况和政策导向，提供行业发展最前沿的资讯，为用户投资、从业及各种经济决策提供理论基础和实践指导。内容涵盖农业，能源与矿产业，交通运输业，制造业，金融业，房地产业，租赁和商务服务业，科学研究，环境和公共设施管理，居民服务业，教育，卫生和社会保障，文化、体育和娱乐业等100余个行业。

中国区域发展数据库

对特定区域内的经济、社会、文化、法治、资源环境等领域的现状与发展情况进行分析和预测。涵盖中部、西部、东北、西北等地区，长三角、珠三角、黄三角、京津冀、环渤海、合肥经济圈、长株潭城市群、关中一天水经济区、海峡经济区等区域经济体和城市圈，北京、上海、浙江、河南、陕西等34个省份及中国台湾地区。

中国文化传媒数据库

包括文化事业、文化产业、宗教、群众文化、图书馆事业、博物馆事业、档案事业、语言文字、文学、历史地理、新闻传播、广播电视、出版事业、艺术、电影、娱乐等多个子库。

世界经济与国际关系数据库

以皮书系列中涉及世界经济与国际关系的研究成果为基础，全面整合国内外有关世界经济与国际关系的统计数据、深度分析报告、专家解读和热点资讯构建而成的专业学术数据库。包括世界经济、国际政治、世界文化与科技、全球性问题、国际组织与国际法、区域研究等多个子库。

法 律 声 明